RÉSIDENCE SECONDAIRE

ISABELLE

MOTROT

RÉSIDENCE SECONDAIRE

J'AI LU

« Mon domaine est celui où rien n'est impossible, où l'on fait arriver tout ce qui vous passe par l'esprit. »

Louis FEUILLADE.

Avec sa résidence secondaire, Pierre s'était offert un 4×4 et un cancer du poumon. L'élégante maison de campagne était un ancien pressoir normand, près de Deauville, et le véhicule, une Jeep Grand Cherokee hors de prix, destinée à parcourir les pistes dangereuses de la Normandie profonde (où la vache féroce est tapie). Le cancer, lui, fourbissait ses armes à la faveur des embouteillages. Car « aller respirer sur la côte normande » se traduisait invariablement par des heures d'attente derrière le volant, pendant lesquelles Pierre réglait ses affaires en téléphonant et… en fumant. Durant les mois d'hiver, Pierre et Catherine Dartois fermaient leur résidence secondaire. Le soleil étant terriblement nécessaire à Catherine, sujette à la dépression saisonnière, Megève et les Maldives (« ou Saint-Barth, depuis ces affreux problèmes de tsunami ! ») remplaçaient la Normandie pendant les frimas.

Ce premier week-end de mars marquait donc le début de la saison, la réouverture du Pressoir. Comme chaque année, Pierre partait en éclaireur pour rouvrir la maison. En guerrier âpre et courageux, il allait affronter l'humidité du refuge campagnard, prêt à pourfendre les linceuls de toiles d'araignée qui auraient pu s'y installer durant l'hiver. Catherine lui était reconnaissante de cette attitude de mâle dominant et l'attendait au chaud, dans leur caverne (200 mètres carrés) du 7e arrondissement. C'était un rituel plus qu'une nécessité, car Pierre ne risquait pas grand-chose en matière de mauvaise surprise. Son épouse prévenait toujours Denise, leur femme de ménage normande, quelques jours auparavant. Denise ouvrait et dépoussiérait, allumait le chauffage et préparait le bois dans les cheminées. Elle remplissait le frigo et le congélateur, disposait des fruits et des fleurs, des serviettes dans les salles de bains et du papier dans les toilettes (« Denise, je vous ai dit et répété : blanc ! Je me moque des promos, Denise ! »).

Le vendredi vers 17 heures, elle allumait la petite lampe orangée sur la tablette de l'entrée, ainsi que plusieurs autres points de lumière dans le salon. Elle posait le journal local sur la table basse devant la cheminée et sortait en fermant la porte. Elle n'oubliait pas de dissimuler des clefs dans la cachette habituelle. Le guerrier en 4×4 pouvait arriver.

*

* *

Au coude à coude, et l'ignorant, Pierre Dartois et André Bigos progressaient de concert. Pierre dominait de toutes ses jantes rutilantes la pauvre ZX à bout de souffle d'André. Séparés par une file paralysée comme la leur, les deux hommes scrutaient la circulation. Pendant que Pierre discourait au téléphone, André écoutait un match de foot. Une impressionnante glacière souple occupait le siège arrière. Elle contenait avec peine un amas de boîtes en plastique de toutes formes. André rejoignait Nathalie, son épouse, dans leur petit pavillon de campagne. Il était surprenant de constater à quel point leur minuscule résidence secondaire ressemblait à leur minuscule résidence principale. Des achats d'électroménager groupés, des draps en double et du linge de maison décliné en rouge et bleu (« le bleu, c'est pour la mer ») soulignaient une disposition des meubles quasiment identique. Mais, comme le répétait Dédé : « Où tu veux le mettre le canapé, si c'est pas devant la télé ? » De la même façon, la table basse avait pris place face au poste (« Où tu la mets, la table, si c'est pas sous la cannette de bière, entre le match et le canapé ? »).

L'hiver, André et Nathalie abandonnaient la Normandie et le pavillon de campagne difficile à chauffer. Ils passaient leurs vacances de Noël à Poitiers, dans la famille de Nathalie, et le premier week-end de janvier à Saint-Étienne, dans la famille d'André. Début mars, aux premières douceurs du printemps, ils reprenaient le ballet des week-ends à la campagne. Rituellement, Nathalie entamait ce début de saison par un grand nettoyage du pavillon normand, qu'elle effectuait seule. Son Dédé devait découvrir un havre sans tache à son arrivée. Le début de la saison se déroulait donc invariablement dans les effluves de détergent et d'eau de Javel que même la forte odeur d'assouplissant dégagée par la literie ne parvenait pas à masquer. Une fragrance qui serait ensuite déclinée chaque vendredi soir et tous les dimanches en fin d'après-midi. Nathalie astiquait chaque arrivée dans la joie et récurait tous les départs avec mélancolie.

Le jour tombait lorsque André gara la voiture sous la fenêtre de la cuisine. Il se détendit debout, son jogging bleu collé dans le dos et sourit à Nathalie :

« Ça va, ma caille ? Je ne t'ai pas trop manqué ? »

Nathalie reçut avec un sourire patient le baiser d'André assorti de l'inévitable grosse tape sur le postérieur. Elle jeta un coup d'œil soulagé à ses chéris enfin de retour : sa glacière et ses Tupperware qui lui avaient tant fait faute pendant deux jours.

*

* *

À quelques dizaines de mètres, Pierre était arrivé au Pressoir. Il effleura sa télécommande et le portail s'ouvrit en silence, pendant que les projecteurs s'illuminaient, traçant un chemin doré qui menait à la terrasse. Fatigué, Pierre laissa la voiture sur le gravier et se dirigea vers l'entrée. La douceur orangée de la lampe l'accueillait depuis la fenêtre. En baissant les yeux vers la clef, il eut un bref recul :

« Merde ! Qu'est-ce que c'est que ça ? »

Une flaque d'eau glissait lentement sous la porte. Sur la pointe des pieds, Pierre ouvrit et observa le hall élégant dont Catherine avait réglé avec soin tous les détails. Avec soin, mais surtout avec Guillaume, l'architecte qui avait restauré le Pressoir. Les tomettes authentiques, décapées à la main pendant des semaines, ternissaient lentement sous plusieurs centimètres d'eau trouble. L'humidité remontait déjà le long des plinthes et du banc déniché dans un couvent de Cambremer. Pataugeant jusqu'à la cuisine, Pierre constata que là aussi l'eau avait tout envahi. D'une main il dégaina son portable pour appeler Denise et, de l'autre, il entrouvrit la porte du salon blanc, prêt à découvrir le pire. En effet, pendant que Denise se récriait (« Mais quand je suis partie, tout était normal ! »), Pierre, accablé, observa les canapés et les tapis, les tables basses et les rideaux, tous baignant dans un liquide boueux.

Pierre revit le baptême du salon, deux ans auparavant. Sur les instances de Catherine, Guillaume, leur architecte, avait aménagé ce salon dans un camaïeu de blanc pur, ce qui, dans une pièce de plain-pied en Normandie, semblait pour le moins audacieux. Mais Catherine ne s'embarrassait pas des obligations de ménage. Pendant plusieurs semaines, Guillaume, de plus en plus agacé, lui présenta des matériaux choisis : crépis, cretonne, bois lasuré et pavés crayeux, elle ne capitula pas : elle les choisit tous immaculés. Un samedi enfin tout fut prêt, jusqu'aux brassées de lis dans les vases d'albâtre. Catherine fut conviée à découvrir officiellement la pièce. Une coupe à la main, Pierre, Guillaume et ses deux assistants l'attendaient près de la cheminée.

« Ha ! laissa-t-elle sobrement échapper. C'est un peu… Comment dire… Un peu pâle, non ?

— C'est-à-dire, répondit Guillaume doucereux, c'est souvent pâle, le blanc.

— Oui, mais là je le trouve très, très blanc… reprit Catherine, songeuse.

— Cat ! s'exclama Guillaume, ça fait des mois que je te le répète ! Tu veux quelques taches de couleurs ? J'ai chiné un somptueux… »

Catherine coupa sèchement :

« Non, tant pis. Ça rend moins bien que chez Françoise, mais sa décoratrice le sentait mieux, peut-être… »

Le silence polaire qui suivit était parfaitement dans la gamme de couleurs banquise. Pierre usa alors de son grand talent de diplomate et détourna la conversation. Guillaume fut ensuite « surbooké-Chérie » pendant des mois et le salon resta blanc pâle. Impeccable, la pièce ne s'ouvrait que pour les réceptions et les photographes des magazines de décoration. Ce soir, la boue y ajoutait enfin une touche de couleur.

Flique-flaquant jusqu'au cellier, Pierre téléphona chez ses amis les Varanche pour leur demander asile. Ils étaient eux aussi arrivés dans leur résidence secondaire, un manoir plutôt délabré situé hors du village. Pierre décida de se remonter le moral en emportant un très bon vin. Dans la cave, passant sa main amoureusement sur les bouteilles poussiéreuses, il appela Catherine. En écoutant la sonnerie, il se demanda qui elle allait accuser de cette inondation car, bien sûr, il lui faudrait un responsable. Catherine cherchait les responsables, à Pierre de trouver des solutions.

*

* *

À quelques centaines de mètres du Pressoir inondé, une voiture traversa la nuit et ralentit dans un petit chemin herbu. Au bout du chemin se dressait la silhouette d'une jolie grange à colombages. La voiture cala brutalement. À l'intérieur, Sylve et Michel, fascinés, observaient sans comprendre le rideau sombre et foisonnant qui leur bouchait la vue. Une marée d'herbes folles se dressait, graminées cotonneuses oscillantes au gré du vent. Droites dans la lumière des phares, découpées sur le ciel noir, les herbes dansaient devant le capot.

Sylve fut la première à parler.

« Non mais c'est pas possible ! Je croyais que Lucien devait s'occuper du jardin. Tu te rends compte : vu la hauteur de l'herbe, ça veut dire que rien n'a été fait depuis... depuis l'automne ! »

Michel ne répondit pas. Il sortit et traça son chemin dans la pampa en direction de la porte. Qu'allaient-ils trouver à l'intérieur ? Il imagina des draperies de toiles d'araignée et des ruisseaux d'humidité sur les murs. Passé le petit moment d'angoisse durant lequel il devait, dans l'obscurité, glisser sa main contre la paroi humide à la recherche du compteur, la lumière brutale du plafonnier ne révéla rien d'irréparable.

« Bon ! s'exclama Michel. C'est toujours aussi mignon, non ? »

Sylve contempla la pièce, close depuis des mois, envahie par la poussière et les toiles d'araignée.

« Charmant, c'est la maison des sept nains avant l'arrivée de Blanche-Neige.

— Mais c'est toi, Blanche-Neige, ma chérie ! Dès que tu entres quelque part, ça scintille ! »

Sylve sourit en se dégageant des bras de Michel. Déposant son couffin sur la table poisseuse, elle prit doucement les opérations en main.

« Allume la cheminée, je vais m'occuper des fleurs. Elles ont eu du mal à supporter le voyage. »

Et pendant que Michel allait chercher du bois (« Pas seulement du petit bois, Michel, prends aussi des grosses bûches, on va les poser à côté, c'est tellement beau »), ramenait les bagages, descendait les draps des hautes armoires, passait un coup de balai, remplissait le poêle à pétrole avec son jerrican, réchauffait un plat de boulgour et de cardes biologiques congelé par Sylve ; celle-ci arrangea des jacinthes bleues amenées de Paris. Plusieurs paniers bruns alignés sur le manteau de la cheminée dissimulaient des vases, et des bottes de mousse pulpeuse habillaient l'ensemble. Un arrangement floral raffiné sur le thème du printemps. Tout en dressant la table, Michel s'extasia :

« Tu es vraiment une artiste ! Avec deux bouts de ficelle tu fais des trucs super... »

Il était réellement admiratif. Il s'assit en regardant avec plaisir les reflets rouges du feu sur la carafe de vin pendant que la verte odeur des jacinthes lui parvenait. Comme souvent, il pensa à sa chance, à cette chance imméritée qu'il avait eue, lui, obscur gérant d'une obscure agence bancaire, de séduire cette fille originale et magnifique. Sylve lui sourit.

« Je suis totalement crevée, soupira-t-elle. On va se coucher ? » Câline, elle ajouta en l'embrassant : « Tu feras la vaisselle demain. »

*

* *

Pierre Dartois, réfugié au manoir des Varanche, avait du mal à se réchauffer. Malgré le feu de cheminée, le salon restait frisquet.

Installé mollement au fond d'un vieux fauteuil devant l'âtre, il savourait son verre de marc. La maîtresse de maison, son amie Marie-Charlotte, s'approcha de lui :

« Eh bien Pierre, figure-toi que pendant l'hiver on a encore franchi une étape : il pleut aussi dans la chambre bleue ! Alors j'ai préparé ton lit, mais tu vas emmener cette cuvette et tu la mets sous la fuite. Tu ne peux pas te tromper : il y a une énorme fissure au plafond.

— OK, Maricha, pas de problème. »

La châtelaine posa au milieu du parquet marqueté le récipient en plastique bleu. Somnolent sur une bergère – dont les crins sortaient par le fond –, Jean-Bernard, son compagnon, soupira en observant la cuvette :

« Tu aurais pu trouver un récipient moins laid, tout de même, Marie-Charlotte !

— Ah JB, ça suffit ! Tu veux quoi, que je trouve une cuvette du XVIIIe ? Un pot de chambre dans lequel

Louis XVI aurait pissé pour que ça fasse plus authentique ! Je t'en prie, lâche-moi, les fuites sont d'aujourd'hui et la cuvette est raccord. »

Elle plaqua une grosse bise sur la tempe de son hôte et sourit :

« Bonne nuit Pierre.

— Bonne nuit Maricha. »

De son pas dansant et décidé, Maricha traversa le salon. Les portraits des ancêtres assombrissaient les murs gris. L'éclat des flammes jouait sur les cadres dorés, faisant ressortir les taches claires des robes, des mains croisées, des yeux fixes. Lorsqu'elle eut atteint la porte, Maricha se retourna. Elle aimait particulièrement cette pièce du manoir, presque épargnée. Bien sûr, l'humidité posait ses doigts bleus au coin des huisseries, des auréoles apparaissaient sur les murs derrière les toiles et l'âtre était balafré d'entailles de plâtre. Mais le salon des ancêtres faisait encore bonne figure et les touristes s'y extasiaient à chaque visite. Régulièrement, les Varanche ouvraient les portes du manoir. Alors, amassés derrière des cordons de soie rouge, des dames à cheveux mauves et de gros messieurs en short et casquette de toile, se rêvaient un moment châtelains et descendants. Ils s'imaginaient là, devant la cheminée, consultant leurs registres et administrant leurs terres, pendant qu'en jogging de taffetas Madame (la baronne, la comtesse ?) installait les petits fours faits à l'office, sur des napperons brodés par une aïeule.

Mais les fins de mois des comte et comtesse de Varanche de Beaumont étaient moins pittoresques que leur arbre généalogique. Lorsque Jean-Bernard et Marie-Charlotte s'installaient devant la cheminée, c'était pour d'interminables calculs et montages financiers au bout desquels, invariablement, la même décision raisonnable s'imposait : vendre. Ou bien, décision moins classique mais plus ludique : foutre le feu et réclamer l'assurance. Certaines nuits d'insomnie, observant au plafond l'entrelacs des fissures, Maricha allait même jusqu'à organiser dans le détail le sauvetage des tableaux et meubles de valeur avant le grand embrasement. À la mort de son père, qui vivait au manoir, Marie-Charlotte avait hérité de ce calvaire qui revenait chaque week-end. Hantée par les lézardes et les taches d'humidité, la descendante mesurait nettement la fin du pouvoir de l'aristocratie.

Maricha avait eu une jeunesse tumultueuse, fuguant du couvent des Oiseaux pour suivre un luthier à Katmandou. Après de multiples aventures, elle se fatigua des luthiers hallucinogènes et retrouva un peu de stabilité auprès d'un médecin qu'elle avait failli épouser. Mais malgré deux enfants, Mathilde et Mathieu, le couple ne fut jamais heureux et se sépara après dix ans de disputes et de retrouvailles passionnées. Maricha rencontra alors le gentil Jean-Bernard et envisagea avec joie de l'épouser. Jean-Bernard, natif d'Alençon, fils d'un maçon alcoolique et d'une institutrice revêche, tous deux heureusement décédés, avait cru empocher cinq cents ans d'histoire en rencontrant Marie-Charlotte. Il s'apprêta à devenir comte avec avidité, à plein temps. En quelques semaines, il maîtrisa les quartiers de noblesse avec plus de facilité que ceux d'Alençon, connut par cœur toutes les branches de son prochain arbre généalogique. Puis, au détour d'une conversation, il découvrit brutalement que son mariage ne le ferait pas comte, et que de surcroît son épouse allait choir dans la roture. L'aristo n'est pas prosélyte. La future ci-devant comtesse faillit en perdre son charme. Alors commença une période d'atermoiements. Marie-Charlotte, qui était philosophe, fut amusée de la déception de son futur mari : il l'aimait, c'était l'essentiel. Épouser ou ne pas épouser, la question devint obsédante pour JB, puis se régla d'elle-même. Le temps passant, Jean-Bernard devint par facilité

« Monsieur le comte » pour une partie de leur entourage. Il ne rectifiait jamais, et, les occasions se succédant, il obtint finalement le titre par capillarité. Il croisa bien quelques aristo-thentiques, ulcérés, mais Marie-Charlotte fréquentait peu sa famille. Bientôt on ne parla plus de mariage. Une quinzaine d'années plus tard, il était devenu comte de fait.

Chaque fois qu'avait lieu la journée « portes ouvertes » au manoir, il mettait un point d'honneur à guider lui-même les touristes. Désignant avec émotion l'endroit où la première pierre avait été posée, cinq cents ans auparavant, il racontait toutes les anecdotes de son histoire, la belle histoire des Varanche de Beaumont. En s'anoblissant officieusement, Jean-Bernard s'exaspéra de plus en plus de l'attitude souvent triviale de Marie-Charlotte dont le sang bleu se remarquait si peu. JB, navré, la trouvait terriblement ordinaire.

L'ordinaire Maricha grimpa l'escalier et entra dans leur chambre fleurant bon l'humidité. Un message s'affichait sur son téléphone portable ; en l'écoutant elle sourit : André Bigos lui proposait de reprendre leur traditionnel jogging à partir du lendemain. Rencontré sur la plage deux ans auparavant, il l'avait amusée par son bagout, et ils avaient entrepris de courir chaque week-end. Comme toujours il concluait son message sportif par un argument imparable : « Pour être belle il faut en chier, Madame la comtesse. »

Samedi 5 mars

Pierre Dartois avait une autorité naturelle qui impressionnait ses collaborateurs. Du haut en bas de la hiérarchie de sa maison de production, personne n'aurait osé émettre la plus petite objection à l'une de ses décisions sans y être invité.

Pourtant, lorsqu'il avait affaire à Monsieur Ollivier, Pierre était gagné par l'incertitude. Ollivier, petit bonhomme rondouillard, avait créé trente ans auparavant une entreprise de maçonnerie, plâtrerie, peinture. Avec l'arrivée en masse des Parisiens, il y avait ajouté la plomberie puis l'électricité. Il arbora alors avec fierté l'appellation « tous corps d'état ». Aujourd'hui Monsieur Ollivier s'occupait des travaux de restauration et d'agrandissement du Pressoir, comme de tous les autres travaux de cette portion de la côte. Il existait également une entreprise Gaston et une entreprise Qualipage, mais, par un accord tacite, un Yalta de la truelle et du ciment, la région avait été découpée et répartie entre les trois entrepreneurs. Aucun jamais ne dérogeait. Aussi, malgré tous les désaccords et les abus objectifs, il était impossible de contourner Ollivier.

Ce matin-là au téléphone, Pierre, les pieds dans la gadoue de sa salle à manger, le constatait de nouveau :

« Mais je ne sais pas, je n'y connais rien Ollivier, c'est à vous de... »

Attentif à ne pas blesser Ollivier – l'entrepreneur est susceptible –, Pierre baissa d'un ton et brandit son arme secrète :

« Ma femme arrive par le train de 11 heures à Deauville, ce serait préférable que vous passiez avant. »

Ollivier était terrorisé par Catherine. Il la considérait d'un œil inquiet, tel un chien observant un hérisson. Quant à elle, elle semblait toujours le découvrir avec un sursaut de dégoût comme une saleté sur la moquette. Il promit d'être là au plus vite.

*

* *

Dans la fermette à colombages, Sylve et Michel s'étaient réveillés transis. Le chauffage devait être installé cette année, signe d'une nette avancée de la civilisation. La vieille maison avait du charme, mais aucun confort. Michel passait ses week-ends à bricoler, assainir, arranger. Lui-même n'aurait jamais choisi cette masure branlante et humide, blottie sous les pommiers. Mais lors de la première visite, pendant qu'il découvrait que l'âge des installations datait du jurassique antérieur, Sylve s'extasiait sur les poutres et la cheminée, rêvait d'un bureau face à la fenêtre, prévoyait déjà l'emplacement du hamac. Et alors qu'il posait des questions précises sur la fosse toutes eaux, elle poussa un cri de joie décisif : il y avait un puits au fond du jardin. Une découverte auprès de laquelle la condamnation du système électrique vétuste ne faisait pas le poids. On pouvait toujours s'éclairer à la bougie et cuisiner au feu de bois, mais le grincement de la chaîne du seau se balançant vers l'eau glacée tout là-bas au fond du trou, ça, c'était irremplaçable. Sylve ne voulut rien entendre sur les sanitaires rouillés, l'ampérage ou les fuites de la toiture. D'une manière générale, Sylve n'entendait rien aux contingences terrestres, demeurant imperturbablement connectée à un univers poétique. Alors Michel remontait ses manches. Au sens propre pour parer aux avanies, au figuré lorsqu'il devait monter des plans d'emprunt de plus en plus risqués pour entretenir la part du rêve normand. L'année passée avait été consacrée à la modernisation des sanitaires, un chantier de quinze jours qui avait pris deux mois. Puis on avait enchaîné avec le mois d'août, un mois de vacances pour tout le monde, y compris les ouvriers n'est-ce pas ? (Michel et Sylve votant à gauche, ils s'étaient sentis obligés d'opiner, acceptant la perspective de se laver dans une cuvette encore un mois.) Monsieur Ollivier qui veillait sur le chantier n'avait pu terminer les travaux qu'au mois de septembre, c'est-à-dire mi-octobre. Le système tout neuf – douche, lavabo et toilettes étincelants – n'avait donc pas encore servi. Après avoir utilisé un tuyau d'arrosage pour tout point d'eau (le puits s'étant avéré à sec) durant toutes leurs vacances, après avoir transporté des mètres cubes d'eau en bouteille, en seau, en cuvette, en arrosoir, en flacon, en fait-tout, Sylve et Michel avaient eu la satisfaction de rentrer à Paris en sachant qu'ils pourraient bientôt user d'un vrai confort, ou du moins y penser de loin pendant tout l'hiver. C'était une agréable distraction qui allait remplacer leurs vacances de neige puisque le budget ski avait été englouti dans la plomberie.

Ce matin, pour la première fois, drapée dans un peignoir de chanvre naturel, Sylve ouvrit la porte de la salle de bains. Michel avait branché le radiateur électrique avant d'aller chercher les croissants, une agréable chaleur y régnait déjà. Elle mit un bon moment à régler la douche et commença à s'enduire de savon biologique à la crème d'ortie – hors de prix, mais indispensable pour la souplesse de la peau. Elle se prélassait sous l'eau chaude quand elle s'aperçut que le bac se remplissait beaucoup. Et ne se vidait pas. Et même s'emplissait d'une eau saumâtre qui semblait – mais oui, c'était de plus en plus évident – sortir par la vidange ! L'odeur soudain alarma Sylve qui instinctivement monta sur le bord du bac, sorte d'« auge de granit », rustique en diable. Brusquement, avec un bruit sinistre, le bord de « l'auge » se fendit sous ses pieds. Immédiatement l'eau s'engouffra dans la fissure et commença à se répandre sur le sol, l'obligeant à traverser la salle de bains en courant pour échapper à ce qu'elle devait bien se résoudre à identifier comme des remontées de la fosse septique. Précédée d'une odeur immonde et poursuivie d'une vague boueuse, Sylve s'engouffra dans la cuisine. Sur le pas de la porte, Michel venait d'entrer avec un large sourire et des croissants.

*

* *

Debout dans la cuisine du manoir, son bol de café à la main, Mathilde s'indigna :

« Oh maman, tu ne vas pas mettre ce truc ! Même pour faire du sport c'est abuser ! »

Malgré ses vingt-trois ans tout neufs, Mathilde de Varanche de Beaumont possédait déjà une éthique personnelle inébranlable, son « top ten » des valeurs, en haut desquels figurait en bonne place le précepte « Ne jamais porter un jogging distendu », juste après « Éviter de trahir ses amis sans raison valable ».

— Ma chérie, rassure-toi : à part André personne ne me verra, on fait le parcours des bois. Et puis je ne sais pas comment tu fais, mais moi je ne peux pas faire de sport avec tes trucs blancs et ce genre de petites godasses à trou-trou.

— Maman ! » Mathilde soupira. « Ce sont des mules de sport compensées, en daim pyro-découpé. Des Gucci !

— Et tu vas faire du sport avec ça ? Transpirer dans ton jogging blanc ? Courir sur les chemins avec des mules ?

— Mais Maman, ça n'est pas une tenue de sport pour faire du sport, c'est une tenue de sport pour glander, pour bruncher, pour le week-end quoi !

— Quand j'avais ton âge, je mettais un short bleu marine très large pour faire de la gymnastique. Avec des baskets. C'est fou comme on change non ?

— Tu as eu une enfance vintage, Maman, sourit Mathilde. Et Pierre ? J'ai vu sa voiture hier soir, il n'a pas dormi ici ?

— Si ma chérie, mais il est déjà parti régler ses problèmes de fuite.

— De fuites ? Il a des collaborateurs qui se répandent ?

— Mais non, il y a une fuite d'eau au Pressoir. Je veux bien que les projets de Pierre soient parfois top secret, mais enfin, sa boîte de prod, c'est pas le Pentagone non plus !

— Hummm... » Mathilde fit une moue gourmande qui approuvait la confiture qu'elle venait d'étaler sur son pain. À moins qu'elle n'évoquât le statut de Pierre : « Tu sais, précisa-t-elle, qu'il est très important dans le milieu. À la soirée de lancement de TV13, tous les patrons de chaîne sont venus tchatcher avec lui... Il prenait ça très cool, mais on sent qu'il a la carte.

— La carte de quoi ?

— La carte ! Il est incontournable, populaire, cool, tout le monde a envie de bosser avec lui.

— Mais tu le vois souvent, Pierre ?

— Non. On se croise dans des fêtes, forcément : un producteur et une comédienne... C'est normal.

— Une élève comédienne. Je te rappelle qu'on te paye des cours pour que tu travailles. Que tu passes des castings certes, mais que tu traînes dans des fêtes… Je me demande si c'est vraiment productif tout ça.

— Maman ! » Mathilde leva les yeux au ciel, désespérée. « Ça fait partie du boulot de se faire des relations, tu le sais bien. Nicole Kidman serait toujours en train de peigner des kangourous si elle n'était pas un peu sortie dans les fêtes ! »

Elle se leva et observa André qui avançait dans l'allée, en petites foulées. Tiens, ton coach est sur zone.

Maricha zippa son vieux sweat grisâtre et sortit en lançant un joyeux « À tout à l'heure ! ». Mathilde eut juste le temps de crier :

« Tu ne crois pas qu'on pourrait inviter Pierre et Catherine pour boire un verre ce soir ? »

Maricha répondit sur le même ton « Oui, oui, bonne idée », et déjà elle s'éloignait sur le gravier.

Mathilde débarrassa la table du petit déjeuner et sortit elle aussi. Dans le hall d'entrée, elle s'observa dans le miroir qui dominait la console Louis XIII.

Elle ouvrit la fermeture Éclair de sa veste immaculée, en polaire respirant. Son tee-shirt, blanc lui aussi, était largement décolleté. Pas très grande, mais mince et gracieuse, Mathilde savait que son tour de poitrine constituait l'un de ses avantages objectifs. « Très objectif, même », pensa-t-elle en ouvrant encore un peu sa veste de jogging. Après tout, l'exaltation du sport autorisait une certaine désinvolture. Elle prit les clefs de sa voiture et se dirigea vers le garage. En petites foulées.

*
* *

Pierre observait son parc d'un œil critique. Des arbres de plusieurs essences rythmaient l'espace. Groupés autour des plus hautes cimes, des pommiers, des résineux, des charmilles créaient des décors différents. Un banc de teck sous un ombrage, une lourde table de pierre près d'un mur bas, une terrasse pavée devant la maison... Bientôt les fleurs habilleraient ces retraites minuscules, allumeraient des feux de couleur dans les lointains, redonneraient toute sa profondeur au jardin. Par une trouée dans le feuillage, on pouvait apercevoir la mer, au fond du parc, dans un espace faussement sauvage, un petit morceau de forêt où des graminées triées sur le volet bruissaient tout l'été.

Pierre imaginait des tentes de toile, des buffets et des tables disséminés dans le parc. En juin, il donnerait une fête en l'honneur de sa nouvelle maison de production, fruit de l'union de deux petites structures, considérablement améliorée par l'argent qu'il mettait dans la corbeille de mariage. Ses principaux confrères seraient là, c'est-à-dire ses rivaux, ceux qu'il méprisait comme ceux qu'il jalousait. Ses clients seraient aussi de la party, alliés déjà conquis ou prospects encore à séduire. Il faudrait aussi quelques stars, les inévitables « people » du moment. Ce serait un raout capital qui laisserait une impression d'assurance et de prospérité, ou bien une sensation d'à-peu-près. Pierre ne jouait pas sa réputation sur cette fête, mais il mettait en jeu, tout de même, sa valeur ajoutée : l'habileté. Réussie, la fête allait asseoir son pouvoir et lui ouvrir des portes ; ratée, elle ne détruirait rien, mais freinerait son essor.

Pierre calculait à grands pas l'emplacement de l'une des tentes, lorsque la camionnette d'Ollivier (« tous corps d'état » !) s'engagea dans l'allée. Après une poignée de main assez peu conviviale, les deux hommes pénétrèrent dans la maison.

« Oh là, il y a de l'eau ici ! » Ollivier soulevait ses pieds avec dégoût.

« Oui, c'est pour ça que vous êtes là... » Pierre était déjà exaspéré. « Alors ? »

Ollivier temporisa :

« Faudrait déjà que l'on voie d'où ça vient... ça vient d'où ?

— Comment voulez-vous que je le sache ?
— Bon, il faut regarder la chaudière, elle marche pas la chaudière ?
— Si, Denise l'a forcément allumée.
— Ils sont pas chauds les radiateurs.
— Heu, oui, je ne sais pas, j'avoue que je n'ai pas contrôlé, ça ne m'est pas venu à l'idée.
— Oui. Mais ils sont pas chauds, tenez, touchez. »
Ollivier tâtait le radiateur obstinément. Si le radiateur était froid, Pierre, lui, bouillait intérieurement.
« Je vous crois, Ollivier, je voudrais juste savoir ce que vous allez faire, comment on procède.
— Ben… Faudrait voir la chaudière.
— Eh bien allez-y ! Vous savez où c'est, c'est vous qui l'avez installée !
— Oui, bon. Ben je vais vous envoyer le chauffagiste. Seulement là c'est samedi, alors il passera pas tout de suite, normalement il travaille pas le samedi.
— Mais comment fait-on pour la fuite ? Il y a bien une arrivée d'eau à couper quelque part ?
— C'est l'arrivée d'eau de la chaudière.
— Et vous ne pouvez pas le faire, en attendant que votre gars vienne ?
— Oh, si… Faudrait descendre couper l'arrivée d'eau, quoi. »
Ollivier regardait ses chaussures trempées. Un silence s'installa.
Intérieurement, Pierre se demanda si c'était à lui de descendre. Est-ce que fermer une arrivée d'eau constituait une action formellement interdite par la déontologie de l'entrepreneur ? Un truc susceptible de vous faire excommunier par le dieu de la plomberie ? Une obscénité qu'aucun gars du bâtiment n'aurait pu formuler sans rougir ?
« Non, ce qu'il y a…
— Oui ? balbutia Pierre avec empressement.
— Ben, on n'est pas sûr que ça soit ça non plus… faut voir, quoi.

— Ah bon. »

Un silence s'installa de nouveau. Ollivier gardait la tête baissée. Tout à coup Pierre se sentit dans la position du type à qui l'on essaie de faire comprendre qu'il a un cancer.

« Bon, dites-moi la vérité, Ollivier. »

Il faillit ajouter « Je peux tout entendre » mais se souvint qu'il discutait simplement avec un entrepreneur.

« Ben, ça pourrait être les raccords qu'ont pété. Je vous en avais touché deux mots cet été. »

En effet, Pierre se rappela une interminable discussion au mois d'août avec Ollivier. Pendant que Catherine et son amie Viviane profitaient des derniers instants d'un week-end au soleil, Pierre avait tenté ce jour-là de faire face à une pluie de termes incompréhensibles qu'il avait rapidement renoncé à se faire expliquer. Tout cela avait trait à la vétusté du raccordement du Pressoir à l'eau courante. Au terme de sa démonstration obscure, l'entrepreneur avait conclu par « C'est sûr que c'est pas donné, mais avec ça vous serez tranquille ». Une phrase qui sonnait comme un glas. Comme il était déjà 18 heures et que chaque minute retardant leur départ leur vaudrait une heure supplémentaire dans les bouchons, Pierre avait opiné. C'est ainsi qu'Ollivier concluait de nombreux accords avec les Parisiens : sur la fin du dimanche, lorsque dans leur cerveau le fracas du compte à rebours couvrait toute velléité de réflexion.

Ce dimanche-là, Pierre avait senti, mais trop tard, qu'il avait signé un pacte avec l'entrepreneur. Un jour ou l'autre, il faudrait s'exécuter. Eh bien c'était aujourd'hui.

« Bon, d'accord, mais concrètement, comment savoir si ça vient de là ? »

Ollivier tout à coup se réveilla. On aurait dit qu'un mauvais sort se dissipait : il sortit d'un pas presque énergique. Il désigna près du mur une sorte de regard où luisait un amas de boue.

« Regardez : là, c'est bouché. »

Ollivier retrouvait des couleurs. Il se lança dans une description minutieuse et incompréhensible de tout ce qu'il allait faire pour sortir le Pressoir de cette mauvaise passe. Pierre saisit au passage qu'il y aurait des tranchées et des kilomètres de canalisations, des raccordements comme s'il en pleuvait, un compteur et des raffinements de tuyauterie sophistiqués. Ollivier en parlait avec dans l'œil la flamme du fétichiste évoquant une combinaison en latex. Pierre sentit que la facture aussi allait être érotique.

« Mais est-ce qu'on peut faire autrement, Ollivier ? Refaire en partie, par exemple. »

L'entrepreneur se rembrunit.

« Moi je prends pas la responsabilité de bricoler sur un raccordement d'eau courante. »

Un lourd silence suivit la phrase, dans lequel Pierre sentit tout le poids du danger qui le menaçait : son sort ne tenait qu'à un tuyau.

Ollivier lança tout à coup, avec un élan presque chaleureux :

« Et puis, on pourrait faire plaisir à vot'dame, du même coup. »

Pierre le regarda, interloqué. Il passa en revue tout ce qui pouvait exciter Catherine à l'évocation de canalisations. Ollivier avait-il des… tuyaux secrets concernant des fantasmes de plomberie qui auraient habité son épouse ?

« Eh ben oui, ajouta Ollivier devant la mine ahurie de Pierre : la piscine ! Si on creuse, autant creuser !

— Oh là ! » Pierre qui, une heure avant, envisageait de régler une soudure, voyait s'avancer le financement des tranchées de Verdun autour d'une piscine olympique.

Ollivier leva la main :

« C'est l'occasion ou jamais : vous allez pouvoir faire baisser de moitié la dépense puisque toutes les machines seront sur place. Vous faites d'une pierre deux coups et votre facture va s'en ressentir, c'est sûr ! »

Ça demandait réflexion.

« Et ce serait prêt fin juin ? » Ollivier rentra la tête dans les épaules. Dès qu'on évoquait une date, une échéance, un calendrier, Ollivier rentrait la tête, comme une tortue. Toute son attitude clamait la souffrance du type à qui on demande l'impossible.

« Faut voir… C'est quand même du boulot… »

Le bruit d'une voiture qui entrait leur fit tourner la tête vers le portail. C'était le petit monospace blanc de Viviane et Philippe, les amis des Dartois, à bord duquel la silhouette de Catherine fit frémir Ollivier.

Les trois arrivants eurent bientôt rejoint les deux hommes. Catherine effleura Pierre d'un baiser rapide :

« Viviane et Philippe m'ont amenée finalement, ça s'est fait très vite : je n'ai pas réussi à te joindre.

— Bonjour Pierre ! » Viviane l'embrassa avec chaleur pendant que son époux, Philippe, descendait un énorme sac de voyage en saluant à la ronde avec bonne humeur. Quoi qu'il arrive, Philippe était toujours de bonne humeur et affichait un enthousiasme indéfectible pour la vie en général. Son caractère ravi tenait à la fois de la sérénité bouddhique et de la fougue du chiot. Pierre l'aurait volontiers renvoyé à sa niche avec un bol de tsampa, mais on ne peut pas officiellement en vouloir aux gens d'être de bonne humeur.

« Tiens, vous êtes là ! Bonjour, Ollivier. »

Sous le regard de Catherine, Ollivier avait bien perdu dix centimètres. Les yeux rivés au sol, il se tenait parfaitement immobile.

Il avait à peine saisi la main tendue de Catherine que celle-ci la retira, comme prise d'un dégoût irrépressible.

« Vous nous avez réparé tout ça j'espère ? »

Ollivier balbutia :

« Faut voir… du côté des canalisations… Mais du coup la piscine ! »

Il termina sa phrase avec entrain, allant même jusqu'à lever les yeux en direction du visage de Catherine. À quelques centimètres près, il l'aurait regardée.

« Quoi la piscine ? » Catherine chercha une explication du côté de Pierre.

« Figure-toi qu'Ollivier nous propose de profiter du chantier des réparations pour creuser une piscine. »

Catherine se tourna brusquement vers l'entrepreneur qui rentra sa tête dans ses épaules précipitamment.

« C'est vrai, Ollivier ?

— Ah oui, on pourrait faire de la belle piscine !

— Bon, mais alors il nous faudrait ça en juin. Ollivier, vous savez que nous donnons une fête et ce serait impensable qu'il y ait des travaux.

— Oui, oui, oh là je comprends !

— Tout serait fini, c'est sûr ? Je ne veux pas voir une pelle qui traîne sous les petits-fours, vous me comprenez ?

— Oh là ! »

Ollivier s'animait. Sa femme le bassinait depuis quelques jours afin que leur maison soit rutilante pour la communion de leur fils. Ce matin même elle lui avait fait jurer qu'il n'y aurait plus un seul sac de plâtre dans le garage, là où la table du buffet serait installée.

« Pas une pelle, c'est sûr, oh là là ! ça me connaît ! Pas un sac de plâtre pour le vin d'honneur !

— Quel vin d'honneur ?

— Non, je veux dire… pour le… pour vot'… »

Catherine le toisait en silence, Ollivier se tut et se mit à rapetisser.

« Bon c'est d'accord… Pierre tu es d'accord ? Ce sera magnifique, on mettra d'immenses pots de rhododendrons et des bougies près de l'eau, ça sera divin pour la soirée, non ? »

Pierre, qui était prêt à investir beaucoup pour obtenir un peu d'engouement de la part de sa femme, opina illico.

« D'accord. Ollivier, on compte sur vous, vous repassez pour le devis, et puis surtout vous me réglez cette fuite en attendant… »

Pierre serra la main d'Ollivier et s'en alla vers la maison, rejoignant Catherine qui chuchota :

« Ce type a raté sa vocation, regarde-le. »

Pierre jeta un coup d'œil en arrière, Ollivier était encore immobile dans la pelouse. Catherine reprit :

« Je t'assure, après sa mort, il devrait faire don de son corps à Leroy Merlin : momifié, il ferait un excellent nain de jardin. »

*
* *

Ollivier arriva à la Fermette vers 11 heures. L'odeur nauséabonde avait eu le temps de tout imprégner. Sylve le salua sommairement, puis elle enfila ses sabots de cuir et s'enveloppa de sa cape en laine bouillie. Après ces affreux problèmes de sanitaires, que Michel saurait régler lui-même, il lui fallait respirer le bon air de la campagne et reprendre des couleurs parmi ses amis les arbres. Sylve prétendait recevoir directement toute la force tellurique transmise par les troncs et les branches. On la voyait souvent caresser les écorces d'un air extatique. Afin de conserver cette force, elle avait récemment décidé d'aménager leur maison de campagne selon les préceptes Feng Shui, comme l'était déjà leur appartement parisien. Mais l'effusion matinale de la fosse septique la laissait perplexe : la philosophie Feng Shui ne mentionnait rien en ce qui concernait l'invasion d'une cabine de douche par la matière fécale. Intuitivement, Sylve pensa que c'était globalement à éviter. Elle prit le chemin de la ferme de village. De loin elle observa les différents véhicules garés près de l'étable. Elle chercha des yeux le 4×4 de Pierre. En général il venait le samedi en fin de matinée acheter quelques produits fermiers chez Maurice et Christiane. L'année dernière, Sylve avait brusquement identifié Pierre après l'avoir vu interviewé au cours d'une émission de télévision. Cet odieux pollueur au 434 oxygénophage qu'elle croisait en week-end, cet irresponsable-là était l'un des producteurs auxquels elle rêvait de vendre son scénario, un scénario de feuilleton télévisé époustouflant qui allait révolutionner le genre. Illustratrice, Sylve travaillait régulièrement depuis quelques années pour un magazine de jardinage et de décoration. Elle prenait plaisir à peindre des massifs et des potagers, des crocus au printemps et des châtaignes en automne. Elle peignait également pour elle de jolies toiles et de bonnes aquarelles qui la rassuraient sur sa qualité d'artiste. Et puis un an auparavant, elle avait été subitement touchée par la grâce. Pendant une relaxation, après son cours de yoga, elle avait eu l'inspiration. Une idée géniale qui allait constituer, elle en fut immédiatement convaincue, un excellent feuilleton (édifiant, récréatif et instructif) : l'histoire d'un homme qui sauve le monde grâce à sa passion des herbes médicinales. Dans un état second, Sylve avait écrit les grandes lignes de la saga pour faire partager à Michel l'enthousiasme de cette magnifique épopée. Michel se montra réservé. Néanmoins, Sylve développa son œuvre et l'envoya aux producteurs les plus influents. Elle se mit à rêver d'un avenir en lettres de feu qui la verrait passer du statut d'illustratrice talentueuse mais obscure (il fallait bien l'admettre) à celui de star de la fiction audiovisuelle, redorant le blason du petit écran grâce à la haute tenue de ses sagas spectaculaires.

N'obtenant aucune réponse de la part des producteurs, elle en tira la conclusion qui s'imposait : ils ne l'avaient pas lue. Elle s'était donc mis en tête d'obtenir des rendez-vous au moment précis où Pierre lui était apparu sur le petit écran. C'était un signe.

Elle découvrit aussitôt que certains 4×4 étaient équipés de pots catalytiques particulièrement performants et donc pas si polluants. Et pratiques, bien sûr, à la campagne. Elle ne mit pas longtemps à localiser le Pressoir et se trouva souvent sur le passage de Pierre, achetant des timbres au tabac ou du lait à la ferme le samedi. En une saison, au fil des fins de semaine campagnardes, elle avait établi entre eux un embryon de cordialité que l'hiver avait suspendu. Il fallait maintenant passer à l'étape suivante : renforcer les relations de voisinage qui amèneraient Pierre à la connaître davantage, donc à être séduit et à acheter son scénario. Sylve imaginait leur histoire s'étoffer de week-end en week-end. Timide au printemps, la romance deviendrait torride en été, langoureuse en automne, et l'hiver les verrait travailler ensemble à Paris, toute la semaine. Sylve était déterminée : cette œuvre télévisuelle serait la clé de la prospérité du couple qu'elle formait avec Michel. Il ne fallait pas s'arrêter au passage obligé de la séduction, voire de la consommation de Pierre. C'était un dommage collatéral dans la guerre sans merci que Sylve menait contre la médiocrité. Le doute et le remords n'étaient que des entraves dans cette lutte, tendue vers la merveilleuse vibration du luxe. Beaucoup d'argent pour acheter beaucoup de produits Max Havelard à déguster sur des canapés en cuir de chez Stark. (Du cuir de veaux abattus selon les préceptes du Feng Shui.) S'enveloppant frileusement dans sa cape, Sylve accéléra le pas : elle venait de voir du coin de l'œil la silhouette de Pierre qui s'engageait dans la rue menant chez Maurice.

*

* *

Dans la cuisine de la ferme, debout devant le plan de travail, Christiane sortait avec précaution tous les œufs d'une boîte de douze « frais pondus à la ferme » et les plaçait dans deux paniers ronds, en fils de fer, que Maurice avait trouvés au fond de l'ancienne étable. Sur la boîte de carton vide, des poules en Technicolor gambadaient.

Christiane soupira :

« Ça va mal tourner, écoute ce que je te dis pour une fois… »

Maurice, finissant son café, posa le bol dans l'évier.

« Pourquoi ça finirait mal ? Y a rien qui ressemble plus à un œuf qu'un autre œuf… Qu'est-ce que tu veux qui se passe ? »

Sachant qu'elle ne pourrait pas le convaincre, Christiane remit à plus tard le discours qu'elle lui tenait régulièrement. Dès le début, l'idée lui avait déplu. La farce avait commencé deux ans auparavant, un samedi de printemps après la tournée des œufs, particulièrement peu nombreux ce matin-là. « Pourquoi le nombre des œufs fluctuait » était l'un des problèmes exaspérants de l'existence à la ferme, qui en comptait pas mal, de problèmes exaspérants. L'œuf serait-il lié à la bonne humeur de la poule ? La poule aurait-elle des états d'âme ? Dans ce cas, il fallait donc admettre que la poule ait une âme, ce qui ne résolvait pas la question car on sait bien que dès qu'une créature est pourvue d'une âme il en découle des monceaux de complications. Christiane envisagea des aménagements de l'habitat gallinacé pour enrayer leur déprime, mais Maurice trancha nettement :

« On va pas leur donner le droit de vote non plus ! Allez hop : on change rien au poulailler, on aménage la production.

— C'est-à-dire ?

— T'inquiète pas, j'ai mon idée. »

Et c'est ainsi que Christiane s'était retrouvée empilant au fond de son Caddie les boîtes d'œufs d'élevages industriels prélevés entièrement à la main sur le linéaire du supermarché. Ensuite Maurice salissait les coquilles consciencieusement (il était même allé jusqu'à y coller des duvets avec un sourire sardonique) et les plaçait dans les paniers qu'utilisait son grand-père. Les Parisiens n'y voyaient que du feu et se ruaient sur les bons cocos des cocottes à Maurice. À la coque direct, avec les mouillettes, comme dans la pub.

« Un jour ou l'autre, quelqu'un attrapera la salmonellose et tu l'auras sur la conscience ! »

Christiane ne mangeait plus d'œufs du tout.

Et pourtant, c'était elle qui avait pensé aux faisselles. Achetant les moins chères en hard discount, il avait suffi de les faire glisser de leurs pots en plastique dans les anciens moules en étain de la laiterie pour qu'elles fleurent bon l'authentique au lait cru. Christiane les disposait avec amour le vendredi dans le garde-manger grillagé. Elles s'égouttaient sur des torchons en toile rayés de rouge, absolument irrésistibles. Les citadins en raffolaient. Rapidement il avait fallu penser à la crème : « Je n'y connais rien, Christiane, mais vous ne pourriez pas nous faire de la crème fraîche ? Ça ne doit pas être bien compliqué, non ? Avec une baratte électrique, non ? » La crème, versée dans des bocaux à confiture, venait d'une ferme voisine : « Sinon ça va faire trop, Maurice », mais elle était TOUT À FAIT artisanale. Naturellement, certains week-ends d'affluence, il fallait la diluer avec un ou deux pots de crème achetés au supermarché, mais c'était exceptionnel, et le produit restait excellent : « Vous savez, Christiane, que je la ramène à Paris ! À la maison, on n'en achète plus d'autre, on sent trop la différence. »

Christiane aperçut Pierre au moment où il entrait dans la cour. Elle jeta vivement la boîte en carton dans la poubelle pendant que Maurice dissimulait un sac d'engrais. Cette année ils comptaient proposer des fines herbes. Biologiques naturellement.

« Bonjour, Christiane, bonjour, Maurice ! »

Les agriculteurs le saluèrent en retour. Maurice sortit le cidre, Christiane demanda des nouvelles en roucoulant, elle n'était pas insensible au charme de Pierre.

« Votre épouse est arrivée ?

« Oui, Viviane et Philippe l'ont amenée, elle a très envie d'œufs à la coque, comme toujours : c'est elle qui m'envoie. Vous en avez ce matin ?

— On vient juste de les ramasser, je vous sers un cidre ? » Maurice avait déjà rempli sa bolée.

« Oui, volontiers ! » Pierre grimaça brièvement. Le cidre lui causait des désordres intestinaux assez pénibles, mais il considérait qu'en Normandie on ne pouvait pas refuser la bolée offerte par l'autochtone. Maurice le regarda boire avec satisfaction. Lui-même trempait à peine ses lèvres dans le bol. Christiane, curieuse, se renseigna :

« Il paraît qu'Ollivier était chez vous ce matin ?

— Oui, un problème de fuite…

— Ah méfiez-vous ! » Christiane riait en le poussant du coude : « On commence par une fuite et on finit par la piscine, demandez à tous les Parisiens du bourg d'à côté : c'est comme ça que ça se passe ! Mais vous, je sais bien que vous êtes moins benêt… »

Pierre ricana avec les deux paysans, puis il ajouta doucement :

« En même temps… Une petite piscine, ça ne déplairait pas à mon épouse vous savez… »

Christiane et Maurice gommèrent leur sourire pendant que Pierre ajoutait, tranquille :

« Quand on vit ici toute l'année, on ne se rend pas compte de ce que la vie peut être stressante pour les gens qui travaillent vraiment. Enfin, qui travaillent en ville, avec la pression et tout… »

Dans le flottement qui suivit, la voix de Sylve fut un soulagement.

« Bonjour tout le monde ! »

Tous les trois répondirent à son salut avec empressement. Maurice sortit un nouveau bol qu'il servit dans la foulée. Sylve avait embrassé Christiane avec chaleur car elle se sentait tellement proche des gens de la terre.

« Ah, je vois qu'il vous reste deux faisselles ! C'est formidable, ça va me faire un bien fou, je me sens en manque de calcium en ce moment, c'est terrible ! »

Elle se tourna vers Pierre :

« Mais vous aviez peut-être l'intention de les prendre ?

— Non, non pas du tout, je vous en prie…

— Pierre ! »

Mathilde de Varanche venait d'entrer dans la pièce, immaculée comme une apparition, ses cheveux blonds moussant en auréole. Passant devant Sylve, elle se pendit au cou de Pierre et l'embrassa. Maurice sortit un bol qu'il remplit.

« Bonjour, Mathilde, je ne t'ai pas vue au château hier soir ?

— J'étais épuisée, je sortais d'un casting… Nerveusement c'est ruinant ! »

Sylve, imperturbable, se tourna vers Christiane :

« Bon, je prends les deux alors… »

Mathilde s'aperçut soudain de l'existence d'autres êtres humains autour d'elle.

« Christiane, Maurice ! Pardon, je suis tellement stress en ce moment ! Ça va ? »

Les deux paysans opinèrent. Mathilde tendit la main à Sylve :

« Bonjour, excusez-moi… Mathilde.

— Bonjour, je vous en prie… Sylve. »

Mathilde avala une gorgée de cidre

« Oh ! là, là ! Christiane, tu n'aurais pas du Coca Light ! C'est top infect ce cidre bio ! »

Christiane sortit une bouteille de Coca Light en riant et en servit deux verres qu'elle partagea avec Mathilde…

« Qu'est-ce que tu voulais ma caille ?

— Ben je sais pas, plein de trucs… On fait un apéro ce soir, Pierre vous êtes invité avec Catherine, Maman y tient beaucoup… les faisselles, tiens, avec des herbes, c'est top.

— Ah ! désolée ma caille, c'est la petite demoiselle qui vient de les prendre… »

Sylve eut un sourire timide que son regard déterminé démentait. Elle n'avait pas l'intention de laisser la moindre parcelle de fromage à la caille en Gucci.

Mathilde eut une moue désolée et se tourna vers Pierre…

« Oh je suis déçue… J'avais tellement envie d'un fromage frais pour fêter le presque printemps… Tant pis, il nous restera le foie gras que Tantine nous envoie de Biarritz… Ça fait pas très printemps mais ça t'ira quand même ? »

Pierre sourit en ramassant les œufs que Christiane avait préparés.

« Ce sera parfait. À ce soir, 18 heures ?

— Pas de souci…

— Vous ne finissez pas ? dit Maurice en poussant le bol de cidre vers Pierre.

— Non non, répondit celui-ci précipitamment, j'y vais, à plus tard… Au revoir », lança-t-il à Sylve qui lui renvoya un sourire éclatant.

Mathilde était déjà sur le pas de la porte. Elle salua Maurice et Christiane de la main « Ciao, ciao », s'apprêtant à rejoindre Pierre. Sylve, qui partait, lui lança en souriant :

« Eh bien bon foie gras alors !

— Merci ! », répondit Mathilde, amène. « Et occupe-toi de tes faisselles », pensa-t-elle.

Dès qu'ils furent seuls, Maurice jeta le cidre qui restait dans les bols et sortit une bière fraîche du frigo. « Ces Parisiens, ils vont me rendre malade avec leur foutu cidre. »

*

* *

L'après-midi avait été ensoleillé. Pendant que Nathalie terminait la vaisselle et commençait à prévoir le repas du soir tout en lançant une machine à laver, André s'endormait devant la télé, une petite mousse et des clopes à portée de main. Le jogging du matin l'avait bien décrassé. La comtesse, enrobée mais pulpeuse, était toujours aussi bandante. Pourtant il en voyait passer, dans sa salle de gym, des créatures ! Affûtées, aérodynamiques comme des voitures de sport, plus ergonomiques que du mobilier de bureau, fascinées par leur corps, prêtes à tout pour une ration de protéine de contrebande. Et Dieu sait qu'il en profitait. C'était comme une sorte d'entraînement sportif en bonus, l'entraînement spécial du patron. Rien de personnel, en fait. Il ne culpabilisait même pas. Au début, un peu… Ça l'enquiquinait, sachant que Nathalie n'aurait pas compris. Pas assez sportive. Et puis, les années passant, il n'y pensait plus. Nathalie elle-même étant peu portée sur la chose, il en avait conclu qu'elle préférait qu'il la laisse tranquille de ce côté-là. L'arrangement était donc pratiquement en sa faveur à elle. De quoi pouvait-elle se plaindre ?

Il n'empêche que la comtesse, avec ses kilos en trop et son souffle court, son vieux jogging et son accent aristo, la comtesse le faisait fantasmer grave. Moins que la bourge du Pressoir, à qui il aurait volontiers arraché ses corsages à mille balles, mais là c'était plus pour la revanche. La comtesse, c'était inexplicable. Une douceur, un moelleux, de l'appétissant en somme. Dédé, qui n'était pas porté sur la bouffe et n'avait jamais désiré les dodues, se sentait, en présence de la comtesse, envahi par des désirs d'enfant devant un Paris-Brest.

*

* *

Au manoir de Varanche, la comtesse s'activait. Pendant que Jean-Bernard écrivait une énième lettre de demande de subventions, elle dressait la table pour l'apéritif. Le jogging du matin l'avait bien relaxée. André était toujours aussi roboratif. Brutal mais chaleureux, il lui donnait envie de se dépasser, de bouger, de s'amuser. Elle avait souvent tenté de remuscler ce corps qui lui échappait ; mais personne ne lui avait jusque-là donné l'espoir d'y parvenir. Elle avait peu à peu considéré son corps comme un outil, fiable mais impersonnel. Même le sexe était devenu utilitaire. Agréable mais utilitaire. On ne peut pas exulter quand on n'ose pas se regarder nue dans une glace. Par ailleurs, il est également très difficile d'exulter en comptant inconsciemment le nombre d'ardoises qu'on entend tomber dans la cour d'honneur. Bien que… avec André, loin du château… aurait-elle encore la tête à compter les ardoises ? Elle sourit mais chassa cette idée piquante. André qui coachait des créatures de rêve ne s'était sans doute même pas rendu compte que Maricha était dotée d'une enveloppe charnelle. Elle nota tout de même d'acheter un jogging neuf pour y introduire ladite enveloppe.

*
* *

Debout seule devant la voiture, Catherine réfléchissait. Comme Pierre l'avait fait, elle imaginait les tentes de la réception. Cette fête que Pierre avait projetée pour asseoir sa bonne santé professionnelle, Catherine, peu à peu, en avait fait une affaire personnelle. Des fêtes, des réceptions, des dîners, des cocktails, ils en avaient donné des dizaines. Réussis, presque toujours ; inoubliables, quelquefois. Catherine savait organiser et recevoir, avec cette précision et cette distance ataviques que donnent plusieurs générations de parfaites maîtresses du monde et femmes de maison, ou l'inverse, quoique... Choisir les mets selon des thèmes, régenter les fournisseurs, disposer les arrangements floraux et dépenser pour un buffet des sommes qui pourraient nourrir un village somalien pendant des mois, c'était chez elle un savoir-faire inné. Catherine ne faisait aucune faute de goût car elle n'en avait qu'un : le bon. Jamais gâté par la gourmandise ou la volupté. Jamais mis en péril par un élan du cœur. Une perfection, sans audace mais sans erreur. Agacée lorsque l'ambiance n'était pas au rendez-vous, Catherine ne tirait pas grande satisfaction de la réussite de ses agapes. Elle était professionnelle. Pourtant, cette fois, elle tenait particulièrement à réussir l'événement. Parce qu'il s'agissait de la première fête de cette ampleur au Pressoir, mais aussi pour d'autres raisons, moins commodes à définir, à peine formulables. Par exemple, prouver à Pierre qu'elle lui était indispensable. D'où venait cette sensation de danger qui lui inspirait ce besoin ? Du sentiment que Pierre la trompait. Elle en avait eu souvent, fugacement, l'intuition. Par moments, par bouffées. Ce serait hélas effroyablement banal. Mais Catherine connaissait son mari : il était terriblement conventionnel.

« Ça va, Cat ? Tu n'as pas l'air bien, demanda Pierre. » Accompagné de Viviane et de Philippe, il s'installa dans le 4×4.

« Ça va... répliqua Catherine en soupirant. J'essaie de me préparer psychologiquement à l'éternel foie gras que nous envoie la mère machin et au sempiternel champagne venu en direct des vignes de je ne sais qui...

— Des produits exceptionnels, reconnais-le ! sourit Pierre.

— Oui, oui, je sais... Mais c'est tellement commun : foie gras, champagne... J'aime bien Marie-Charlotte mais elle manque vraiment d'imagination. »

Lançant un coup d'œil venimeux à son mari, elle enchaîna :

« Ça ne m'étonne pas que tu apprécies. J'y pensais à l'instant. Tu es terriblement conventionnel. »

Pierre n'ajouta rien, inquiet de cette pique qu'il ne s'expliquait pas. À l'arrière, Viviane sourit en silence. Il ne lui déplaisait pas que ce couple parfait se fissure.

Philippe s'exclama, enjoué :

« Eh bien, moi aussi je suis banal : j'adore les bons produits de Maricha et je ne me lasse pas du foie gras. C'est mon côté "origines modestes"... Ça ne se voit pas, mais ça me rattrape par moments !

— Si, si... laissa tomber froidement Catherine. Ça se voit. »

Dans le silence qui suivit, on franchit les portes du château. Maricha apparut sur le seuil.

Ils s'installèrent dans le grand salon. La fraîcheur du vent ne permettait pas d'ouvrir les portes-fenêtres sur la terrasse, mais le jardin à la française s'éveillait dans le soleil du printemps. Les allées au tracé rigoureux se détachaient sur le voile vert amande qui soulignait les haies bien taillées. Les premières jonquilles étoilaient la pelouse.

Maricha servit quelques coupes :

« Pour ce premier week-end de l'année, je vous propose le classique champagne de mon grand-oncle Polyphile, toujours aussi rond. Le champagne bien sûr ! »

Jean-Bernard grimaça. L'humour facile de sa femme était, parmi tous ses défauts, celui qu'il exécrait le plus. Pour redonner du cachet à l'ambiance, il ajouta :

« Et naturellement, nous retrouvons aussi ce bon vieux foie gras que ma tante Edmée, la baronne de Thiais, nous fait envoyer de sa propriété chaque année !

— Mais j'ignorais que la baronne était TA parente aussi ? » Catherine regardait JB d'un air interrogateur.

« Oui, enfin... par alliance, naturellement. Enfin par... »

Catherine haussa les sourcils mais n'ajouta rien. Elle s'enfonça confortablement dans son fauteuil. Mathilde entra dans la pièce en chaloupant. Elle portait de très hautes semelles compensées et un jean savamment usé qui laissait entrevoir une bande de peau duveteuse, avec un joli nombril orné d'un piercing. Un tee-shirt trop petit et très moulant tentait vainement de masquer l'anatomie de la jeune actrice. Un imperceptible frisson parcourut l'assemblée : les femmes battirent des cils, les hommes baissèrent les yeux. Mathilde se lova dans le canapé, près de Pierre.

Rapidement la conversation s'anima. On échangea les projets pour l'année à venir. La piscine suscita l'envie de Maricha et une remarque judicieuse de Jean-Bernard.

« Si vous la creusez au fond de la propriété, vous devriez en discuter avec vos voisins : ce serait beaucoup plus facile et nettement moins coûteux de faire un branchement d'eau sur la conduite qui passe dans leur jardin. C'est pratiquement en limite de propriété.

— Tu en sais des choses sur les conduites d'eau ! » Pierre était toujours admiratif quant au nombre de détails pratiques que JB maîtrisait.

« Enchaîne les demandes de subventions et les dossiers aux Monuments historiques et tu en sauras autant que moi !

— Mais... » Catherine s'inquiétait déjà : « Il faudrait les dédommager, les voisins ?

— Ça dépend, les travaux sont à votre charge et ça n'est pas grand-chose, une petite tranchée, rien de méchant. C'est plutôt que… Ils peuvent s'y opposer. Ils ont parfaitement le droit de refuser. Ce genre de chose se règle à l'amiable. Vous entretenez de bons rapports avec les Bigos ?

— Dieu merci, soupira Catherine, nous n'entretenons AUCUN rapport avec ces gens-là !

— Vous avez tort, répliqua Marie-Charlotte, moi, André me coache chaque saison depuis deux ans, et ça me fait un bien fou ! »

Un silence se fit pendant lequel chacun observa sans mot dire l'embonpoint de Maricha. Reprenant un toast, elle ajouta :

« Quant à elle, sa femme, elle cuisine divinement. Elle nous fait passer des petits plats par son mari, parfois… Elle est très douée ! Il ne faut pas oublier de lui rendre ses Tupperware, elle fait une fixette là-dessus, mais sinon, charmante. »

Catherine faisait la moue. Viviane aussi connaissait Nathalie. Elle ajouta :

« C'est vrai, l'année dernière je suis entrée chez eux deux minutes en attendant la fin d'une giboulée, elle faisait une blanquette de veau, ça embaumait. Et puis, quoi qu'il en soit, piscine ou pas, c'est important d'entretenir de bons rapports avec nos voisins. »

Catherine et Pierre eurent le même imperceptible tressaillement. Les voisins en question étaient les leurs, exclusivement. Viviane et Philippe s'incrustaient quasiment tous les week-ends au Pressoir, au grand agacement de Pierre qui ne les supportaient que pour complaire à sa femme. Celle-ci en effet aimait à garder sa meilleure amie dans son sillage. Elle détestait Philippe, qu'elle tolérait au Pressoir comme une séquelle inévitable. Néanmoins, de week-end en week-end, le couple s'implantait toujours davantage, et Pierre tout comme Catherine sentit nettement que l'adoption des voisins était une étape de plus dans l'annexion des lieux.

« Moi je me demande si la piscine elle-même est une bonne idée, dit Philippe. Vous avez bien réfléchi ?

— Personnellement, je ne vois pas quel défaut on pourrait trouver à une piscine ! s'exclama Maricha. À part noyer les enfants… mais ça n'est pas obligatoire.

— Oh si, précisa Philippe, la piscine a un défaut majeur : les profiteurs ! Croyez-en notre expérience, dès qu'une maison a une piscine, vous ne pouvez plus vous défaire de tous les vagues amis, les raseurs, qui viennent squatter le bassin dès qu'il y a un rayon de soleil. Et ça s'incruste, et ça s'invite tout seul… avec une piscine, on n'est plus chez soi.

— C'est vrai ! renchérit Viviane, nos amis les Monches, que tu connais Cat, nous allions chez eux très souvent il y a trois ans. Ils ont installé un bassin : c'est devenu invivable. Dès qu'il fait beau, le jardin est plein de baigneurs en maillot, ça jacasse, ça s'éclabousse… On a cessé de les voir.

— Les pauvres ! », s'exclama Pierre, impassible. Catherine lui jeta un regard noir.

— Ah non, tant pis pour eux ! ajouta Viviane. On ne peut pas tout supporter.

— Moi, j'avoue, si j'avais les moyens, je ferais volontiers creuser quelque chose dans le parc, rêva JB. Une grande vasque en forme de coquillage peut-être. Une grande vasque avec des thermes. Un genre de…

— Un genre de piscine à particules », rigola Marie-Charlotte.

Jean-Bernard soupira. Cette femme n'avait aucune ambition esthétique. Les aménagements de jardins occupèrent la conversation jusqu'au départ des invités. Mathilde ne dit pratiquement rien mais parla utilement. Dans un aparté rapide, à l'abri de la discussion générale, elle fit promettre à Pierre qu'il la présenterait à un ami producteur qui avait l'oreille des directeurs de chaîne. En riant elle lui dit que pour le remercier elle lui apprendrait à manipuler un piercing : un truc à savoir si on veut rester jeune. Elle effleura le sien avec candeur.

Pierre sourit. Elle se dit qu'elle avait été trop loin et se leva gracieusement.

*
* *

Sur le pignon de la villa d'André et Nathalie, un panneau fleuri indiquait son nom : « Mon plaisir ».

« Il est tout à fait hors de question de fréquenter ces gens-là ! chuchota Catherine devant la grille. Les week-ends sont faits pour décompresser, pas pour faire la cour à des ploucs. »

Les Dartois marchaient lentement dans la ruelle qui bordait la maison des Bigos. Un perron en ciment menait à la porte, flanqué de pots vides et de rosiers fanés. Sur la petite pelouse rase, une biche de ciment gambadait. Catherine observait le tout avec consternation. Pierre tentait discrètement de voir l'arrière de la maison, le terrain qui jouxtait le leur. Il distinguait vaguement un empilement de meubles de jardin en plastique, puis un amas indistinct de végétation.

« Allez viens, j'ai froid », souffla Catherine.

Mais au moment où ils allaient passer devant la maison suivante, la porte des Bigos s'ouvrit. André, le verre de « jaune » à la main, les apostropha joyeusement.

« Mais c'est les voisins ! Qu'est-ce qui vous amène ici ?

— Rien de particulier... répondit Pierre, le sourire aimable, on se promenait...

— Par ce temps ! Mais ça caille sec, vous allez vous les geler ! Venez donc prendre l'apéro, ça va vous remonter ! »

Déjà il venait ouvrir la grille, mais Catherine recula.

« Non, c'est gentil, mais on nous attend... »

Un bruit de pas leur fit tourner la tête : Viviane arrivait en courant, le manteau de Catherine sur les bras.

« Ah vous êtes là ! Bonsoir monsieur. Je me suis dit que ce n'était pas prudent, Cat, avec tes bronches fragiles, de rester si longtemps exposée au froid.

— Ben c'est pile ce que j'étais en train de dire ! André avait immédiatement senti en Viviane une alliée. Allez, entrez vous réchauffer, Nini va nous ouvrir un crémant. »

Viviane opina en soupirant des « oh avec plaisir... C'est vrai que le fond de l'air est glacial... un peu de chaleur sera la bienvenue ». Les deux autres suivirent en silence.

« Nini, regarde qui je t'amène ! »

Nathalie sortit de la cuisine, s'essuyant les mains sur son tablier. Elle souriait, rosissait, saluait. Manifestement ravie.

André installa son petit monde dans le salon-salle-à-manger. Une toile cirée pimpante couvrait la table, une ronde de bateaux bleus et de coquillages mauves. Pendant que Nathalie disposait des biscuits dans des raviers en forme de poisson, André posait un verre devant chacun. Il ouvrit une bouteille de vin blanc sucré puis posa sur la table du pastis, de la crème de mûre et de pêche.

« Un kir ? Un Pastis ? On n'a que ça pour le moment, c'est le début de la saison, on n'a pas fait le grand ravitaillement !

— Mais c'est suffisant, dit Pierre, je vais prendre un pastis.

— Et ces dames, qu'est-ce que je leur sers ? Une crème de pêche ? »

Viviane acquiesça avec gourmandise. Catherine tenta un « Je ne prends rien, merci », mais elle comprit vite qu'elle serait plus tranquille en optant pour un kir.

« Pareil que Nini alors ! Son petit kir, le soir, c'est sacré. »

On trinqua.

La conversation, presque entièrement tenue par Viviane et André, roulait sur les banalités de voisinage : le temps, les travaux entrepris sur la place du village, une récente tempête... On ne sut comment la piscine fut soudain évoquée.

« Ah oui, c'est ce que je disais à Nini : même un petit bassin, un truc tout simple, ce serait sympa l'été ! Vous allez faire ça où exactement ? Par-derrière, là ? » Il montrait l'arrière de sa maison.

« Eh bien oui, à peu près... on n'est pas encore très décidés, c'est un projet pour l'instant. »

Pierre temporisait, prudent.

« Ben moi, si je peux vous donner mon avis, comme ça, entre nous... » André resservit les verres d'autorité. « ... ce serait de la faire derrière votre rocaille, là... Dans ce carré d'herbes derrière la maison. Pratiquement devant notre grillage. »

C'était exactement l'endroit que Pierre et Ollivier avaient envisagé le matin même. Catherine regarda André fixement.

« Eh bien dites donc, monsieur...

— Dédé ! Appelez-moi Dédé ! Pas de chichis entre nous...

— Eh bien... » Catherine se concentra comme si elle devait prononcer un mot complexe dans une langue exotique... « "Dédé", vous êtes très au courant de la topographie de notre propriété.

— Ah ben oui : on communique. On n'y pense pas parce qu'il y a le bois d'un côté comme de l'autre qu'est bourré de ronces en plus –, mais au bout on n'est séparés que par un grillage. Alors moi, de temps en temps, je le contrôle le grillage. Faudrait pas qu'y s'troue. Normal que je connaisse la topo. »

Catherine s'imagina avec horreur prendre des bains de soleil sur le bord de la piscine, couvée des yeux par un Dédé en rut dans les ronces, derrière son grillage.

Pierre acquiesça avec diplomatie.

« Si nous construisons cette piscine, nous veillerons à remplacer ce grillage par quelque chose de plus solide. Il n'est pas question de vous imposer la moindre nuisance de voisinage.

— Pensez-vous ! se récria Dédé, on n'est pas comme ça nous, hein Nini ? On comprend que les gens s'amusent en week-end... Et puis une piscine, ça nous fera plaisir de la voir. Nini elle adore se baigner, mais elle peut pas dans la mer, elle a peur des bêtes ! »

Nini et son mari se mirent à rire bruyamment, avec des regards complices. Les trois autres eurent un temps de stupeur puis sourirent à leur tour. Catherine se pencha vers son mari :

« Pierre, il faut qu'on rentre, Philippe nous attend, on ne l'a même pas prévenu, il va s'inquiéter... »

André s'empara de la bouteille de Pastis :

« Alors, le petit dernier, pour la route ! »

D'un même élan, Pierre et Catherine protestèrent : « Non, non, vraiment pas ! » Viviane, souriante et légèrement pompette, ouvrit la bouche pour, sans aucun doute, accepter le petit dernier. Sèchement, Catherine lui jeta : « On y va, ton mari t'attend ! » Ils prirent congé rapidement et s'en furent sous le crachin, non sans que Dédé et Nini leur eussent arraché une acceptation pour un barbecue dès que les beaux jours seraient là. André dit à Catherine, avec un gros clin d'œil :

« Vous m'en direz des nouvelles : je suis le roi de la saucisse. »

Viviane en riait toute seule pendant le trajet du retour, pas tant du mot de Dédé, que de l'expression de dégoût intense de Catherine. Elle en pouffait encore dans son lit en racontant la scène à Philippe.

Dimanche 6 mars

Sylve était déconnectée. Dès qu'elle ouvrit les yeux, elle le sentit nettement, ce vide intérieur, ces errements de l'âme désemparée.

Michel, lui, sentit nettement l'odeur de merde, car il fallait bien appeler les choses par leur nom, qui imprégnait entièrement la salle de bains et montait jusqu'à leur chambre. Ollivier allait faire le nécessaire, et dès le week-end prochain leur installation sanitaire fonctionnerait normalement.

Sans se concerter (Sylve parlait à peine lorsqu'elle se sentait déconnectée), ils s'habillèrent rapidement et prirent la route de Deauville pour un petit déjeuner réconfortant. Dans la voiture, pendant qu'il s'extasiait sur la couleur de la mer et la beauté de la lumière, Sylve détaillait les installations de la centrale thermique qui défigurait une partie de la côte. Sur la place Morny, Michel descendit acheter *Le Monde* et *Télérama*. Sylve resta dans la voiture. Il revint vers elle.

« Tu ne viens pas ? C'est magnifique, regarde comme il fait beau, on peut pratiquement rester en terrasse ! »

Autour de lui, les maisons à colombages, pimpantes, resplendissaient. La place était presque vide, une gentille agitation du dimanche animait les trottoirs, de la boulangerie toute proche on sentait venir l'odeur du pain chaud.

« On se croirait à Disneyland ronchonna Sylve. Je préfère aller à Trouville. »

Ils partirent vers Trouville. Le marché arracha un sourire à Sylve qui accepta de s'installer au café des Sports, donnant sur les étalages. Après avoir commandé du lait de soja et du pain bio au son, Sylve s'empara d'une revue de décoration oubliée par un client. La serveuse revint, embarrassée :

« Désolée, Madame, on n'a pas de lait de soja ; et pour le pain, la patronne dit que le nôtre est pas bio, pas au son mais très bon quand même.

— Et vous n'avez pas... du pain de campagne, au moins ? Du Poilâne ?

— Je vais voir... »

La serveuse avait déposé devant Michel un double café et des croissants.

« Tu devrais laisser tomber, chérie. Les croissants sont délicieux, tu sais...

— C'est quand même incroyable qu'on ne puisse pas, à la campagne, manger du pain de campagne ! Et je ne te parle pas du beurre, tout ce qu'il y a de normand, regarde ! »

Un petit paquet de beurre industriel reposait dans une soucoupe.

« Si tu voulais de l'authentique, il fallait choisir un endroit plus chic, tu sais bien. Ou alors apporter les produits de chez Maurice. »

La serveuse revint, les mains vides. Sylve s'adressa à elle avant qu'elle parle :

« Bon, ça ne fait rien, apportez-moi un quart d'eau d'Évian. Ça ira Évian ? C'est pas trop exotique ? »

Plusieurs coups sur la vitrine leur firent lever les yeux : Nathalie, sur le trottoir, les saluait joyeusement. « Quelle poisse », murmura Sylve. Elle venait de reconnaître leur voisine qu'elle ne cessait de croiser au village.

« Vous venez faire un tour au marché ? cria Nathalie en détachant bien les syllabes.

— Oui, oui... Tout à l'heure, répondit silencieusement Sylve, avec un sourire forcé.

— Il fait beau ! beugla Nathalie en direction de Michel qui la salua chaleureusement de la main.

— Vas-y, je t'attends, dit-il à Sylve. Tu adores faire le marché. Tu pourrais ramener des tas de bonnes choses à Paris.

— Avec elle ! », gémit Sylve en forçant encore son sourire qui devint une grimace.

Soudain, derrière Nathalie, elle aperçut Marie-Charlotte et Catherine, en conversation devant un étal de crémier. Pierre pouvait être dans les parages. Elle se leva et rejoignit le groupe.

Michel les observa un moment puis ferma *Télérama* et demanda à la serveuse :

« Vous n'auriez pas *L'Équipe*, par hasard ? »

Les quatre femmes parcoururent le petit marché avec plaisir. La lumière de mars, abrupte, les fit sortir leurs lunettes de soleil. Ainsi reconnaissables, car seuls les Parisiens portaient leurs verres fumés en cette saison, elles partirent à l'assaut des légumes « tout frais », des fromages « maison », des poissons « en direct du chalut ».

Nathalie et Sylve firent quelques achats, mais Catherine et Marie-Charlotte filèrent chez Crampon, le seul pâtissier possible à Trouville, se réservant d'aller ensuite se ravitailler à Deauville, chez Delose, le seul fromager possible. Catherine, qui laissait le soin à sa femme de ménage d'approvisionner la maison, acheta tout de même quelques pommes rouges, pour la déco.

Elles s'installèrent dans la vieille Ford de Maricha et partirent à Deauville, gaies et secrètement étonnées de s'entendre si bien. Pierre ayant démontré à Catherine les économies effectuées grâce à un branchement au niveau des canalisations des voisins, elle fit l'effort d'adresser plusieurs fois la parole à Nathalie. Au fond, c'était comme d'absorber un Aspégic : désagréable mais nécessaire.

Sylve pérora sur la traçabilité de la viande bovine, puis entreprit de révéler à Catherine tout ce qu'elle connaissait de l'histoire du Pressoir. Car, dit-elle, ayant peint de nombreuses aquarelles dans le village, elle avait apprivoisé les paysans du coin qui aimaient que l'on sache apprécier leur terre. Ils lui avaient raconté l'histoire du village, et Sylve à son tour pouvait renseigner Catherine sur les origines de sa résidence secondaire. Maricha, agacée, leva les yeux au ciel. Regardant Sylve dans le rétroviseur, elle lui dit :

« Je n'aime pas mettre mes aïeux à contribution, mais ma famille est là depuis près de cinq cents ans… J'ai déjà dit à Pierre et Catherine tout ce qu'on peut savoir sur leur maison.

— Bien sûr… dit Sylve avec un sourire à peine condescendant, mais les aristocrates n'ont jamais eu vraiment la confiance des paysans, vous savez. Il y a des choses qu'on ne dit pas aux puissants et qu'ils ignorent.

— Naturellement, répondit Maricha, les Normands se confient plus facilement aux touristes parisiens, c'est bien connu. »

Catherine se détendait, elle adorait les atmosphères électriques.

« Un prochain week-end, il faudra que vous veniez, avec votre mari. Vous me raconterez ce que les paysans disent de mon Pressoir », dit-elle.

Maricha jeta un coup d'œil dans le rétro. Sylve souriait, victorieuse. Nathalie observait le bas-côté d'un air maussade.

*

* *

« Mais d'où vient cette odeur à la fin ! pesta Viviane.

— C'est le fromage de chez Delose, soupira Philippe. Pierre et Catherine n'avaient plus de place, elle m'a demandé de le mettre dans un coin.

— Plus de place... tu parles. Tu es d'un naïf !

— Écoute, c'est pas très grave : on rentre d'un bon week-end, la saison commence, je trouve que le bilan est plutôt positif.

— Je te signale qu'on a encore deux heures d'embouteillages à passer dans les odeurs de camembert avant de rendre la voiture et de prendre le métro. Je doute que Pierre nous raccompagne. »

Philippe coula vers elle un regard malicieux :

« Tu aurais préféré rentrer avec le roi de la saucisse peut-être ? »

Viviane, vaincue, se mit à rire.

À quelques centaines de mètres de là, le roi de la saucisse et son épouse roulaient aussi au pas.

« Mais ça sent le pourri, c'est une infection, Nini, qu'est-ce que tu trimballes, t'as marché dedans ou quoi ?

— Mais non, Dédé, c'est du fromage de Deauville. On l'a acheté ce matin. Elles en ont toutes pris... J'ai pas voulu avoir l'air...

— Eh ben j'espère qu'il est aussi bon qu'il pue.

— J'aurais dû le mettre dans un Tupperware. »

Derrière eux, le coffre était en bonne partie envahi de boîtes en plastique. On distinguait même, dans l'une d'elles, d'un format impressionnant, la silhouette de deux chaussures de sport. Nathalie avait trouvé cette astuce pour remiser les Nike de Dédé. Elle se gourmanda intérieurement : « Comment n'avait-elle pas pensé à enfermer le fromage ? » Contrariée, elle passa en revue mentalement toutes les boîtes hermétiques dont elle disposait et qui auraient pu convenir. L'énumération la rasséréna un peu.

*

* *

Stoppés au péage, les Dartois aussi patientaient. Catherine bougonnait

« C'est assommant, ces retours… j'aurais peut-être dû prendre le train.

— Tu as essayé une fois, tu as mis plusieurs jours à t'en remettre.

— C'est vrai. Mais je ne serais peut-être pas retombée sur un couple avec TROIS enfants ! C'est invraisemblable cette propension qu'ont les gens à faire des enfants aujourd'hui. J'ai l'impression qu'il y en a plus qu'avant… tu ne trouves pas ?

— Je ne sais pas… peut-être », répondit vaguement Pierre qui, curieusement, se mit à imaginer la fille des Varanche. Ça n'était sans doute pas à ce genre d'enfant que pensait Catherine.

« Enfin, reprit-elle, il y a une chose qui me console dans ces embouteillages : c'est que j'ai confié le camembert à Viviane. » Elle conclut en souriant méchamment : « Finalement, ils ont leur utilité, Philippe et elle. »

Samedi 19 mars

Sylve regarda tomber la pluie un bon moment. Il fallait vraiment une raison valable pour venir de Paris fondre sous ce crachin qui pénétrait les vêtements et les cœurs. Impossible même de planter un rosier. Elle chaussa ses bottes et sortit malgré tout. La campagne sous la pluie est tellement romantique. Après un coup d'œil à la cour de la ferme, vide, elle décida de pousser jusqu'à la plage. Il n'était pas dit qu'elle ne rentabiliserait pas son week-end. Le vent la giflait de plus en plus fort, mais elle savait qu'en ce moment même Ollivier était sans doute en train d'arriver chez eux, s'ébrouant sur le pas de la porte en maugréant « Vrai temps de cochon ! ». Sylve eut une pensée reconnaissante pour Michel qui allait devoir affronter l'entrepreneur une fois de plus.

Michel calculait de nouveau.

« Mais il est payé combien de l'heure votre chauffagiste ?

— Ah ! le prix d'un chauffagiste, et d'un chauffagiste DE DEAUVILLE ! Sur Paris, vous pouvez comparer : ça vous reviendra beaucoup plus cher.

— Et vos tuyaux, ils sont en or ?

— Ah, ah ! rit Ollivier, avec l'assurance de l'homme qui sait apprécier une bonne blague même lorsqu'on la lui a servie deux millions de fois.

— Non, vraiment... Le premier devis m'allait parfaitement, avec cette installation-là, je ne rentre pas du tout dans mon budget.

— Une résidence secondaire, c'est toujours un peu de frais à prévoir, mais le confort c'est primordial si vous voulez vraiment apprécier vos week-ends... »

Ollivier disposait d'un étonnant stock de mots clefs contenant les notions de : « Confort, Week-end, Standing, Discret et Pratique, Minimum d'efforts, Maximum de bien-être » qu'il associait librement avec d'autres notions comme « le prix de la fiabilité, le petit plus qui fait toute la différente, un surcoût rentabilisable, le budget de la tranquillité... », etc. Il était également à la tête d'un certain nombre d'entités « qui n'ont pas de prix », comme « le savoir-faire, le cachet, la longévité », et celle dont l'absence de prix alourdissait considérablement tous les devis : « la sécurité ». Comme il l'aurait fait avec un Rubik's Cube, Ollivier jouait avec ses segments de phrases et obtenait de bonnes réponses à tous les coups.

Michel soupira :

« Pouvoir allumer ce chauffage à distance, ça me coûte un prix invraisemblable, je crois que l'idée de la différence nous aidera à supporter le froid pendant l'heure nécessaire à diffuser la chaleur si on l'allume seulement en arrivant.

— Oui, je comprends votre réaction : sur le papier, comme ça... On ne se rend pas compte. Mais imaginez quand il fait vraiment frisquet, vous arrivez le vendredi soir, il fait bon chez vous ! C'est un surcoût que vous allez rentabiliser en confort immédiatement ! »

Michel revit leur arrivée de la veille, galopant dans la boue, sous la pluie, jusqu'à la porte. Dans l'humidité glaciale de la maison, la lumière semblait terriblement blafarde. Pendant que Sylve déballait les provisions, Michel avait couru dans le garage récupérer du bois, puis, trempé, s'était battu longtemps pour obtenir une maigre flamme dans la cheminée. On entendait les gouttes tomber par le conduit sur le papier journal qui s'éteignait mollement. Quand, enfin, un vrai feu avait commencé à illuminer la pièce, le vent s'était levé. Présentant leurs mains à la belle flambée, Sylve et Michel avaient reçu en pleine figure la fumée rabattue par la bourrasque. En quelques minutes, la pièce avait été envahie par un brouillard gris qui leur piquait les yeux. Un mélange de cendre et de suie saupoudrait le sol. Ils laissèrent le feu s'éteindre et allumèrent les gros radiateurs à bain d'huile qui leur coûtaient une fortune. Sylve râlait. Michel tenta d'alléger le désastre :

« C'est normal : le temps est vraiment pourri, il fait un vent à décorner les bœufs ce soir.

— Tu as raison, c'est normal : une cheminée, on ne doit s'en servir que quand il fait beau et chaud. »

En revoyant cette soirée, Michel sentit sa résolution vaciller. Ollivier poussa son avantage :

« Pensez quand même qu'avec cette installation-là, vous êtes tranquilles pendant des années. C'est un budget, c'est sûr. Mais ce petit effort que vous faites aujourd'hui, vous allez vous en féliciter pendant vingt ans. »

C'était un des grands aphorismes d'Ollivier. Un des bingos du Rubik's Cube.

« Je vais en parler avec Sylve. »

Michel temporisait, Ollivier sourit :

« C'est ça, parlez-en avec vot'dame. Je suis bien tranquille qu'elle verra tout de suite où est son intérêt. »

Il se leva.

« Vous ne finissez pas votre cidre ? demanda Michel. C'est du bio, ma femme l'achète au marché d'Honfleur.

— Merci ! » Ollivier n'avait pratiquement rien bu. « Moi, le cidre, ça me provoque des gaz.

— Bon, alors je n'insiste pas », dit prestement Michel qui ne souhaitait pas de détails.

Les deux hommes se levèrent. Ollivier jeta un coup d'œil à la cheminée, s'approcha en fronçant les sourcils, regarda longuement dans le conduit.

« Ben dites donc... Elle doit rabattre vot'cheminée, non ?

— Si, dit Michel.

— Elle s'effondre, grommela Ollivier. Y a le conduit qui radoube.

— Ah bon, dit Michel, alarmé. C'est grave ?

— L'est foutue ! conclut Ollivier d'un air décidé. Faudrait faire un cerclage. Passer un tuyau, quoi. On verra ça en installant le chauffage. On vous mettra une tuyère, je dois bien avoir vot'diamètre... » Il lança un clin d'œil à son client. « Je vous ferai ça pour rien, entre nous. Mais en attendant faut pus faire de feu. C'est dangereux. Ça peut s'écrouler. »

Il sortit, serra la main de Michel et attendit d'être dans sa camionnette pour afficher un sourire satisfait : le Parisien sans sa cheminée est une créature diminuée, à la merci de l'entrepreneur.

Sylve revint trempée de sa balade romantique. Sur la plage, elle avait tout de même ramassé des bois flottés qu'elle ajouta à sa collection dans le garage. Le sol de pierre était couvert de ces racines blafardes, tourmentées, que Sylve comptait un jour ou l'autre « mettre en valeur » en les agrémentant de touches de peinture. Elle avait vu à Trouville l'exposition d'un sculpteur sur racines qui lui en avait donné l'idée. Elle prit du bois pour faire un bon feu.

« Ah ! dit Michel navré en voyant les bûches. Ollivier sort d'ici, il est formel : on ne peut plus utiliser la cheminée. Elle menace de s'écrouler, il peut faire quelque chose mais en attendant... plus de flambées, chérie, je suis désolé.

— Non, tu plaisantes ! » Sylve tout à coup imagina le week-end maussade et coûteux, entièrement chauffé par les radiateurs électriques. La météo annonçait de la pluie jusqu'au lundi.

« Assieds-toi, coupa Michel : prends une bolée de cidre, je te prépare une bonne omelette avec les œufs tout frais de Maurice, une petite salade et une faisselle à la crème... et pendant qu'on déjeune, je t'explique ce qu'Ollivier nous propose pour le chauffage. »

Il fallut bien tout le déjeuner pour en débattre. Faire des projets étant l'un des deux plaisirs majeurs de la résidence secondaire (l'autre étant « profiter du week-end », un but rarement atteint). Le milieu de l'après-midi s'avança pendant que Sylve et Michel, environnés de croquis et de devis, finirent enfin par opter pour « le minimum d'efforts et le maximum de confort ». Le chauffage au fioul n'était pas très politiquement correct, et la facture serait bouillante elle aussi, mais pendant qu'ils discutaient, leur regard était régulièrement ramené vers la gueule noire de la cheminée froide, et c'est cette vision décourageante qui eut raison, doucement, de toutes leurs réticences. À 5 heures, après avoir bu une tisane de thym aux airelles, ils avaient décidé : pour faire quelques économies, Michel allait lui-même construire la loggia qu'ils avaient projeté d'aménager dans la salle à manger. Mais dans quelques semaines et pour les vingt années à venir, ils pourraient se chauffer décemment.

« Pourvu qu'il fasse très froid cet hiver, dit Michel, malicieux.

— Il fait déjà très froid », maugréa Sylve qui observait le jardin détrempé.

La nuit tombait sur la pelouse gorgée d'eau. Les pommiers d'un noir d'encre semblaient vernis. Le sol était boueux, et l'ombre au loin rôdait sur les bois. Même en plein hiver, on voyait rarement paysage aussi déprimant.

Sylve pensa à leur appartement parisien, sa moquette duveteuse, sa grande baignoire et ses huiles essentielles, son congélateur plein de légumes non traités déjà cuisinés, son téléphone sans problème de réseau.

À ses côtés, Michel, silencieux, pensait à leur parking qui permettait de ne pas croiser la moindre goutte d'eau entre la voiture et l'appartement, au canapé moelleux du salon, à la télé et au match de demi-finale de ce soir ; il pouvait pratiquement sentir le fumet de la pizza que le livreur apportait en quinze minutes.

Côte à côte, ils restèrent ainsi quelques instants, chacun plongé dans ses pensées.

« Bon, dit Sylve en s'ébrouant, tu veux faire quoi ce soir ?

— Je ne sais pas, répondit Michel, bouquiner devant un bon feu de bois. Enfin… bouquiner. Tu préfères sortir ? Aller manger des fruits de mer à Deauville ?

— Je ne sais pas », bougonna Sylve. Le mirage d'un bain chaud aux essences de romarin, agrémenté de longues conversations téléphoniques avec ses copines, ce doux mirage s'estompait dans le bruit du ruissellement de la gouttière.

« Tu vois, avança Michel avec une fausse légèreté, c'est typiquement le genre de météo qui me fait regretter la télé. Je sais, on ne doit pas être esclave du petit écran, et tu sais que ça n'est pas mon cas ! insista-t-il avec véhémence alors que Sylve ne disait rien. Mais là, reprit-il doucement, je ne sais pas si c'est un petit coup de blues mais…

— Tu verrais bien un peu de foot ?
— Heu... oui ! avoua Michel, honteux d'être aussi prévisible. Mais enfin, c'est passager : je vais me secouer un peu et hop, je...
— Je te comprends, coupa Sylve : tu es soumis à des pressions sociales toute la semaine, tu as du mal à couper brutalement avec ce genre de pollution mentale. C'est classique. Tu es en pleine inhibition de la résilience.
— Ah ! dit platement Michel.
— Alors que tu es là, dans ta maison de campagne ravissante, au calme, en pleine nature, près de tout un tas de gens bien plus authentiques que tes collègues de bureau, alors qu'on pourrait passer une soirée sereine à regarder la nuit tomber doucement sur notre jardin... Tu n'arrives pas à t'ouvrir au bonheur du moment.
— Ben non, balbutia Michel qui essayait en plissant les yeux de faire coïncider ce tableau idyllique avec la bouillasse détrempée qui s'étalait dans le noir sous leur fenêtre glaciale.
— Bon, soupira Sylve. Je crois que c'est encore trop tôt pour toi, le stress est trop fort, il ne faut pas lutter. » Elle prit une inspiration et jeta avec une nuance de déception dans la voix : « Tant pis, rentrons à Paris.
— Non, non ! s'exclama Michel, je ne veux pas te gâcher ton week-end...
— Non, tu ne vas pas tenir. C'est dit : on rentre. »
Et, sans lui laisser le temps de réagir, Sylve monta enfourner ses affaires dans son sac. En une demi-heure, tout était bouclé. Ils partirent avec l'excitation de deux citadins s'embarquant pour un séjour exotique : ils rentraient à Paris ! C'était délicieux.

Dimanche 20 mars

Une douce tiédeur régnait dans la chambre. Malgré la lumière rose qui baignait le lit, Pierre sut immédiatement qu'il pleuvait. Les rideaux de toile de Jouy à motifs lie-de-vin, doublés de soie grenat, nimbaient la pièce d'une belle couleur chaude même par temps de pluie. Mais le bruit de l'averse sur la terrasse était sans ambiguïté : le dimanche pourri promis par la météo avait bel et bien débuté.

Catherine aussi se réveillait. Elle s'étira joliment, Pierre lui sourit.

« Bien dormi ?

— Mmoui... J'ai l'impression d'avoir entendu des trombes d'eau toute la nuit.

— Il pleut toujours.

— Je meurs d'envie d'un petit déjeuner pantagruélique. C'est l'odeur du café que je sens ?

— Non, désolé, dit Pierre. Ni café ni croissants : Philippe et Viviane ne sont pas là.

— Ah la barbe ! », soupira Catherine... elle se tourna vers Pierre : « Tu vas te faire saucer jusqu'à la boulangerie.

— Je ne vais pas traîner d'ailleurs, enchaîna Pierre, tu sais que nous avons le rendez-vous du piscinier aujourd'hui. Je veux absolument faire le repérage du terrain une dernière fois. »

Catherine se coula sous les draps en gémissant. Il ressortait de ses plaintes étouffées qu'elle n'avait pas du tout envie de ce rendez-vous.

« Nous sommes ici pour ça, Cat, tu sais bien ce qui se passera si on traîne : pas de piscine fin juin, et un gros trou pour la réception. Pas question. »

Catherine réapparut.

« Alors fonce, je ne bouge plus jusqu'à ce que je sente l'odeur des croissants. »

Pierre s'approcha d'elle et lui caressa les cheveux.

« Un petit encouragement, alors ?

— J'ai cru comprendre que ça n'était pas le moment. Dépêche-toi, je meurs de faim. »

Elle se retourna et le repoussa doucement mais fermement. Pierre n'insista pas. Après tout, elle avait raison : la journée était dédiée au projet-piscine sur lequel il planchait depuis presque quinze jours. Si bien qu'au bureau, Paule, son assistante zélée, se crut revenue à l'époque exaltée de l'achat du Pressoir, huit ans auparavant.

Pendant des années, Pierre avait partagé avec ses frères la jouissance d'une maison de famille en Bourgogne. Une vaste maison en pierre du pays, fraîche en été, glaciale en hiver, pleine de souvenirs en toutes saisons. Les week-ends s'organisaient sans heurt, dans une ordonnance aléatoire mais convenant à tous, la maison étant assez grande pour abriter deux ou trois couples sans promiscuité. Puis les couples avaient eu des enfants.

L'enfant (celui des autres) est le prédateur naturel du week-end de repos. Un enfant, deux enfants... le passage de maison de campagne à maison familiale s'était fait sans trop de mal. Mais lorsque chacun eut plusieurs bébés, Pierre, et surtout Catherine, virent venir avec angoisse les fins de semaine houleuses où les vagissements éclataient dès le petit déjeuner. Ils affrontaient de plus en plus mal les clameurs et les cris de la petite colonie. Car si Pierre et Catherine n'avaient eu qu'une fille (qui demeura unique dans tous les sens du terme), les frères de Pierre continuèrent à faire des enfants à tour de bras. Le frigo fut rempli de petits pots et de biberons dès le vendredi soir, une partie du salon fut dédiée au parc des petits, condamnant ainsi la cheminée jugée de toute façon trop dangereuse pour les bébés autonomes. Les parents dotés d'enfants nombreux prirent les plus grandes chambres ; la cuisine, la salle à manger, la bibliothèque furent jonchées de jouets, et il devint rapidement impossible de faire un pas la nuit vers les toilettes sans mettre le pied sur une créature de caoutchouc qui couinait dans l'obscurité.

Lorsque, un dimanche de printemps, le déjeuner sous le tilleul dut s'interrompre car le petit dernier venait d'apporter avec un grand sourire sa couche récupérée dans la poubelle mal fermée, Catherine décida qu'une maison de campagne personnelle serait la bienvenue. Elle n'ajouta pas « strictement interdite aux enfants », mais Pierre aussi y pensa. Tout à coup, les années de week-ends transformés en garderie-party leur semblèrent insupportables.

Ils en parlèrent à leurs amis les Varanche qui venaient justement d'apprendre qu'une jolie propriété était en vente près de chez eux.

C'est ainsi qu'en quelques jours le Pressoir était entré dans leur vie.

Découvert un samedi matin, il régnait déjà en maître sur leurs projets dès le samedi après-midi. L'employé de l'agence immobilière leur fit visiter d'autres biens, presbytère, granges, bâtisses de toutes sortes... Rien ne leur plut comme le Pressoir. Le dimanche ils firent une offre d'achat pour arrêter l'affaire, toute la semaine suivante ils y pensèrent à chaque instant. Pierre se découvrit des velléités de rénovation, Catherine pensait déjà aux grandes lignes de la décoration. Ils invitèrent à dîner Charles, un ami architecte, qui fut abreuvé la soirée entière de descriptions passionnées.

Ce fut le début d'une aventure à laquelle ils donnèrent sans compter toute leur énergie, leur temps et leurs pensées. Au bureau, Pierre était absorbé, distrait, lointain. Paule crut qu'il entamait une liaison. Quand elle découvrit qu'il venait d'acheter une résidence secondaire, elle prit peur. Elle avait déjà eu un patron épris de sa maison de campagne, elle savait à quel point cette passion-là était redoutable.

La première année fut terrible. Charles fut finalement engagé par Pierre et Catherine pour parfaire la rénovation du Pressoir, déjà très confortablement aménagé par les précédents propriétaires. Pendant sa première visite, alors que les deux heureux acquéreurs lui décrivaient tour à tour les améliorations auxquelles ils avaient songé, enthousiastes et attendris comme devant un nouvel enfant, l'homme de l'art devint de plus en plus taciturne. Devant le vaste living où la cheminée de pierre trônait, il eut un bruit de langue désapprobateur, dans les chambres à colombages il fronça les sourcils, dans la cuisine patinée, charmante, où la porte-fenêtre s'ouvrait sur les hortensias, il soupira en hochant la tête d'un air découragé.

Il ne fit aucun commentaire jusqu'au restaurant très réputé où ses amis et désormais clients, ravis le matin encore, comptaient sabler le champagne en se félicitant de leur chance. Ils s'installèrent piteux à leur table et ne surent à quoi ils allaient lever leurs verres. Ce fut Charles qui le leur dit :

« Eh bien, mes amis, je comprends que vous ayez fait appel à moi ! Mais ne soyez pas désespérés :

on peut toujours faire quelque chose. Buvons à la prochaine réhabilitation de votre lieu : rien n'est irrattrapable. »

Et il engloutit d'un trait sa coupe de millésimé. Pierre et Catherine, le verre encore plein, le regardèrent se servir à nouveau sans dire un mot. Pierre, tout de même, se ressaisit :

« Qu'est-ce que tu veux dire, exactement ? Il ne me semble pas que le constat des lieux soit à ce point problématique ?

— Non, ne me dis pas que vous approuvez ces... ces aménagements néobourgeois. On dirait que l'architecte, enfin, si j'ose appeler ainsi le tâcheron qui a salopé tout ça !... on dirait qu'il a cherché à briser l'âme du lieu. »

Pierre et Catherine, muets, ne comprenaient pas. Charles passa à la vitesse supérieure :

« Enfin vous avez là un bijou ! Un lieu magique où l'histoire des hommes a laissé son empreinte !

— Je suis contente que tu daignes lui trouver quelque chose de positif ! » Catherine, qui n'avait rien dit jusque-là, avait été blessée par l'apparent mépris de Charles.

« Mais bien sûr ! Seulement la rénovation a été faite dans un esprit tellement conventionnel ! C'est joli, c'est confortable, c'est... C'est bien simple, on se croirait dans les pages de *Art et Décoration*. Avec un lieu comme le vôtre, il faut savoir donner une nouvelle trame, réinsuffler du caractère. Il faut être radical, audacieux.

— Je ne suis pas sûr que notre budget soit à la hauteur de…

— Non, ça n'est pas une question de budget, mon vieux, c'est une question d'ambition. »

Il ne serait pas dit que Pierre et Catherine n'auraient pas l'ambition nécessaire à mettre en valeur ce bijou ! Charles commença à travailler sur ses plans. Catherine et Viviane se mirent à fréquenter les récupérateurs de matériaux.

Un samedi, alors que sa femme était partie au marché, on sonna à la barrière. Pierre vit trois grands gars qui patientaient à la porte, sous le crachin.

« Bonjour messieurs.

— 'Jour », dirent les types en effleurant vaguement leurs casquettes. Ils portaient tous les trois des bleus de travail. « C'est pour les tomates.

— Les tomates ?

— Ben non… Pas les tomates : les TOMATES ! » Le type semblait agacé, son mégot de Gitane n'arrangeait pas sa prononciation.

« Ah bon… c'est ma femme j'imagine… » Pierre réfléchissait mais ne parvenait pas à comprendre ce que Catherine avait pu faire au sujet de tomates qui auraient nécessité la venue de trois gars en bleu de travail. D'autant qu'on était en février, ce qui convient peu à la tomate.

« On les dépose où ?

— Ah ! c'est une livraison ? »

La remarque de Pierre leur sembla apparemment si stupide qu'aucun des trois gars ne répondit. Ils le regardèrent en silence. Il pleuvait toujours. Il bredouilla :

« Eh bien mettez-les là-bas, près de la porte de la cuisine. »

Un des hommes observa le lieu qu'indiquait Pierre, à l'autre bout du jardin, sur la petite terrasse.

« Ça va pas tenir, dit le gars, sobrement.

— Ah bon ? Mais combien y en a-t-il ?

— Ça vous fait dans les… » Ils se regardèrent tous les trois avec force moues dubitatives, haussements de sourcils, hochements de tête… Le plus grand reprit : « Ça vous fait dans les… une tonne.

— Une tonne de tomates ! »

Pierre eut cette sensation étrange qui s'empara de David Vincent lorsqu'il aperçut pour la première fois les envahisseurs : « Je vais me réveiller et tout sera fini. »

« Ben ouais, ça va vite, la tomate. Mais c'est de la belle récup : très ancien et tout. »

Pierre eut une vision d'horreur, une tonne de vieilles tomates d'occasion, pourries, déversées devant la cuisine… Puis brusquement la lumière se fit :

« Des tomettes ! s'exclama-t-il.

— Ben… oui, dit le type qui visiblement le prenait pour un dingue (comme tous les Parisiens, d'ailleurs). Des tomates. Alors où qu'on les met ? »

Lorsque Catherine revint, elle fut transportée à la vue des cartons qui s'empilaient dans la grange, au fond du terrain.

« Tu sais que j'ai fait une affaire, Pierre ! Ce sont des pavés d'Auge qui viennent de la cuisine d'un petit manoir de Caen.

— Des pavés ? Les livreurs m'ont parlé de tomettes.

— Ils n'y connaissent rien. Les pavés ce sont de petits rectangles de terre cuite et patinée, presque vernis… Absolument adorables. »

Catherine ouvrit l'un des cartons. Il était rempli de tomettes, chacune recouverte d'une gangue de ciment. Fébrilement, elle déballa les autres, tous également remplis de tomettes. Furieuse, elle appela immédiatement le récupérateur qui lui répondit assez sèchement. Le ton monta. Et lorsque Catherine lui eut raccroché au nez, le bilan était clair : elle avait acheté un lot de matériaux comprenant 80 % de tomettes et 20 % de pavés.

Pierre tenta de relativiser :

« La tomette, c'est sympathique, dit-il, je suis certain que Charles saura en faire bon usage, comme il aurait fait avec des pavés... »

Mais Charles fut intraitable :

« Pas question ! dit-il abruptement, avant même d'ouvrir un carton. Des tomettes ! Et pourquoi pas du lino, tant que tu y es ! »

Il n'était pas mécontent de fustiger Catherine qui l'agaçait avec sa nouvelle passion des matériaux anciens. Il entendait bien garder la mainmise sur la rénovation.

« Tu exagères, tout de même, répliqua Catherine, la plupart des sols par ici sont faits de...

— Nous ne nous contentons pas de "la plupart des sols". Nous cherchons à être plus vrais. » Il posa sa main sur le bras de Catherine et, s'approchant, lui dit gravement :

« Je comptais vous en faire la surprise, mais tant pis, je vais te le dire maintenant : je suis sur un coup magnifique. » Il prit un temps pour marquer ses effets : « Je vais vous obtenir des pierres de chapelle. Authentiques. »

Catherine hocha lentement la tête, gagnée par le respect. Tout à coup, elle s'imagina, racontant à des invités muets d'admiration : « Et ici, le sol est dallé avec les pierres de la chapelle de... Bidule (il faudrait absolument connaître la provenance) que les révolutionnaires ont démantibulée en 1792. Heureusement, le prêtre, aidé de quelques paroissiens fidèles, put sauver les dalles : la nuit ils allaient les récupérer une à une pour les transporter dans la crypte. » Ça ajoutait un cachet certain au Pressoir.

C'est en pensant au prêtre (qui désormais était mort en traînant avec lui la dernière dalle) que Catherine insista pour que Pierre consentît au budget énorme du dallage. Les tomettes, pourtant bien chères elles aussi, étaient devenues dérisoires, elles furent passées en profits et pertes. Charles fourmillait d'idées. Peu à peu cependant, son intransigeance quant à l'authenticité montra ses limites : celles de l'argent (Charles levait les yeux au ciel) et celles du confort (considéré comme secondaire par rapport à l'esthétique). Le premier problème apparut lorsque Pierre visita la salle de bains attenante à leur chambre.

Charles avait fait détruire le mur de séparation. Pierre émit un doute :

« Pardon d'être aussi conventionnel, comme tu dis, mais j'aime bien traîner dans la salle de bains, tranquille, tout seul, sans qu'on puisse me voir.

— Pierre, les cloisons cassent le rythme du lieu. La transparence et la libre circulation des corps, tu le verras très vite, c'est un vrai luxe. Cet espace libéré, il va te devenir indispensable, crois-moi. Au pire, tu mettras un paravent, quelque chose de léger, de nomade…

— Casser un mur pour mettre un paravent, excuse-moi mais… Enfin bon, enchaîna Pierre, ce que je ne comprends pas bien c'est ce que tu veux mettre comme cabine de douche. On était d'accord pour un…

— Oublie ça ! coupa Charles, quand j'ai vu la beauté des proportions de cette pièce, j'ai su rebondir : je me suis adapté. Ce que tu vois là, C'EST l'espace douche.

— Mais tu veux dire, balbutia Pierre, s'approchant du tuyau équipé d'un pommeau de cuivre fixé contre le mur.

— Oui, dit fièrement Charles, la pureté totale : le sol légèrement incliné ramène l'eau jusqu'au siphon : c'est tout. Besoin de rien d'autre. J'ai tout de même créé un reposoir, regarde. »

Sur le mur perpendiculaire, en effet, un banc était maçonné, un gros rectangle aux arêtes vives.

« Mais il n'y a pas de baignoire, de lavabo, de toilettes, de…

— Pourquoi pas un bidet, tant que tu y es ! Je t'en prie, ta femme a insisté pour conserver en bas une salle de bains de cocotte, avec "tout le confort" (il accompagna l'expression de guillemets qu'il dessina dans l'air avec ses deux mains aux doigts tendus). Ça suffit largement. Ici, un peu de parti pris que diable !

— Mais…

— Bon d'accord, il y aura un lavabo, là, sur l'autre mur, face au banc. Je t'ai trouvé une minuscule auge en pierre, ravissante. Ce sera très bien.

— Et tu vas recouvrir en quoi ? » Pierre s'attendait au pire. Il avait décidé de faire le tour du problème avant de tenter une discussion.

« Recouvrir ?

— Eh bien, sur les murs…

— Mais c'est fini ! Enfin, tu ne veux pas dire que tu n'as pas remarqué ce marbre vieilli ? Des carreaux patinés un par un, qui coûtent une fortune !

— Comment ça qui coûtent une fortune ?

— Enfin… façon de parler, ne cherche pas à noyer le poisson, Pierre, si tu ne peux pas apprécier ces matériaux rares, alors il fallait garder ta maison en l'état. Elle était très… (il cracha le mot) cosy.

— Donc, là, je suis l'heureux possesseur d'une grande cabine de douche grisâtre en vieux carrelage, sans porte, avec une auge et un banc bien coupant. Je suppose qu'on se sèche avec des serpillières, tu as pensé à un truc pour les ranger ? Pas une banalité comme un placard, j'imagine… Mais au moins une caisse en bois, quelque chose d'un peu nomade ? »

Devant tant de mauvaise foi, Charles s'était mis en colère. Pierre répliqua vertement, on faillit en venir aux mains. Après des heures de disputes de vive voix puis par téléphone (Catherine s'en mêla), il fallut en venir aux avocats. Plusieurs mois furent nécessaires pour en finir. Mais l'épisode Charles avait coûté très cher. Restaient les dalles, pour lesquelles, rappelait Catherine, un prêtre s'était sacrifié. Il ne serait pas dit qu'il serait mort pour rien, il fallait les poser. Elles se manifestèrent tout d'abord par téléphone, et en semaine : Ollivier, qui devait s'en charger, était allé repérer le matériel. Il appela Pierre sur son portable, en pleine réunion. Alerté par le ton de l'entrepreneur, Pierre s'isola comme il put, balbutiant « une urgence ».

« Je suis sur place, là… Ça va pas aller comme on veut.

— Qu'est-ce que vous voulez dire, elles sont… » Pierre cherchait des mots qui puissent laisser croire à un problème familial, moins futile que ses histoires de maison de campagne. « Il y a eu un accident ? »

Plusieurs collaborateurs le regardèrent en coin, vaguement inquiets.

« Ben non, ça, aucun problème ! C'est leur taille, quoi ! C'est pas du tout ce qu'on avait dit ensemble… c'est des bestiaux !

— Comment ça des bestiaux ? »

Ses collègues tentaient désespérément de maintenir un semblant de conversation en écoutant.

« Oh ben, vous avez jamais vu ça ! C'est pas tant la taille, qu'est déjà bien importante, c'est l'épaisseur !

— Ah bon… Combien ?

— Oh je dirais bien dans les… vingt centimètres.

— C'est pas vrai ! » s'exclama Pierre, imaginant le ragrément que cela supposait, le sol à creuser, les travaux… Il soupira en gémissant doucement.

« C'est pour ça que je vous appelle : pour le transport, la camionnette va pas suffire : faut que je vous loue un semi, et puis surtout un palan.

— Mais… sinon elles sont intransportables ? »

Le silence s'était fait dans la salle. On observait Pierre ouvertement. Ses collègues imaginaient sa femme et sa fille renversées par des bestiaux, intransportables.

« Ah oui, continua Ollivier. Alors bien sûr la facture va être salée, le gars me compte pas les couvertures…

— Vous les emballez dans des couvertures en plus ?

— Ah faut ça ! Sinon y a les arêtes qui pètent et ça s'emboîte pus !

— Vous ne pouvez pas trouver des chiffons ? »

Il y eut un frémissement d'indignation parmi les collègues de Pierre. Celui-ci, le dos tourné, ne vit rien.

« Et puis, continua Ollivier, je ne sais pas où je vais les mettre, chez vous, qu'est-ce que vous avez prévu ?

— Alors ça, mettez-les où vous voulez c'est déjà assez pénible comme ça.

— Faudrait venir voir, quand même...

— Écoutez ! » Pierre était exaspéré par ces frais qui n'étaient, il le sentait bien, que les premiers d'une longue liste. « Écoutez Ollivier, je viendrai les voir ce week-end, de toute façon, au point où elles en sont, elles ne vont pas s'envoler ! À samedi comme prévu, et essayez de négocier la note, je vous fais confiance. »

Il raccrocha et se tourna vers ses collègues. Ceux-ci l'observaient, dans un mélange de gêne et de consternation.

« Bon, reprenons, dit-il. Les petits bobos familiaux... Tout ça n'est pas bien grave », dit-il en souriant.

Mais les dalles n'avaient pas fini de faire parler d'elles. Un marbrier, spécialisé dans les sols anciens, vint de Caen spécialement pour l'affaire. On se retrouva un samedi matin, sous le crachin. Pierre et Catherine équipés de bottes kaki et de cirés jaunes observèrent longtemps Ollivier et le marbrier qui fouillaient les dalles, scrutant leur numéro et le plan qu'on leur avait remis. Ils discutaient vivement du dallage, dans un jargon plus impénétrable qu'un patois mandchou du XVIe siècle. Catherine chuchota à Pierre :

« Tu penses qu'ils échangent vraiment des informations, ou bien ils font semblant pour voir combien de temps on tient sous la pluie sans bouger ?

— Si tu veux mon avis, je pense qu'on a encore un problème.

— Ah bon ? Tu comprends ce qu'ils se disent ? Tu parles le marbrier ? dit Catherine, décidée à rester de bonne humeur.

— Non, chuchota Pierre : je parle “l'entrepreneur”. Quasiment couramment. Je pense même l'ajouter dans mon CV. Et même si je ne connais pas les différents patois, je reconnais bien l'expression faciale de l'indigène et je peux te dire que là, je sens qu'il est *tendu*. »

Ollivier et Carpiquet, le marbrier, revinrent vers eux. Ollivier prit la parole :

« Bon, ben, je crois qu'on a un problème », dit-il. Le marbrier hocha la tête, avec une moue qui supposait « un gros problème ».

« On peut en discuter à l'intérieur ? »

Tous les quatre entrèrent dans le séjour dont le sol carrelé simplement allait bientôt recevoir les précieuses dalles. Ollivier se lança :

« Bon, avec le collègue, on a tout recalculé dans tous les sens, mais y a pas : vot'sol est pas d'équerre. »

Le collègue tourna la tête plusieurs fois, soulignant d'un « non, non » silencieux les propos de l'entrepreneur. Ollivier s'anima :

« Remarquez, c'est pas rare, c'est même le contraire qu'est rare par ici, dans ces vieux bâtiments qu'étaient faits en torchis. »

« Oui, oui », opina silencieusement le collègue.

« Et c'est embêtant pour les pierres ? » Catherine essayait de comprendre.

Immédiatement, Ollivier se mit à bredouiller en la regardant de biais.

« Oui, enfin non... c'est comme qui dirait... incompatible. »

Carpiquet hocha la tête, les yeux fermés : « Totalement incompatible. »

« Mais qu'est-ce que vous voulez dire, s'énerva Pierre : on revend les pierres ? on s'en sert pour faire des ricochets ? Expliquez-vous Ollivier !

— Non, on peut les poser, seulement... Faudrait que le sol, y soit d'équerre. »

« Eh oui », mimiqua le marbrier, haussant les épaules et les sourcils.

« Seulement, continua Ollivier, on ne peut pas retailler des dalles de ce gabarit. Donc il faut des angles droits. »

Le couple était muet.

« Des angles à quatre-vingt-dix degrés, quoi.

— Merci, dit Pierre, je ne suis pas dans le bâtiment, mais je sais ce que c'est qu'un angle droit. Par contre je ne vois pas comment on peut faire pour...

— Ben d'abord faut creuser, hein... ça c'est normal. Récupérer tout ce qu'on peut en ragréant. Mais là faut creuser... beaucoup. »

Le marbrier ouvrit des yeux comme des soucoupes en opinant, toujours silencieusement : « Beaucoup, beaucoup. »

« Et pis faudrait étirer la charpente.

— Quoi ? Pierre n'en croyait pas ses oreilles. Étirer la charpente ? Ça se fait ça ?

— Oh oui, dit Ollivier, enthousiaste : vot'Pressoir, il est entièrement chevillé à bois, c'est souple, on peut intervenir sur la structure. En gros, on démonte la partie qu'on veut remettre d'équerre, on rajoute des colombages pour obtenir des angles droits, et on recheville le tout. Ça nous rend le parallélisme, le sol est correct. »

Le collègue opinait furieusement. Ollivier, gagné par l'enthousiasme du sportif devant un nouveau défi, se lança dans une description méticuleuse des opérations. Il devrait réaliser la chose avec un collègue charpentier qui avait déjà pratiqué ce genre d'intervention du côté de Rouen.

Pierre ramena sur terre l'entrepreneur qui traçait déjà des plans sur son calepin.

« Vous pensez qu'en les revendant on pourrait récupérer combien du prix des dalles ? Quatre-vingts pour cent ?

— Oh faut pas voir les choses comme ça ! » s'alarma l'entrepreneur, tandis que le marbrier faisait une moue désolée. Ils regardèrent Pierre comme on guette un gars au bord du suicide. Catherine observa son mari sans dire un mot. Elle comprenait parfaitement sa réaction.

« Vu ce que vous avez déjà investi dans l'achat, continua Ollivier, vous avez fait le plus gros... Je ne dis pas que ça ne sera pas un budget conséquent, mais à la fin vous allez donner un cachet à votre maison, qui n'aura pas de prix. Ça va revaloriser votre bien et... si un jour vous revendez, vous récupérerez largement votre mise. »

Carpiquet souffla brutalement en secouant sa main pour souligner « largement ! ».

« Bon, dit Pierre qui, jetant un coup d'œil à Catherine, la voyait déjà déçue à l'idée de se séparer des dalles... Bon, faites-moi un devis. »

Sa femme retrouva le sourire. Elle se tourna vers les deux entrepreneurs, discrètement soulagés eux aussi. Ollivier regarda ses pieds.

« Messieurs, je vous sers un cidre avant de partir ?

— Oh non, dit vivement Ollivier... Le cidre... Non, on a d'autres rendez-vous... Faut qu'on parte. »

Ils se serrèrent la main, les deux hommes courbèrent le dos sous le crachin en regagnant la camionnette.

« Il nous coûte cher ton prêtre réfractaire, dit Pierre, le martyr, c'est plutôt moi.

— Je sais, mais tu verras, ce sera magnifique. Cet été, quand on sentira la fraîcheur des dalles en rentrant, je suis sûre qu'on en sera ravis chaque fois. »

Si les charpentes sont étirables, l'emploi du temps des entreprises, lui, ne l'est pas. Les mois passèrent, et lorsque le printemps fut venu, Catherine et Pierre furent interdits de Pressoir : pendant le démontage de la structure, on dut mettre une partie de la maison sur vérins. Il fallut attendre l'été suivant pour sentir la fraîcheur des dalles, et si Catherine en était ravie chaque fois, Pierre, lui, repensait chaque fois au coût total de l'opération. Des mois de labeur et un nouvel emprunt... Heureusement qu'il avait une maison de campagne pour déstresser.

Pourtant, comme on pardonne à un enfant frondeur, et avec la même candeur qui efface dans la mémoire des parents le souvenir des bêtises précédentes, Pierre et Catherine s'enthousiasmaient maintenant pour le projet de piscine qui allait ajouter (encore) du cachet à leur maison.

Après avoir lancé la machine à café, Pierre enfila en sifflotant son ciré jaune.

*

* *

Devant sa fermette normande, Nathalie souriait, pimpante dans un jean et une tunique fuchsia brodés de paillettes turquoise ; un ensemble identique à celui que Paris Hilton portait quelques jours auparavant dans *Voici*. Elle descendit les trois marches qui menaient à la pelouse vert émeraude et, quittant prestement ses vêtements, elle apparut dans un deux-pièces ravissant dont les jolis triangles voilaient à peine sa poitrine. La taille fine, les jambes interminables, Nathalie, bronzée et appétissante comme un fruit mûr, s'allongea avec grâce sur la chaise longue. Devant elle, une piscine cobalt miroitait, cernée de nains de jardin en or. André, dont la ressemblance avec Ben Affleck était frappante, vint lui apporter un immense cocktail multivitaminé, bourré d'Oméga 3.

Ils burent tous deux en riant aux éclats.

Nathalie frissonna ; assise face à son catalogue, ouvert sur sa table de cuisine, elle rouvrit les yeux et revint à sa commande. Comme avant chaque printemps, elle recevait la revue des nouveautés Tupperware. C'était un moment de recueillement, un rendez-vous presque voluptueux que cet instant où elle découvrait les créations de l'année, des avancées toujours plus judicieuses dans un univers simple où tout pouvait s'emballer, s'emboîter, se maîtriser et se ranger. Avec de jolies couleurs, des matières lisses et translucides où jamais ne pouvait s'immiscer l'inconnu. Il existait une réponse à chaque problème. Cette année l'imprévisible avait encore été vaincu grâce à la boîte modulable dont la taille s'ajuste au contenant. Un habile système de « pliage-dépliage » la rendait modifiable à l'envi. Ce genre de trouvaille, cette perfection dans l'adaptabilité dont regorgeait le catalogue plongeaient Nathalie dans une douce hypnose. Elle pouvait contempler des heures ce monde impeccable et méticuleux où tout était « parfaitement adapté à vos besoins ».

Ce matin pourtant, ses rêves la portaient vers la Normandie et vers sa maison de campagne, un luxe dont elle ne cessait de se prévaloir sur le forum internet de sa marque préférée. Elle y avait été heureuse sans histoires, étrennant d'été en été de nouvelles gammes de couverts « spécial pique-nique », emportant dans le petit jardin des norias de pichets isothermes, peaufinant à chaque voyage sa gestion du conditionnement, grâce à une armée de boîtes de plus en plus nombreuses. Rien, pas un reste de melon ou un artichaut solitaire ne pouvait la prendre désormais au dépourvu. Elle pouvait tout emballer. Mais cette saison s'annonçait moins légère. Était-ce la fréquentation de ses voisins de week-end ? La distance toujours plus importante qui la séparait d'André ? Nathalie ne se posait pas clairement ces questions. Pourtant, alors même qu'elle s'autorisait la folie de commander la gamme complète des « Classique élégance : du micro-onde à la table », elle ne sentit pas le frisson habituel du plaisir.

*
* *

Accoudée au bar de l'épicerie-tabac-café-restaurant, Mathilde commanda un café et choisit un autre titre sur son iPod. Un truc exaspérant chez les parents (un des MILLIARDS de trucs exaspérants chez les parents), c'était cette propension à prêter (du bout des lèvres) leur maison de campagne, et ensuite à ne pas la remplir de tout le nécessaire : bouffe pour les potes (normal qu'on ne vienne pas SEULE le week-end), bois dans la cheminée, et vin et Coca et CAFÉ ! On ne peut pas leur demander de rouler des joints et de les conserver dans la cave à cigares de Papa, mais du café, quoi ! c'est un minimum vital. Juste après son expresso, elle repartirait au manoir avec le précieux paquet d'Arabica qu'elle venait d'acheter, plus une cargaison de croissants. Les yeux sur la boulangerie, de l'autre côté du bar, elle vit Pierre y entrer. Son cœur fit un bond, comme si son téléphone portable s'était mis à vibrer. Elle paya et partit brusquement pour ne pas le rater. Bien sûr elle avait tout intérêt à fréquenter Pierre professionnellement, bien sûr ils étaient en affaire, avec ce rendez-vous qu'il lui avait promis et qui traînait, bien sûr tout cela c'était du business. Mais il y avait aussi le coup de cœur, grave. Mathilde n'eut pas le temps d'analyser ses sentiments car elle entrait dans la boutique. Comme il se retournait en entendant le carillon, Mathilde perçut en même temps le savoureux parfum de la pâtisserie chaude et l'éclat bleu des yeux de Pierre. Tout cela lui sembla bien appétissant.

« Mathilde ! Mais vous êtes là ?

— Non, JE suis là... Les parents sont restés à Saint-Germain, je suis là avec des potes. (*Mais si tu veux, je les vire tout de suite et on se retrouve seuls tous les deux.*)

— Ah... Vous travaillez ? (*Mon pauvre vieux, quelle question stupide, demande-lui si elle a apporté ses cubes et ses poupées tant que tu y es...*)

— Oui, on répète. C'est des copains du cours... (*Qu'est-ce que tu crois, que je vais dire « non, on vient baiser tranquille loin des parents » ?*)

— Et... (*Ne lui demande pas ce qu'elle répète, tu n'es pas flic.*)... qu'est-ce que vous répétez ? (*Imbécile.*)

— Un truc de Brecht (*... Monsieur le commissaire.*)

— Ah, bien. (*Elle devient vraiment superbe cette gamine.*) Et tu sais si tes parents viennent la semaine prochaine ? (*Une gamine... ça doit lui faire 23, 24 ans... on est loin du détournement de mineure.*)

— Je crois, oui. (*Quand vas-tu me parler de ce rendez-vous ? C'est l'occase de se revoir tous les deux, tu piges ?*)

— Au fait, pour le rendez-vous avec Thibaut, ce sera bon très bientôt, j'ai eu son assistante, il rentre cette semaine, je vais l'appeler. (*Mais ça ne serait pas raisonnable de sortir avec la fille de mes amis.*)

— Bon, alors je te rappelle pour savoir ? (*C'est mort : il me calcule même pas, il a tous les phéromones en maison de retraite.*)

— OK ! (*J'imagine la tête de Maricha si elle apprenait que je couche avec sa fille... Non, impossible.*)

— OK alors... (*Ou bien il préfère les vieilles de son âge.*)

— À bientôt ! (*Ne l'embrasse pas, elle va sentir que tu la désires.*)

— À plus... » (*C'est ça : m'embrasse même pas, je sens la bouillie.*)

Pierre sortit de la boulangerie, son sac de croissants à la main. Plongé dans ses pensées (coupables), il marcha jusqu'au Pressoir sous la pluie, sans même accélérer le pas. Il ne dit pas qu'il avait rencontré Mathilde. Cette omission, totalement gratuite, fut le tout premier lien, ténu comme un fil d'araignée, qui l'attacha à la jeune femme. Il aurait pu raconter la rencontre à Catherine, il aurait même pu s'aventurer sur le terrain dangereux de sa jeune séduction, Catherine l'aurait rafraîchi d'une réflexion ironique, et le marivaudage, rendu ainsi pathétique, se serait peut-être arrêté là. Mais Pierre n'en parla pas. Ainsi, il s'offrait la possibilité d'y penser.

Mais d'y penser plus tard, car aujourd'hui, le piscinier devait pisciner.

Il arriva à 11 heures ; à 11 h 10, le living était jonché de fascicules et d'échantillons de toutes sortes. Le piscinier, Réjean Dubard, avait une haute idée de son art. Ses cartes de visite et ses prospectus indiquaient qu'il était « spécialisé dans la piscine de charme ». Grand, vêtu d'une veste de velours côtelé noire sur un col roulé clair et un jean, il affichait un style légèrement bohème dont le clou était une chevelure clairsemée retenue en queue-de-cheval. Il annonça d'emblée : « Une piscine est un lieu magique où s'exprime notre moi le plus profond.

— Deux mètres de profondeur me suffiront pour exprimer mon moi, dit Catherine, que les discours pseudo-psy exaspéraient… C'est plutôt en largeur que mon moi s'épanouit.

— Bien sûr, répondit Réjean sérieusement, mais avant d'en venir aux chiffres, voyez-vous, il faut se parler : une piscine, c'est un art de vivre, j'ai besoin de cerner vos désirs dans leur globalité pour vous proposer le lieu qui va vous correspondre.

— Oh ! nous avons déjà compulsé pas mal de documentation, dit Pierre, assez fier de pouvoir maîtriser le sujet. Nous avons déjà choisi plus ou moins ce qui nous conviendrait, il faudrait étudier ensemble la faisabilité mais… »

Réjean l'interrompit en levant la main, laissant apparaître le bracelet brésilien noué à son poignet. Il souriait avec une certaine commisération.

« Je reconnais bien là l'enthousiasme des « sans-piscine » qui s'apprêtent à faire le grand plongeon. Comprenez-moi bien : je ne travaille pas dans le produit industriel. Si vous avez fait appel à moi, c'est parce que vous savez que vous méritez une installation spécifique : la vôtre. Je ne travaille que dans le sur-mesure, le supplément d'âme, si vous voulez. »

Catherine s'énerva :

« Et l'âme résiste au chlore, ou bien vous remplissez le bassin d'eau bénite ? »

Pierre calma le jeu :

« En fait, nous avons fait appel à vous sur les conseils de Monsieur Ollivier. Mais je ne vous cache pas que nous avons déjà fait certains choix avec lui, et ça me semble important de vous en faire part.

— Bien sûr ! », s'exclama Réjean en allumant son ordinateur portable.

Il y conservait l'historique de tous ses travaux. Il apparaissait toujours sur la dernière photo, posant devant « l'œuvre » terminée. Il commença à détailler certains chantiers, leurs difficultés, les exigences des propriétaires, ses astuces pour satisfaire les clients en respectant les normes de sécurité… Il y avait là de belles réalisations, et les particularités des lieux intéressaient Pierre et Catherine, forcément confrontés aux mêmes questionnements. L'atmosphère se détendit. Réjean prit en note les désirs de ses nouveaux clients qui purent tranquillement expliquer leurs choix. Les susceptibilités se défroissaient de part et d'autre.

Vers 13 heures, Catherine proposa un repas « à la fortune du pot », composé de coquilles Saint-Jacques, préparées par Denise, de riz Basmati, de fromages (de chez Delose) et de macarons au sel de Guérande (de chez Crampon).

En début d'après-midi, ils s'étaient mis d'accord sur une superbe piscine de forme oblongue, revêtue de mosaïques turquoise (« Mais pas trop bleues », précisa Catherine), installée au centre d'une terrasse en teck birman. (« Un bijou dans un écrin », souligna Dubard). La piscine pouvait être couverte d'une jolie coquille de verre et de bois, entièrement escamotable par beau temps. C'était un projet magnifique, et le devis allait être insubmersible.

À la recherche d'un détail à vanter, Réjean passa en revue des réalisations qu'il n'avait pas encore montrées. L'une d'elles attira l'attention de Pierre :

« Mais là, sur le transat, c'est Jacques Rival, s'exclama-t-il, c'est un confrère… Vous avez travaillé chez lui ?

— Ah ! dit Réjean avec respect, un de mes plus beaux souvenirs. Une collaboration magnifique. Des clients comme ça, on en souhaite tous les jours. »

Pierre et Catherine sentirent qu'ils n'entraient pas encore dans cette catégorie. Piqués, ils voulurent en savoir plus. L'unique photo montrait seulement un parc ombragé et, sous des pins immenses, une piscine verte prolongée d'une plage en bois d'un brun rouge.

« Eh bien, ils ont acheté un ancien prieuré du XVIIe siècle, près de Cabourg. Ils l'ont retapé eux-mêmes, quasiment. »

On sentait le respect dans la voix de Réjean. Pierre s'étonna :

« Jacques serait bricoleur ? Première nouvelle !

— Je ne connais pas exactement l'historique de leur maison, mais il me semble bien qu'il a fait pas mal de choses... »

Dubard avait perçu l'aigreur dans la question. Il battit en retraite et, cherchant un appui du côté de Catherine, il ajouta :

« Mais je crois que c'est surtout la dame qui s'est investie à fond dans la rénovation. Elle a beaucoup de goût et elle est d'une habileté remarquable. »

Catherine précisa :

« En effet, c'est une excellente attachée de presse... d'elle-même, à l'occasion. »

Réjean voulut passer à un autre dossier. Pierre l'interrompit :

« Je vais prendre leur adresse mail, on pourrait jeter un coup d'œil sur leur piscine... Ce serait intéressant. »

Au-dehors, la lumière baissait. Il avait plu toute la journée et déjà la nuit allait tomber. Pierre et le piscinier s'organisèrent, prévoyant le calendrier des travaux, des rendez-vous de chantier, les échelonnements financiers. Catherine rassemblait ses cachemires et ses élixirs, ses sérums, ses crèmes. Denise viendrait mettre en ordre la maison, et à Paris, rue de Varenne, Maryvonne (la Denise locale) avait déjà préparé le retour de ses employeurs : des draps frais, une petite flambée dans le salon, le vin dans la carafe et un repas froid les attendait. Pensant au ballet des employées de maison, Catherine soupira :

« Toute cette organisation des week-ends, ça m'épuise.

— Je comprends, dit Pierre distraitement. Tu savais que les Rival avaient une maison par ici ?

— Vaguement. J'ai dû entendre Françoise en parler.

— Ce serait sympa d'aller les voir, non ?

— Sympa... Je ne suis pas sûre. Mais instructif, certainement. J'aimerais bien savoir comment Françoise peut avoir du goût en Normandie, alors qu'elle en a si peu à Paris. Tu te souviens de leur appartement ?

— Un grand machin haussmannien ?

— C'est ça. Trois cents mètres carrés de parquet, des moulures, du gris perle et des tapis persans. Comme tout le monde, quoi.

— Et si je me souviens bien, Jacques a voulu ouvrir une bouteille de champagne, mais il a fallu qu'un serveur vienne à son secours.

— Ne sois pas de mauvaise foi, s'exclama Catherine, on peut très bien éprouver des difficultés à déboucher une bouteille et reconstruire merveilleusement son prieuré du XVIIe. »

Ils se regardèrent.

« Tu as raison, conclut Catherine, ce serait très sympa d'aller les voir. »

Samedi 2 avril

Maricha considéra le parc avec dégoût : il était magnifique. Les toutes premières fleurs frémissaient au soleil, dans la lumière crue et blanche, agressive, de ce presque printemps. Les pelouses verdoyaient, les allées poudroyaient, la sœur Anne n'aurait rien trouvé à redire. Seule la plate-bande qui bordait le manoir était lamentable. Le parc impeccable, qui l'entourait, soulignait encore son indigence. Une longue coulée de terre où surnageaient par endroits des touffes de feuilles ébouriffées et quelques carcasses de plantes calcinées par le gel. Ce désastre de l'horticulture était l'œuvre de Marie-Charlotte. Lorsqu'elle avait hérité du manoir, elle s'était mise à rêver de jardin. La propriété était entretenue depuis toujours par Lucien Rubinpré, mari de Denise, aujourd'hui largement secondé par son fils. Au manoir, on ne jardinait pas : Lucien entretenait le parc. Les roses, le verger, le coin de potager dont il bénéficiait, le bassin, les allées, les tonnelles et les potées de la terrasse, Lucien régnait sur tout cela. Marie-Charlotte régnait sur son balcon de Saint-Germain-en-Laye. Quand elle fut maîtresse des lieux, elle quémanda un bout de terre à son jardinier. Lucien, avec une moue dubitative, accorda la plate-bande. Malgré l'enthousiasme des revues qu'elle empilait dans son salon (*Une maison de campagne remplie de fleurs* ; *Comment jardiner le week-end*, etc.), Maricha découvrit bientôt que la nature fonctionnait sans interruption. Vous plantiez un truc le dimanche, il grandissait ou dépérissait durant la semaine. Vous semiez quelque chose un samedi, il poussait n'importe quand et se faisait manger par les escargots un jour ouvrable. Un jeudi par exemple. On ne pouvait pas compter sur la nature pour respecter les trente-cinq heures ou attendre les ponts pour croître et se développer. La première année fut une succession d'erreurs que Maricha tenta de corriger grâce à l'assistance de Jardiland. Elle revenait le coffre chargé de fleurs en pots qu'elle plantait en rang d'oignons. Lucien ne faisait pas de commentaires. Il se contentait de se tenir debout, à l'aplomb de la parcelle sinistrée, son cou étiré projetant sa vieille tête en avant, les mains dans les poches de sa veste éternelle. Il mâchonnait, les yeux dans la terre, et ses bottes elles-mêmes exprimaient le mépris.

Cette année encore, elle avait raté les bulbes. Deux ou trois week-ends trop tard et voilà : pas une jonquille dans sa plate-bande. Il restait celles de l'année précédente, qu'elle avait plantées bien trop profondément. La jonquille poussait, comme à son habitude, puis, surprise, constatait que la terre n'en finissait plus, et enfin, hagarde et épuisée, elle jaillissait à l'air libre, trop indignée pour produire autre chose qu'une poignée de feuilles mollassonnes. C'est pourquoi, près des vagues d'or étincelantes qui ondoyaient fièrement dans la pelouse (les narcisses de Lucien), on distinguait au pied de la maison des sortes de tas d'algues au bout du rouleau. Immobile dans ses bottes roses, Maricha décida de foncer chez Jardiland pour effacer l'affront. Elle partait vers sa voiture lorsque celle de Catherine franchit le portail.

« Salut ! brailla Maricha.

— Salut, je vais faire des courses, tu viens ? » Catherine était descendue de son carrosse.

« C'est-à-dire… Les enfants vont arriver, je ne devrais pas partir, mais je comptais acheter des fleurs…

— C'est Mathilde que tu attends ?

— Non, c'est son frère : Mathieu, sa femme et les jumeaux.

— Oh là !… (Catherine fit la grimace.) Un bon week-end en perspective !

— N'en rajoute pas ! Depuis ce matin je me botte le derrière pour être ravie de les voir ! Note que je le suis, en fait… Mais il faut avouer que mes petits-enfants sont nettement moins bien élevés que mes enfants. Je ne voudrais pas jouer les belles-doches irascibles, mais je pense que ma bru est trop laxiste.

— Ils restent tout le week-end ?

— Oui. S'il fait beau, on ira à la plage… Ils feront des châteaux de sable et je ferai des gâteaux, ce sera sympa. » Maricha sourit.

« Quel tableau idyllique ! grinça Catherine… Arrête, j'en ai les larmes aux yeux. En tout cas, si tu veux des fleurs, je t'emmène : je manque de bouquets pour le dîner, il me faudrait un genre de chemin de table, une poignée de lilas.

— C'est un peu tôt dans la saison.

— Ah oui, c'est vrai, bon… des petits boutons de rose, alors. Ça va avec tout. Tu m'aideras à choisir. Tu voulais quel genre de fleurs ?

— Le genre “trois cageots de grosses fleurs très voyantes et autonomes” ».

Les deux femmes entrèrent dans le hall du manoir, Marie-Charlotte troqua ses bottes contre des Tod's en daim.

« Elles sont sympas tes bottines. C'est pour jardiner ?

— Oui, mais exclusivement pour jardiner des pots sur de la moquette.

— C'est-à-dire ?

— C'est-à-dire que si tu marches dans de la terre mouillée par exemple – c'est globalement la raison pour laquelle tu mets tes bottes –, comme elles sont trop fines, tu as froid. Et si par mégarde tu marches dans la boue, comme elles sont trop basses, la boue s'infiltre dans tes chevilles. Mais elles font très joli, par terre, dans l'entrée. »

Dans la voiture, Catherine et Maricha roulèrent en silence quelques minutes. La mer s'étendait paisiblement, lambeau de bleu sous le ciel clair, c'était un de ces beaux matins éclatants et calmes où l'on sent comme une jubilation monter du paysage. Elles apprécièrent ce cadeau, cet instant de beauté. Au fond, le week-end, ça n'était peut-être que cela : des plaisirs inattendus surgissant au milieu d'une organisation de tous les instants.

Maricha observa Catherine :

« Tu as une petite mine, tu vas bien ?

— Tu sais, nous les rousses nous sommes toujours pâles. »

Le contraire de Maricha, blonde au teint vermeil, joues roses « à croquer comme des pommes », disait sa mère.

« Tu as les traits tirés, chérie. Et je ne parle pas de ton lifting. »

Catherine se tourna brutalement vers son amie.

« Je plaisante ! ajouta vivement Maricha. Tu vois, tu es nerveuse.

— Peut-être. C'est ce dîner…

— Le dîner des Bigos ? C'est ce soir, j'avais oublié… Comment peux-tu être inquiète, toi qui organises les dîners les plus chic de Paris ? Tu reçois tout le monde : des hommes politiques aux stars de la télé, et tu es nerveuse à cause de Dédé et Nini ? Laisse-moi rire !

— Précisément : je ne sais rien des Dédés et des Ninis, figure-toi. Et je m'en contrefiche. Ils sont tellement vulgaires, tellement… Quand on voit les Deschiens sur scène, c'est à mourir de rire. Mais quand tu les as dans ton salon, je t'assure, c'est beaucoup moins drôle.

— Je fais du jogging avec Dédé…
— Oh, pour faire du jogging, je ne dis pas. Mais dans la vraie vie, non. Ils sont infréquentables ces Nigos.
— Bi-gos.
— Je ne sais même pas ce que ça mange, ces gens-là. J'ai demandé à Denise de voir elle-même.
— Tu ne fais JAMAIS la cuisine toi-même !
— Non, mais j'y pense. Je décide. Je choisis le linge de table, je fais le plan, je m'occupe de la déco… Je fais tout. Là je n'ai pas d'idées…
— Et pourquoi ce dîner, après tout ? Un apéro, ça suffit largement pour entretenir les relations. Je te passe du foie gras, si tu veux, je viens d'en recevoir.
— Mais tu n'as pas compris ? C'est à cause de la piscine !
— Ah le branchement… Vous auriez dû en parler franchement à Dédé, après tout, c'est juste une petite tranchée pour faire passer votre canalisation. Vous rebouchez proprement, vous lui remettez un peu de gazon… Tu lui fais planter un rosier si tu veux faire les choses bien, et puis voilà…
— Pierre a peur qu'il ne veuille pas.
— Penses-tu ! Pourquoi refuserait-il ? Le branchement se fait avant son compteur EDF, il sait bien que ça ne change rien pour lui. Je vous trouve bien compliqués.
— Pierre pense qu'il va exiger une compensation, du genre pouvoir utiliser la piscine de temps en temps.
— Mais non !
— Elle sera tout près de chez eux, plus près de leur maison que de la nôtre, en fait.
— De toute façon, vous dites non, gentiment, et puis voilà. »
La voiture arrivait dans le parking du fleuriste. Toutes les voitures garées, déjà nombreuses, étaient immatriculées 75, 92, 78.
« Oh, regarde, c'est exactement ce qu'il me faut ! »
Maricha désignait une ribambelle de fleurs éclatantes, en rangs serrés derrière la vitrine. Les deux femmes les regardèrent attentivement :

« Ça fait son effet, mais c'est du tissu, observa Catherine. C'est la déco du magasin.

— Tu crois qu'ils m'en vendraient ? Je pense que ça résoudrait tous mes problèmes de jardinage du week-end : je sortirais mes fleurs le vendredi en arrivant et je les rangerais le dimanche soir.

— On va leur demander. »

Elles s'éloignèrent en riant, s'imaginant la tête de Lucien.

*

* *

Dans la cuisine de la ferme, Sylve observait un panier d'œufs.

« Ça alors ! s'exclama-t-elle.

— Quoi donc ? demanda Christiane qui emballait la faisselle que la jeune femme venait d'acheter.

— Vous avez acheté une machine pour les marquer ?

— Une machine ?

— Oui, regardez sur cet œuf, là : c'est bien la date de ponte qui est inscrite à la machine ?

— Ah heu... Non ça c'est un œuf... qui vient d'une autre ferme, je ne sais pas ce qu'il fait dans ce panier d'ailleurs... Maurice a dû...

— Ça n'est pas le seul ! Regardez, il y en a un autre là.

— Ah oui... Tiens, c'est curieux.

— Encore un ! »

Christiane s'empara du panier.

« Ah mais bien sûr, ça n'est pas le panier à vendre... c'est... ce sont des œufs qu'on nous a donnés.

— Bonjour, mesdames ! »

Pierre fit sursauter les deux femmes. Christiane l'accueillit avec joie, Sylve lui sourit :

« Bonjour... monsieur...

— Pierre ! À la campagne, on ne va pas s'appeler Monsieur-Madame !

— Alors... je m'appelle Sylve.

— C'est très joli, Sylve. C'est de quelle origine ?
— C'est... celte.
— Ah, très bien... » Pierre ne savait plus quoi ajouter. Christiane le sauva :
« Vous êtes venu chercher la commande de Denise ?
— Oui, je ne sais pas du tout ce qu'elle vous a demandé...
— Du lait, des œufs, de la crème... Un peu de tout ! Je vais vous chercher ça. »
Elle disparut dans l'arrière-cuisine. Pierre et Sylve restèrent seuls. C'était la première fois. Il sourit platement à la jeune femme en espérant que Christiane allait revenir très vite. Elle sourit en retour en espérant que Christiane allait y passer des heures.
« Décidément, on ne se rencontre qu'ici !
— Oui... et au marché ! J'ai rencontré votre femme au marché il y a peu de temps.
— Ah...
— Oui... Je lui ai dit que je connaissais des tas d'anecdotes sur votre maison. Elle ne vous l'a pas dit ?
— Non... Quelles anecdotes ?
— Oh, une foule de choses. C'est en peignant que j'apprends le plus : je rencontre les gens du village et...
— Vous êtes peintre ?
— Aquarelliste. Je suis illustratrice, exactement. Mais j'écris aussi.
— C'est intéressant, ça !
— Oui j'ai écrit un...
— Non, je parlais de l'aquarelle. Ça m'intéresse beaucoup parce que depuis longtemps je pense à offrir à ma femme une aquarelle du Pressoir. Je pourrais voir ce que vous faites ?
— Bien sûr ! Je peux vous apporter...
— Non, c'est moi qui vais venir chez vous, il faudrait que ce soit une surprise : si ma femme vous voit, elle se doutera de quelque chose, elle est très fine. »
Christiane, qui revenait, posa un petit tas de paquets sur la table. Une boîte à œufs, une bouteille de lait, des jattes scellées de plastique.

« Je vous paierai plus tard, Christiane, dit Pierre.

— Et moi je suis quitte ! », dit Sylve qui posait un billet de cinq euros sur la table.

Elle ajouta la faisselle dans son couffin tressé déjà bien rempli. Ils sortirent tous les deux en saluant. Christiane les observa, échangeant leurs cartes de visite dans la cour de la ferme.

« Je ne sais pas ce qu'ils trafiquent ces deux-là, dit-elle à Maurice qui venait d'entrer, mais il l'a prévenue que sa femme se doutait de quelque chose. C'est tous des cochons ces Parisiens...

— T'occupe donc pas de ça, bougonna son mari, vends tes produits, et laisse faire.

— Justement, enchaîna Christiane en s'emparant du panier : il faut que je te parle de tes œufs ! »

Le rendez-vous était pris pour le samedi suivant. Sylve amènerait ses aquarelles préférées, des croquis, des gouaches. Pierre viendrait chez eux, dans leur fermette simple mais accueillante. Elle ferait un bon feu de bois puisque le chauffage étant installé, Ollivier aurait réparé la cheminée. Michel... Tiens, oui, où serait Michel ? Impossible qu'il soit là, ça casserait l'ambiance. Michel irait faire les antiquaires, il adore ça. Elle lui expliquerait qu'il s'agissait d'une commande, de boulot. D'ailleurs, ce serait bien le cas, non ? Et naturellement, elle ferait des bouquets. Et des sablés à l'étoile d'anis. Elle sentit comme un nuage qui obscurcissait sa belle humeur. Qu'est-ce qui l'ennuyait ? La cheminée, c'était réglé, Michel aussi... Pourtant il y avait quelque chose... Les sablés ! Les gâteaux, spécialité maternelle, lui avaient remis en mémoire, fugacement, la réflexion de sa mère concernant leur maison de campagne. « Ce serait un bel endroit pour aérer un bébé. » Sylve, trente et un ans, avait bien reçu le message. Ce serait un bon moment pour penser à un bébé. Michel n'osait plus en parler, mais elle savait qu'il en mourait d'envie. Il était plus ou moins entendu qu'au printemps... Sylve avait bien peur de ne pas vouloir d'enfant avec Michel. Ou bien pas d'enfant du tout. Quand elle pensait à ses projets, son avenir lui semblait lumineux et prometteur. Mais près d'elle, elle n'imaginait ni homme, ni enfant. Adolescente, ses désirs étaient fades. Désormais elle souhaitait davantage. La vie lui servait un plat opulent, épicé, plein de surprises. Il fallait être disponible pour en goûter toutes les saveurs.

Pourtant, lorsqu'elle vit la silhouette de la fermette, ses colombages et ses pommiers, lorsqu'elle sentit en ouvrant la porte la bonne odeur du pot-au-feu que Michel faisait mijoter sur la cuisinière (et auquel elle ajouterait, malgré lui, du boulgour et de la levure de bière), elle eut envie de se couler avec délices dans ce quotidien rassurant. Tout de même, en souriant à son compagnon, elle pensa avec plaisir : « Pierre, samedi. »

*
* *

Le carillon du Pressoir surprit les hôtes en plein conseil de guerre, tous les quatre assis sur les canapés couverts de lin grège. Sur la table basse, une bouteille de pouilly-fuissé rafraîchissait dans un seau à champagne. D'autres alcools étaient visibles, près de la table, dans un magnifique coffre de bois sculpté.

Comme à son habitude, Philippe avait tenté de dédramatiser la situation : il avait déjà croisé André dans le village et il lui semblait sympathique. À moins d'être vêtu d'un uniforme de la Waffen-SS, tout individu semblait a priori sympathique à Philippe. Pierre, lui, était méfiant. Malgré sa vulgarité, il était patent qu'André était un type roué et malin. Catherine, très élégante dans une robe de soie bleu marine, sans autres bijoux qu'un lien d'argent à la base du cou, Catherine s'était résignée à passer une soirée épouvantable. Elle s'y était résignée facilement : d'abord parce que, recevant beaucoup et souvent par intérêt, elle avait une grande habitude des soirées épouvantables. Mais aussi parce qu'elle était inquiète. Catherine sentait que Pierre lui échappait, mais sans pouvoir formuler quoi que ce soit de précis. Aucun détail à ressasser, aucune phrase à se repasser en boucle. Juste une sensation vague qui lui nouait la gorge, un sentiment de malaise, sans objet.

Viviane, elle, se réjouissait intérieurement de cette soirée. Elle se sentait comme au théâtre et s'amusait de la confrontation des personnages. Du reste, les deux whiskies bien tassés qu'elle s'était accordés à titre de préliminaire l'aidaient considérablement à relativiser.

Les Bigos s'étaient mis sur leur trente et un. Comme on était à la campagne, c'était un « trente et un » détendu. Une sorte de « trente ». André était en jogging, d'un beau bleu vif, sur un tee-shirt d'un beau jaune vif. Ses Nike d'un beau blanc vif étaient impeccables. Quant à Nathalie, elle arborait (c'était le terme) un chemisier de satin à ramages gigantesques, rouge sang et fuchsia, un imprimé délirant, sans doute créé par un styliste obsédé par Christian Lacroix, travaillant sous ecstasy. Son pantalon rose reposait agréablement les yeux. Elle portait également des boucles d'oreilles et un bracelet assortis, petits tas de pampilles en verroterie corail qui cliquetaient dès qu'on les regardait.

Catherine avait eu du mal à ne pas sursauter en lui retirant son manteau.

« Ah ! cria Viviane en les voyant entrer dans le salon, que de couleurs ! Comme c'est frais ! lança-t-elle maladroitement en voyant Catherine froncer les sourcils.

— Merci, dit Nathalie en rosissant (ce qui allait parfaitement avec son chemisier). J'ai trouvé ça à Trouville... Je me suis dit que c'était de saison : c'est très "printemps", non ?

— C'est plutôt "Carrefour", maugréa Catherine, trop bas pour être entendue de Nathalie mais pas de Viviane qui réprima un fou rire.

Dédé s'extasiait à propos de la chaîne stéréo :

— J'ai déjà vu ce truc, ça me troue comment le disque tient tout droit ! » Et elles sont où, les baffles ? Vous devez avoir des putains de baffles avec ça, c'est de la bonne came !

— Elles sont là, dit Pierre », désignant deux longues formes effilées, pures et sobres. Dédé fit la grimace.

« Pas terrible, je veux dire, la forme... C'est... ça fait lopette, non ? Par rapport aux dimensions de votre living, j'aurais vu plus... » Il fit un geste des deux mains... « J'aurais vu du lourd, non ?

— Heu... bredouilla Pierre qui ne savait pas s'il devait s'indigner ou acquiescer.

— C'est de chez Bing... Machin ?

— Bang. Bang et Olufsen.

— Que voulez-vous boire ? »

Catherine mit fin à la conversation. Philippe vanta les mérites du pouilly, qu'il déboucha.

« Je pense qu'on peut le boire tel quel, il est somptueux habituellement.

— Sans façon, dit Dédé, la bibine moi c'est à table ! Mais si vous avez du Pastis ou de la bière, je suis client.

— Je préfère un jus de fruits, minauda Nathalie. Je ne suis pas très "alcool".

— Allez Nini, s'exclama son mari, en lançant un clin d'œil à la ronde : c'est pas tous les jours qu'on fait une visite de bon voisinage ! »

Il rit en se tournant vers les autres, avec force « hein ? Pas vrai ? » mais Catherine se demanda s'il ne soulignait pas ainsi, l'air de rien, qu'ils avaient été ignorés avec hauteur depuis leur arrivée, trois ans déjà.

« Oui, Nathalie, insista Pierre, une goutte, ça ne peut pas vous faire de mal...

— Bon mais alors très peu... »

Tout le monde s'était assis, et la conversation roula, un peu chaotique mais sans interruption. Dédé faisait beaucoup rire Viviane qui de toute façon riait beaucoup ce soir. Pierre attendait le moment d'aborder le sujet de la piscine, Philippe veillait au bien-être des invités, comme s'il était le maître de maison. Catherine et Nathalie demeuraient en retrait : Catherine attendait avec philosophie que les heures passent, Nathalie était mal à l'aise. Elle percevait sa présence comme une faute de goût dans cet intérieur élégant. Elle se sentait frôlée par des entités obscures : toutes les conventions, les protocoles, les usages qu'elle ignorait et sur lesquelles elle trébuchait. Elle le comprenait à la condescendance de Pierre, à l'amusement distant de Viviane et Philippe, et surtout à l'amabilité dédaigneuse de Catherine. Catherine si belle, si parfaite. Nathalie l'observait à la dérobée. Elle était fascinée. Elle chercha à comprendre tout (« Mon dieu, il y en avait tellement ! »), tout ce que Catherine avait de plus qu'elle. Puis, peu à peu, elle comprit que le charme de Catherine était dans ce qu'elle avait en moins. Moins de bijoux, moins de couleurs. Une coiffure qu'on ne remarquait pas, peu de maquillage, des chaussures toutes simples. Un corps moins gros, moins potelé, moins joufflu, une peau sans aspérités : lisse. Il fallait être sûre de soi, de son corps tout entier pour s'assumer ainsi, simplement. Sans le rempart des ornements. Nathalie se sentit encore flétrie par ce constat. La beauté de son hôtesse la captivait, elle l'acceptait comme une grâce, la croyait innée. Elle ne pensa pas que « le plus », chez Catherine, était en coulisse : plus de crèmes, de gels, de sérums, de pilules, de massages, de manucures, d'institut, de spa, de coiffeur, d'essayages, de retouches, de régimes, de thalasso… La simplicité de Catherine était bâtie sur une débauche de temps et d'argent.

Au fromage, on aborda la piscine. Ce fut Dédé lui-même qui en parla.

« Dites voir, je voudrais pas mettre les pieds dans le plat, encore que, en l'occurrence, ça serait plutôt dans le trou (il rit), mais votre piscine, là, elle m'a l'air bizarrement creusée ?

— C'est-à-dire ? »

Pierre se raidit insensiblement.

« Ben, c'est-à-dire que les canalisations, elles ont l'air d'être prévues pour partir vers chez nous. »

Catherine ouvrit la bouche pour faire remarquer qu'André avait dû entrer chez eux pour le constater, mais elle ne dit rien. Pierre avait repris :

« Eh bien, oui, je voulais vous en parler : l'entrepreneur...

— Ollivier ?

— Oui, enfin lui et le piscinier, Réjean Dubard, sont d'accord sur un point : ce serait nettement plus facile de pouvoir relier l'alimentation sur la portion de réseau qui passe de votre côté. Avant votre compteur, naturellement, et avec un relais, de façon à ce que l'eau utilisée soit comptabilisée chez nous. Ça se fait très facilement. C'est sans risque.

— Ah... lâcha Dédé en mastiquant sa bouchée de blanquette.

— Ça vous pose un problème ? ajouta Pierre avec un tout petit peu trop d'inquiétude dans la voix.

— Ben... non, y a pas de problème. Je me demandais : quand vous dites « ce serait plus facile », c'est pour qui, plus facile ?

— Pour... C'est une question de faisabilité. C'est plus court, donc plus simple.

— Oui, mais c'est chez moi.

— Ce serait un tout petit tronçon.

— Oui. Je suis étonné que vous engagiez un... « piscinier » qui vous coûte je sais pas combien, et que le gars vous dise : faut passer chez le voisin. C'est quand même pas très réglo.

— Non, ça n'est pas lui qui nous l'a dit...

— Ah bon ? coupa Dédé, c'est ce que vous venez de dire y a pas une minute.

— Oui enfin... » Pierre s'enferrait, agacé de se perdre dans des dédales d'explications sans importance.

Catherine prit sa voix la plus persuasive :

« En réalité, André... » Elle s'efforçait de sourire et prononça son prénom suivi d'une pause minuscule qui pourtant le soulignait comme une première connivence entre eux. Une lueur salace passa fugitivement dans le regard de Dédé. Enfin, elle le regardait. Nathalie surprit le regard de son mari et sentit son cœur se serrer. Mais Catherine était si parfaite, comment lutter ? La maîtresse de maison reprit :

« Nous avions nous-mêmes pensé à ce petit arrangement. Ils nous l'ont chaudement recommandé. Mais comme Pierre vous l'a dit, il s'agit d'un tube ridicule.

— Une canalisation, chérie. » Pierre voulait être clair, il précisa : « Si vous le souhaitez, j'ai le plan de l'installation, j'ai pensé que ce serait plus facile pour visualiser exactement ce dont on parle. On jettera un œil tout à l'heure ? »

— Vous allez faire un trou dans la pelouse ? » Nathalie avait osé intervenir.

« Un tout petit trou, chère amie. »

C'était Philippe qui s'en mêlait. Il revenait de la cuisine avec des coupelles de tiramisu, Viviane avait débarrassé les assiettes à fromage. Il servit Nathalie :

« Tenez, goûtez-moi ça, Denise le réussit parfaitement.

— C'est Denise qui fait à manger, chez vous ? » demanda Dédé d'un ton narquois en se servant de vin. Il regardait Catherine.

« Oui... Quelquefois. Quand nous avons des invités importants. »

Elle sourit à André. Difficile de savoir si elle était ironique ou simplement hypocrite. Il allait répondre quand Viviane interrompit leur silence ambigu :

« Hé, c'est pas tous les jours qu'on reçoit le roi de la saucisse ! »

Et elle se mit à rire très fort et très grassement. Les autres restèrent interloqués.

« Vous allez faire un trou dans la pelouse ? » répéta Nathalie. Elle n'avait pas bougé d'un pouce. Elle fixait Pierre. Il répondit doucement :

« Comme je vous le disais, c'est peu de chose. Pas vraiment un trou, plutôt une sorte de... de rigole. »

Viviane, qui se calmait un peu, repartit de plus belle dans son fou rire :

« Et qu'est-ce qu'on rigole ! »

Catherine se leva et lui demanda de venir l'aider en cuisine. Elles sortirent.

« Je vais vous montrer exactement », dit Pierre.

Il se leva et traversa le salon. Le plan était posé sur un rayonnage. Il l'ouvrit sur la table basse, tous le rejoignirent.

« Ah ouais, lança Dédé, ça fait quand même un bon bout. Et ça va durer combien de temps, cette affaire ? C'est long à emmancher, c'bordel ?

— Pas du tout, c'est l'affaire de quelques jours. On s'organisera pour faire faire ça en semaine, le week-end ce sera fini : vous ne vous apercevrez de rien.

— Mon mari a absolument raison ! dit Catherine qui revenait de la cuisine, seule. Vous ne vous apercevrez de rien, d'autant que je compte faire remettre une bande de gazon, et même, si ça vous dit, quelques beaux rosiers. J'ai pensé à des grimpants, pour masquer le mur. »

Elle s'était tournée vers Nathalie à qui les rosiers étaient destinés. La jeune femme demeura muette un instant, et soudain elle fondit en larmes. Après un moment de flottement, André la prit dans ses bras, lui disant de petits mots de réconfort. Entre les sanglots, on entendait les mots « pelouse », « creuser », « trou », qui revenaient sans cesse. Catherine se précipita à la cuisine où Viviane buvait un verre de whisky en ricanant doucement.

« Aide-moi, je ne sais pas quoi faire ! Tiens, passe-moi le whisky, ça va lui faire du bien.

— Qu'est-ce qui se passe ?

— Je ne sais pas ! jeta Catherine en sortant : la petite pleure !

— La petite fleur ? Quelle petite fleur ? » marmonna Viviane en prenant lentement le chemin du salon.

Nathalie hoquetait doucement, assise sur le canapé, le bras de Dédé passé autour de ses épaules. Philippe s'était accroupi devant eux. Pierre, debout, les bras ballants, vit arriver sa femme avec soulagement.

Elle tendit le verre à André :

« Tenez, faites-lui boire ça, ça lui fera du bien. »

Nathalie avala sans rien dire. Philippe lui parla comme à une enfant.

« On va trouver une solution, si ça vous fait tant de peine...

— Non, c'est pas ça, balbutia Nathalie... Je... Je ne sais pas.

— T'es quand même pas banale, ma petite caille, dit André en lui pinçant tendrement la joue, il rit doucement et elle lui sourit en le regardant dans les yeux, si amical, si près d'elle.

— Écoutez, on reparlera de ça plus tard, lança Pierre, ennuyé.

— Pensez-vous, c'est fini tout ça, hein ? » demanda André à sa femme. Elle opina silencieusement. Pierre se demanda ce qu'André voulait dire : « On n'en parle plus, c'est fini, on refuse » ; ou bien : « On ne parle plus de ce chagrin, tout ira bien ». C'était délicat de revenir sur le sujet, mais il lui fallait une réponse. Il n'eut pas le temps de formuler sa question car Philippe intervint. Il sourit à Nathalie :

« Mais je croyais qu'elle aimait les piscines cette petite dame ? »

Nathalie répondit « Oui » timidement. La honte de s'être donnée en spectacle commençait à l'envahir. Malgré tout, il y avait dans ce projet de piscine qui se ferait à leur détriment, si dérisoire soit-il, quelque chose d'insupportable. Elle n'aurait pas su le formuler, c'était juste un dégoût.

« Eh bien alors, suggéra Philippe, ce sera bien agréable de pouvoir faire un petit plongeon de temps en temps, non ?

— Ah ben ça, ce serait pas de refus, c'est sûr ! embraya aussi sec Dédé. Hein, ma caille ? »

La jeune femme approuva timidement. Pierre et Catherine étaient consternés. Philippe renchérit :

« Eh bien, nous avions mis du champagne au frais, on va le boire à cette bonne nouvelle, non ? » Il souligna son invitation d'une mimique appuyée à l'intention de Pierre.

« Oui, dit celui-ci, bien sûr. »

Il partit vers la cuisine, pendant que Catherine, mécaniquement, allait chercher le plateau de flûtes que Denise avait préparé. Viviane entra en chantant le standard de Louis Armstrong :

« Petite fleur, la, la la laaaaaa… Oh ! du champagne, quelle bonne idée ! »

Elle leva sa flûte et demanda :

« À quoi boit-on ?

— Aux bains de Nathalie, dit Philippe avec engouement.

— Ah bon, elle va prendre un bain, Nathalie ?

— Non, elle va prendre des bains dans votre piscine, dit gentiment Dédé à Viviane. Il aimait bien Viviane.

— NOTRE piscine, rectifia sèchement Catherine.

— Ah bon, dit Viviane, s'adressant toujours à Dédé, mais on va pas remettre le grillage ?

— Ah si ! dit Pierre précipitamment. On va même construire un mur. Ce sera moins dérangeant, moins bruyant pour vous, affirma-t-il à André avec un sourire, pour compenser sa réaction brutale.

— Ça va être dur de passer par-dessus le mur ! s'esclaffa Viviane. Il vous faudrait une porte. On avait des amis qui avaient fait ça : une petite porte déborée, dérorée, dérobée… Les voisins avaient la clef, c'était très pratique.

— C'est tout à fait différent, jeta Pierre, je les connais tes amis : c'était un cas de jouissance de chemin vicinal… Rien à voir. Mais bien sûr vous pourrez, à l'occasion…

— Moi, ça me dérange pas, coupa André. J'ai confiance. Et même, je serais rassuré que vous puissiez jeter un œil, en cas…

— C'est-à-dire, André... » Catherine se jetait dans la bataille, poussée par la vision abominable de Dédé et Nini, étalés en maillot sur la terrasse en teck birman.

« Eh bien moi, ça me dérange », dit soudain Pierre.

La même vision lui avait rendu toute son autorité. Il était décidé à en finir, à se débarrasser de ce couple qui focalisait leur énergie depuis des heures. Il allait transpercer son parc de tranchées s'il le fallait, mais il ne donnerait jamais une clef de sa maison à ces beaufs.

« Évidemment, si vous ne nous faites pas confiance... » André le prenait mal. Il se leva en reposant sa flûte. Nathalie le regarda, inquiète.

« Allons, allons ! pas de grands mots entre nous ! coupa Pierre. Une porte, ça n'est pas seulement une question de confiance, vous le savez bien ! » André le dévisagea :

« Ah oui ? C'est une question de quoi alors ?

— Eh bien, mais... »

Viviane intervint :

« C'est une question de diplomatie ! Il faut savoir quand et comment.

— C'est-à-dire ? » André aimait bien Viviane, mais il ne fallait pas qu'elle cherche à l'embobiner.

« Il faut savoir doser : quand on peut franchir la porte. Comment le faire. Que nous ne nous retrouvions pas tous ensemble autour de la piscine si on n'en a pas envie, trouver un modus vivendi...

— Évidemment, s'indigna André, vous nous prenez pour des beaufs ? Vous croyez qu'on est le genre à envahir ? Évidemment qu'on va trouver un motus Vivaldi ! Mais bon, moi je vous le dis : je suis plus trop partant. Quand on me fait pas confiance...

— André, ne le prenez pas mal... » Catherine essayait d'adoucir la discussion. Avoir les Bigos comme ennemis pourrait être rapidement invivable... « Je vous propose de reparler de tout cela à tête reposée, demain ou plus tard. Nathalie est épuisée, moi-même je suis brisée (elle lui adressa un sourire franchement enjôleur), je vous en prie, buvons cette dernière coupe en toute amitié. Finissons tranquillement cette première soirée sans la gâcher. »

André n'était pas dupe de la diplomatie de Catherine. Mais l'obliger à lui sourire était un plaisir. Il consentit, leva son verre vers Pierre. Celui-ci s'était repris et avait retrouvé son calme. Il était trop las pour continuer la conversation. Demain il prendrait des dispositions pour que l'alimentation de cette foutue piscine passe par SA propriété, il ferait ériger un mur sans porte, et bye bye les Bigos. Peut-être même avec des tessons de bouteille, le mur.

Chacun étant fatigué, on but la dernière coupe sans traîner. Les voisins quittèrent le Pressoir, saluèrent sans qu'il reste trace des dissensions passées. Viviane dormait sur le canapé. Philippe la soutint jusqu'à la chambre d'amis.

« On laisse tomber ? dit Catherine à Pierre.

— Et comment ! Dès demain je fais changer les plans.

— Ils vont percer tout le parc, soupira Catherine... Il va encore falloir revoir tout ça avec Réjean et Ollivier. Je parie que dès samedi tu es réquisitionné pour un grand rendez-vous de chantier !

— Ah ! samedi... » Pierre pensa à Sylve. Il faudrait s'organiser.

« Tu as prévu quelque chose ?

— Non, non. »

Catherine avait nettement perçu l'hésitation. Il avait prévu quelque chose et il le lui cachait.

Dimanche 3 avril

Marie-Charlotte, épuisée par ses petits-enfants, demanda asile au Pressoir à l'heure du thé.

« Tu les connais bien les Rival ? demanda Catherine.

— C'est surtout JB qui fait du golf avec Jacques. Je les ai croisés à Deauville, je ne sais plus à quelle occasion.

Elle, elle est très classe. Un peu hautaine, je dirais, mais très classe.

— En tout cas, ajouta Viviane qui pianotait sur l'ordinateur, leur Prieuré, c'est un modèle du genre ! »

Les trois femmes étaient installées dans le salon du Pressoir. L'ordinateur portable était posé sur la table basse, devant la cheminée allumée. L'odeur du thé et du café se mêlait agréablement, à celle, plus suave, des macarons. Une sonate de Schubert, en sourdine, ajoutait encore au calme du moment. Maricha eut un sursaut de culpabilité en pensant à JB, là-bas, tout seul dans la tourmente de l'heure du goûter des jumeaux alors que les parents faisaient la sieste, eux.

« Si tu veux jeter un coup d'œil... » Viviane tourna l'écran de l'ordinateur vers elle.

« Et donc, ça, c'est leur piscine ?

— Oh là ! soupira Catherine : leur piscine, leur parc, leur entrée, leur salon, leurs chambres, leur cuisine, etc., je pense qu'à l'exception des toilettes nous avons tout. J'avais pris contact avec eux pour avoir des renseignements sur le piscinier, je me retrouve avec le catalogue complet du Prieuré-plus-que-parfait. Elle m'indique même le numéro de *Côté Ouest* qui leur consacre un reportage...

— Dommage qu'on ne puisse pas voir, ça serait intéressant, dit Maricha qui regardait avec attention les photos sur l'écran.

— En fait, je l'ai trouvé... » Catherine poussa vers son amie un magazine ouvert... « C'est juste par simple curiosité. Cet étalage de perfection, je trouve ça assez ridicule.

— Oh oh ! s'exclama Maricha : belle maison !

Elle commença à lire l'article : « *Au cœur de la Normandie, cet ancien Prieuré du XVIIe siècle a retrouvé tout son lustre grâce au savoir-faire des propriétaires qui l'ont restauré en préservant ses volumes. Cette belle demeure à l'élégance sobre et aux matériaux nobles privilégie la douceur des couleurs.* »

— Quel jargon ! lâcha Catherine d'un ton dégoûté. Et puis regarde ça : on se croirait dans un guide *Relais et châteaux*. On s'attend à trouver la brochure sur la table de nuit.

— Moi je trouve ça très beau, dit Viviane avec enthousiasme. Personnellement, ça ne me dérangerait pas d'avoir une maison de campagne *Relais et châteaux*.

— Personnellement, ça ne me dérangerait pas que tu aies ta propre maison de campagne, répondit Catherine assez sèchement. »

Viviane préférait ne pas avoir entendu :

« Qu'est-ce que tu en penses Maricha ? demanda-t-elle.

— Du bien. Je suis plutôt partisane de disposer d'une somme d'argent suffisante pour avoir une maison magnifique. C'est une philosophie assez rustique, je te l'accorde, Cat, mais quand tu auras des bassines plein ta chambre, tu verras qu'on apprécie une bonne toiture bien chère.

— Je ne dis pas le contraire, se défendit Catherine, mais c'est tellement ostentatoire ! Tu as l'impression que s'ils ont des enfants c'est parce que ça fait bien sur le tapis du salon !

— Ne dis pas ça, précisa Maricha : c'est un sujet douloureux, leurs enfants sont adoptés.

— Eh bien je suis sûre qu'ils les ont choisis de telle sorte que la couleur de leurs cheveux s'accorde avec les doubles rideaux. »

Viviane protesta tandis que Marie-Charlotte se mit à rire. Pierre et Philippe entrèrent.

« Ah ! dit Pierre, on s'extasie sur le Prieuré ?

— Comment faire autrement, soupira Marie-Charlotte. Toi aussi tu les trouves "nouveau riche" ?

— Moi je suis moins naïf que vous, sourit Pierre. Je pense que les photos sont soigneusement mises en scène. Le cadre, la focale, la lumière, le décor... et Photoshop qui fait le reste.

— Qu'est-ce que vous êtes soupçonneux ! s'exclama Philippe. Ils ont un endroit somptueux qu'ils ont su arranger avec énormément de goût, voilà.

— Avec énormément d'argent, surtout ! » Catherine ajouta : « Et aussi avec un architecte original. C'est sûrement pas Guillaume qui a fait l'aménagement intérieur.

— Qu'est-ce que tu reproches à mon frère, répliqua Viviane, brusquement. Quand vous avez foutu dehors ce nul de Charles, que, entre parenthèses, vous aviez choisi par pur snobisme, vous étiez bien contents de trouver un architecte disponible immédiatement pour finir les travaux. Guillaume est très talentueux et sa carrière le prouve.

— Mesdames, je suggère une petite tournée d'armagnac pour calmer les esprits ! »

Pierre s'était déjà emparé de la bouteille et des verres. Il commença à servir et reprit :

« D'ailleurs, je vais vous prouver que l'exercice est simple : dès la semaine prochaine, je prends des photos du Pressoir et vous allez voir comment on peut mettre un lieu en valeur.

— Et pour le piscinier, qu'est-ce qu'ils en disent ? demanda Maricha.

— Pas de problème. Ils en sont contents. Ils proposent de nous inviter en mai pour un brunch, on jugera sur pièce.

— En mai… La vôtre sera presque finie, non ? s'étonna Viviane.

— J'espère ! répondit Pierre, vivement. La semaine prochaine on règle le problème du conduit d'alimentation, et après tout ira très vite. »

Samedi 9 avril

Bien sûr, Sylve avait pensé toute la semaine à ce rendez-vous. Agacée de n'avoir pu partir dès le vendredi soir, à cause d'un dîner prévu de longue date, elle était prête le samedi de bonne heure. Elle expédia le rituel du départ, ne vidant ni le frigo ni le lave-vaisselle, emportant au jugé des pulls et un seul jean, oubliant les fruits.

Michel observait avec plaisir le temps couvert sur le boulevard.

« Tu vas voir, en arrivant, le régal que ça va être !

— Quoi donc ? demanda Sylve qui ne pensait qu'à Pierre.

— Le chauffage ! Je l'ai mis en marche tout à l'heure, en me réveillant, à l'heure qu'il est, comme dit le fascicule, "une douce chaleur se répand" !

— Oui, oui, c'est bien. »

Penchée sur ses cosmétiques, Sylve choisissait avec soin la couleur de ses fards à paupières. Gris. Ou alors un beau prune. À moins que ce bleu ardoise... Elle les emporta tous. Pour les lèvres, un seul baume lui convenait. Elle le cachait soigneusement car on suspectait la marque de procéder à des tests sur les lapins. Mais Sylve s'arrangeait avec sa conscience. Du lapin, elle n'en mangeait jamais. Donc on pouvait considérer qu'elle avait une attitude très « lapin friendly », autorisant quelques écarts. Elle emporta le baume.

Dans la voiture, elle mit à profit les embouteillages pour se maquiller. Michel l'observait, admiratif comme toujours.

« Tu te fais belle pour aller à la campagne ? Tu veux qu'on dîne quelque part, ce soir ?

— Si tu veux, dit Sylve.

— Je vais réserver. Ce sera une surprise. »

Elle ne répondit pas. Les yeux écarquillés devant son miroir, elle lissait ses cils. Il remercia le ciel, encore une fois, qu'elle eût plaisir à se mettre en beauté pour lui.

*

* *

À quelques pas du Pressoir, au bord de la route, les trois hommes étaient silencieux. Tous les trois, les mains dans les poches, les pieds dans de grosses bottes de chantier, observaient sans bouger un tuyau qui apparaissait au fond d'un trou.

« Et c'est définitif ? demanda Pierre. Il n'y a aucune possibilité d'aménagement, de changement, de quoi que ce soit ?

— Rien à faire, répondit Ollivier. Les gars sont formels. Dans cinq ans, cette tranche-là sera refaite entièrement : tout le sud du village. Alors c'est normal qu'ils ne changent pas des tronçons maintenant. Mais pour vous, y a pas de problème : vous passez chez les Bigos.

— Justement, j'aurais préféré une autre solution. On est sûrs que la canalisation est intouchable ?

— Oh oui, renchérit l'entrepreneur. Si vous voulez que tout pète, allez-y. Moi je prends pas la responsabilité.

— OK, soupira Pierre, je vais faire avec. Entrons voir le chantier. Vous avez avancé, cette semaine, j'espère que je vais avoir une bonne surprise ?

— Vous allez avoir une surprise, c'est sûr, maugréa Réjean Dubard.

— Ah bon ? »

Pierre le regarda avec inquiétude. Mais les deux entrepreneurs avançaient en silence les yeux au ras du sol. Contournant la maison, ils atteignirent l'arrière. Le terrain (on ne pouvait plus appeler ça un jardin) était entièrement couvert de machines-outils et de matériaux. En retrait dormait un tracto-pelle, la gueule ouverte au bout d'un long cou d'acier, comme un diplodocus. Pierre s'arrêta médusé. Au centre du déploiement d'engins, on découvrait un énorme trou, rempli d'une eau boueuse.

« Qu'est-ce que c'est que cette flotte ? balbutia Pierre.

— Une source, répondit sombrement Réjean.

— Une source ? répéta Pierre… Qu'est-ce qu'elle fait là ?

— Ça ! soupira Ollivier, on aurait bien aimé le savoir. Normalement, elle est chez vos voisins. Dans le temps, y a très longtemps, ça se disait qu'il y avait eu une source par ici… Mais plutôt du côté de chez eux.

— Mais qu'est-ce qu'on peut faire, demanda Pierre ? On ne peut pas s'en servir pour alimenter la piscine ?

— Oh là ! s'écria Dubard, bien sûr que non ! Les sources, c'est du tracas. Non, en général, on modifie le tracé de la source.

— Eh bien parfait, dit Pierre, c'est ce qu'on va faire, non ?

— Et si on discutait de tout ça devant un café ? », lança Ollivier, d'un ton faussement jovial. Réjean opina. Les deux hommes amorcèrent un retour vers la maison. Pierre les précéda, inquiet. À la cuisine, Denise, prévenue de la visite du matin, avait préparé du café dans un Thermos. Pierre servit trois tasses mais s'impatientait. Dès qu'ils furent assis, il reprit :

« Alors, quoi ? On dévie cette source, on l'enterre ?

— C'est ce qu'on aurait fait en temps normal, dit Réjean, prudemment, mais là… ça va être plus compliqué.

— On a, comme qui dirait, un problème… ajouta Ollivier.

— Mais quoi bon sang ! s'énerva Pierre. C'est une source qui appartient à quelqu'un ?

— Non, dit Ollivier. Pire !

— Pire ? reprit Pierre.

— Pire. C'est une source… miraculeuse. »

Le silence s'installa. On entendait les oiseaux pépier dehors. Pierre regardait tour à tour les deux hommes qui, une moue dubitative aux lèvres, semblaient perdus dans des pensées gravissimes.

« Vous plaisantez ? demanda-t-il.

— Non, non, dit Ollivier calmement : c'est une eau qui rend les femmes fécondes.

— Tout à fait, approuva Réjean, on en faisait boire aux jeunes mariées, paraît-il. Et puis, bon, on dit que ça donne des idées aussi… Vous voyez ce que je veux dire ! », ajouta-t-il d'un air égrillard en poussant du coude Ollivier.

Ils se mirent à rire discrètement tous les deux.

« Non mais je rêve ! rugit Pierre. Qu'est-ce que c'est que cette histoire ! On va dévier cette source, et c'est tout. Je suis chez moi, c'est ma source et moi je dis : on dévie et on enterre. Point final.

— Je trouve regrettable de passer outre les croyances populaires, s'insurgea Réjean : c'est une forme de culture nécessaire au...

— Ah non, coupa Pierre, je ne vois pas où vous voulez en venir, mais je vous préviens qu'on a déjà du retard, je compte sur vous pour régler le problème au plus vite. »

Il se tourna vers Ollivier :

« Si c'est une question de budget, je veux bien qu'on revoie ça ensemble.

— C'est pas ça... répondit Ollivier, embarrassé. Vous savez, les nouvelles vont vite dans un village. Ce sera mal vu d'enterrer la source.

— Et c'est un peu normal, continua Réjean : les superstitions reposent souvent sur de véritables intuitions telluriques qui...

— Je m'en fous ! trancha Pierre. Si vous y tenez, j'irai trouver le maire pour couper court à tout ça, je ferai un don à la commune.

— Ah oui, dit Ollivier. C'est pas bête.

— Évidemment, ajouta Dubard d'un air songeur. On pourrait modifier la forme du bassin de façon à éviter la terre meuble de la proximité de la source. »

Pierre se leva :

« Retournons sur place. »

Les deux entrepreneurs le suivirent. Tous trois passèrent en revue les détails de la nouvelle opération « Détournement de source ».

La voiture de Sylve et Michel venait d'entrer dans le village. Sylve sortait la tête du coffre de la voiture quand elle vit Michel jaillir hors de la maison.

« Qu'est-ce qui se passe ?

— C'est infernal ! Une étuve !

— C'est le chauffage, non ?

— Sûrement, viens voir. »

Ils entrèrent tous les deux, laissant la porte ouverte. À l'intérieur régnait une chaleur ahurissante. Une quarantaine de degrés, estima Michel qui courait d'une pièce à l'autre en ouvrant les fenêtres. Sylve sortit les plantes en pots qui déjà ployaient.

« Tu m'attends dehors, dit Michel, je vais chercher Ollivier et je le ramène par la peau du cou.

— D'accord », dit Sylve qui commençait à comprendre que son rendez-vous était compromis. Par les fenêtres et la porte grandes ouvertes, la jeune femme sentait venir jusqu'à elle des vagues de chaleur. Elle s'éloigna pour faire le tour de son jardin où les tulipes fleurissaient. Il se mit alors à pleuvoir.

*

* *

Pierre déjeuna d'un morceau de fromage et de pain qu'il avala sans y penser, debout derrière la porte-fenêtre de la cuisine. Il observait de loin les dégâts. Difficile de croire que cet amoncellement de boue et d'engins, que ce cratère d'eau sale allaient se transformer en une élégante plage de bois autour d'un bassin bleuté. Un mouvement, tout au bout de la propriété, attira son regard. Ça bougeait chez les Bigos. Il allait falloir aussi négocier avec eux. Ne pas expliquer qu'il n'avait plus le choix, ne pas leur donner conscience de leur pouvoir, bien sûr. Pierre, qui pourtant avait eu professionnellement des négociations plus délicates à mener, se sentit perplexe. Le Dédé était retors. Et il n'avait pas de monnaie d'échange. L'image de Philippe et Viviane proposant innocemment le libre accès à la piscine lui revint en mémoire. « Vous, dès que j'en ai fini avec ça, je vous règle votre compte », se promit Pierre. Emportant sa tasse de café dans le salon, il imagina le Pressoir sans leur sempiternelle présence, un Pressoir rendu à ses heureux propriétaires. Curieusement, ce n'est pas Catherine qu'il vit flâner à ses côtés dans leur maison enfin tranquille, c'était Mathilde. Mathilde marchant près d'une eau turquoise, souriante, dorée comme un fruit dans le soleil, sa peau satinée et son corps voluptueux. Elle s'avançait vers lui, traversant le jardin, foulant la pelouse pieds nus, les rhododendrons lui caressant les épaules. Lorsqu'elle fut à la porte de la cuisine, debout, ruisselante dans son string de bain, elle posa ses deux mains contre lui et, approchant son visage du sien, elle se mit à le secouer violemment. Pierre s'étonna, mais elle continuait à le secouer frénétiquement. Brusquement, il s'éveilla. Son portable vibrait dans sa poche, il s'était assoupi sur le canapé. C'était Sylve qui, empêchée de le recevoir, proposait de passer.

Quelques minutes plus tard, elle avait déjà étalé sur la table ses aquarelles et ses gouaches. Pierre était satisfait. Elle possédait un bon coup de pinceau, un style classique mais plaisant. Il leur restait à choisir les vues du Pressoir qu'il faudrait peindre. Pierre avait pensé à plusieurs endroits qu'il ferait figurer ensemble, dans un cadre de bois ouvragé et lasuré de blanc. Catherine serait ravie. Pierre s'était détendu : enfin un projet simple qui mettrait sa maison de campagne en valeur. Sylve l'observait, lui souriait beaucoup. Elle faisait le tour du salon, comme un chat détaille un lieu inconnu. Il la trouvait sympathique mais dangereuse. Lui qui avait toujours eu du succès auprès des femmes savait reconnaître une séductrice à l'œuvre. Lui plaisait-il ou était-elle intéressée ? Par désœuvrement, il décida de tirer la chose au clair.

« Vous êtes satisfaite de votre travail ? Avec un talent comme le vôtre, on se sent vite à l'étroit... (*Un peu de flatterie ne nuit pas.*)

— Oui, en effet, répondit Sylve, ravie de l'ouverture ainsi offerte... À vrai dire, j'écris un peu.

— Ah, dit Pierre. (*Comme tout le monde.*)

— Tout le monde écrit, je sais, ajouta-t-elle. Surtout dans votre milieu.

— C'est vrai. (*Hélas !*)

— D'ailleurs, j'ai écrit quelque chose... Enfin, vous allez trouver ça prétentieux...

— Pensez-vous ! *(J'ai l'habitude.)*

— En fait, c'est un projet de feuilleton télévisé.

— Ah oui ? *(Rien que ça. Pourquoi pas une saga tant qu'on y est !)*

— Pour être exacte, c'est pratiquement une saga.

— Oh ! *(Nous y voilà.)*

— C'est... je ne sais pas comment dire...

— Essayez ! *(Je parierais pour "familial et éducatif".)*

— Je dirais ludique et surprenant.

— Ah oui ? *(Raté...)*

— Mais c'est un récit qui s'adresse à tous : enfants, parents... Chacun y trouvera son compte, parce que c'est aussi plein d'enseignement sur un milieu, et sur l'histoire...

— On pourrait dire que c'est aussi familial et éducatif ?

— Exactement ! »

Sylve ne s'attendait pas à autant de compréhension. Elle poussa son avantage :

« Pour tout vous dire, j'avais pensé...

— Oui ? *(... "que vous pourriez le lire" avant les deux cent cinquante manuscrits qui attendent sur mon bureau, alors que de toute façon, je vais produire – sans l'avoir lu – le script du fils d'un copain.)*

— J'ai pensé que vous pourriez peut-être le lire.

— Pourquoi pas ? *(Et justement je l'ai amené, hi, hi, hi...)*

— Et comme je l'ai toujours avec moi... »

Sylve jeta un coup d'œil malicieux à Pierre, qui sourit. Elle sortit le document, épais, relié et illustré d'une gouache sous une couverture de plastique.

« Merci », dit Pierre. *(Donc, mon vieux, c'est pas une histoire de cul, mais d'intérêt. Facile à gérer. La laisser marner jusqu'à la fin des aquarelles. Un peu plus même, on ne sait jamais. Et faire ça en douceur, c'est une voisine. Quelle poisse d'avoir des soucis de boulot à la campagne.)*

Sylve le regarda un instant et dit, d'une voix caressante :

« Vous voulez que je vous fasse le pitch ?

— Non, merci. Je préfère découvrir. Si vous voulez bien, nous pourrions faire le tour de la maison, je dois faire des photos pour les envoyer à des amis, on va en profiter. »

Un rayon de soleil jouait depuis quelques instants dans le jardin. Ils sortirent.

Pierre montra à Sylve les points de vue qui mettaient en valeur le Pressoir. Il prit quelques photos, lui expliquant les cadres qu'il souhaitait, zoomant, choisissant parfois un détail, une brassée de camélias contre les colombages, un pot vernissé posé sur la terrasse de briques. Il voulait éviter l'arrière de la maison, mais Sylve vit le chantier, le gazon éventré, l'eau stagnante.

« C'est la source miraculeuse, dit-elle.

— Comment savez-vous ça ?

— Je m'intéresse aux légendes locales. »

Elle s'avança vers le trou et vacilla dans la boue.

« Attention ! », dit Pierre.

Il s'élança et, glissant comme elle sur le limon, l'attrapa brutalement par les épaules. Avisant une planche, Pierre fit un pas vers elle et reprit pied sur un sol sec. Il tenait la main de Sylve qui, comme lui, enjamba la coulée de boue pour atteindre l'herbe. Ils restèrent un instant sans bouger, arrimés l'un à l'autre, avant de sentir que le sol était ferme. Ils se séparaient au moment où Pierre perçut un bruissement de feuilles : André Bigot se tenait derrière le grillage.

« Salut voisin, lança-t-il.

— Salut ! », répondit Pierre. Il enchaîna tout de suite : « J'ai un mot à vous dire, je raccompagne Mademoiselle, vous m'attendez ?

— Pas de problème, répondit André. Raccompagnez Mademoiselle. » Il suivait Sylve des yeux et, reportant son regard sur Pierre, ajouta avec un sourire égrillard : « J'ai tout mon temps. »

Sylve avait déjà rassemblé ses affaires et bouclé son carton à dessin. Elle le rappellerait pour le tenir au courant, lui montrer des esquisses.

« Et vous me direz ce que vous pensez de mon scénario ?

— Bien sûr, le plus vite possible », dit Pierre distraitement. Troublé par l'apparition du voisin devant leur attitude ambiguë, il reconsidérait les paramètres de la délicate négociation qui allait suivre.

« Oh merci ! », s'exclama Sylve. » Grisée par son succès facile, et par l'entente qui décidément s'était installée entre eux, elle ajouta, lascive : « Entre voisins, on peut s'embrasser… » Et, se haussant sur la pointe des pieds, elle embrassa Pierre sur les deux joues, lentement.

« Je voudrais pas déranger… »

C'était la voix de Dédé. Il était entré par la cuisine et se tenait à la porte du salon. Pierre se tourna vivement vers lui :

« Vous ne dérangez pas du tout, je raccompagnais Mademoiselle, comme je vous le disais.

— Sylve ! dit Sylve en tendant une main ferme à André. Je suis la propriétaire de la Fermette.

— Dédé, répondit l'intéressé. Je suis le voisin.

— Bon, s'agaça Pierre, Sylve allait partir… Je suis désolé, dit-il à la jeune femme, j'ai quelque chose à régler avec Monsieur.

— Pas de souci. Je me sauve, je connais le chemin… À bientôt ! »

Elle fit un gracieux signe de la main et sortit dans le jardin. Dédé l'observa, l'œil grivois.

« Asseyez-vous », dit Pierre.

André s'assit sur le canapé avec un gros soupir de bien-être. Les mains dans la poche ventrale de son jogging, il s'adossa confortablement en tendant ses jambes largement ouvertes. On aurait pu penser qu'il cherchait à occuper le plus d'espace possible. Pierre s'installa face à lui, sur le bord de l'autre canapé, les jambes croisées, coincées par la table basse. Il joignit les mains sur son genou.

« Je voulais que nous reparlions de cette alimentation, lança Pierre. On s'est quittés sans conclure la semaine dernière…

— Vous n'avez rien à boire ? coupa Dédé.
— Si, bien sûr… un café ? un thé ?
— Une petite mousse, je préfère, si vous avez…
— Je dois avoir ça. » Pierre se leva.

Naturellement, Denise avait mis des bières au frais. Il reprit, regardant André ouvrir la canette et se servir :

« J'ai réfléchi et je pense que, dans le cadre de relations de bon voisinage comme les nôtres…

— Nouvellement ! coupa Dédé. Ça fait quand même des années qu'on se voit pour ainsi dire pas.

— C'est vrai. Raison de plus, maintenant que nous entretenons des…

— Notez que c'était pas de notre fait. C'est qu'on vous voit pas.

— Justement, maintenant que…

— Ça tombe à pic pour votre piscine, qu'on se rencontre.

— C'est à ça que je pensais : cette canalisation qui relie nos deux parcs, ça pourrait être le symbole de…

— Votre parc ! Qui relie votre parc et notre jardin.

— Voilà, ça pourrait être le symbole de ce bon voisinage.

— C'est la porte qui va être le symbole. La porte dans le mur.

— Écoutez, André, je sais que vous en faites une affaire de confiance, mais vous vous trompez. Ce n'est pas que nous n'avons pas confiance en vous. C'est que nous avons envie d'être… chez nous.

— On veut pas déranger : on entrerait juste quand vous ne seriez pas là. Ça serait même utile : l'été quand vous êtes en vacances ailleurs, hop, on ouvre les volets, on laisse traîner un ballon : ça décourage les voleurs.

— Mais imaginez justement un cambriolage. Une effraction. Si vous avez la clef, vous en porterez aussi la responsabilité, on pourra penser qu'on s'est introduit chez vous, puis chez nous… Pis, que ce sont des relations à vous…

— Vous voulez dire que nos potes sont des racailles ?

— Non, je me suis mal exprimé, je voulais dire...

— De toute façon, je vois pas pourquoi on discute, vu que vous avez pas le choix.

— Qu'est-ce que vous voulez dire ?

— Jouez pas au chat et à la souris avec moi. J'ai vu Ollivier : il m'a dit que ça pouvait pas se faire par les canalisations de la rue. »

Dédé se resservit, terminant sa canette. Un bref silence s'installa. Pierre comprit que, depuis le début de la conversation, André s'amusait. Il allait falloir céder. Pierre ne pouvait pas imaginer cette reddition, et pourtant il ne voyait aucune issue. Le personnage lui déplaisait de plus en plus, se soumettre à son bon vouloir était risqué. Pierre chercha à gagner du temps :

« Bon, je vais en parler avec mon épouse en rentrant. Je vous rappelle en début de semaine.

— Oui, je me doutais que votre femme était à Paris. Quand le chat n'est pas là... »

Il laissa la phrase en suspens, terminant par un gros rire.

« Je ne vous retiens pas », dit Pierre qui se leva vivement avec un sentiment de nausée.

L'autre se leva à son tour sans se presser. Il se dirigea vers la cuisine, comme s'il était familier de la maison.

« Je ressors par-derrière, jeta-t-il par-dessus son épaule. Faut que je m'habitue au parcours ! »

Avant que Pierre l'ait rejoint, il était sorti. À la hauteur du grillage, que les ouvriers avaient presque abattu, il se tourna vers la maison et cria :

« Allez salut. Et bonjour à vot'dame ! »

Puis il disparut sous les arbres.

*

* *

De retour chez elle, Sylve s'était mise au travail. La maison étant moins étouffante, elle s'était installée sur la table de la cuisine, étaler ses cartons, son bloc de papier épais. Elle alluma son ordinateur et sourit : Pierre lui avait déjà envoyé les photos par mail. Quatre vues du Pressoir qu'elle allait interpréter, ajoutant çà et là un peu de verdure, un coin de ciel plus tendre. Pendant que le chauffagiste réglait la chaudière, talonné par Michel qui voulait tout comprendre, elle commença à crayonner. Des traits fins, des formes floues qui délimitaient un paysage invisible. Elle aimait laisser sa pensée musarder tandis que sa main traçait des figures. Elle se repassa le film de leur rendez-vous. Comme il s'était montré attentif, curieux, presque tendre. Si, si, presque tendre. Bien sûr, il n'avait pas bondi sur son script, n'avait même pas posé de questions sur le sujet, mais il l'avait accepté avec... Avec quoi, se demanda Sylve, soudain lucide. Plaisir ? Surprise ? Non. Il l'avait accepté avec amabilité. Un instant la jeune femme suspendit son geste, laissa son regard vagabonder par la fenêtre. Le soleil jouait encore et, presque imperceptiblement, fardait de vert les pommiers. Les bourgeons affleuraient. Amabilité. Mais pouvait-on, dans un premier temps, s'attendre à autre chose ?

La main reprit son travail, dénouant l'écheveau crayonné. Elle se rassura en se remémorant leur dialogue amical, la brève étreinte près du bassin, l'embrassade du départ. Elle avait confiance. L'eau bouillait dans la casserole. Elle prépara une tisane de thym au gingembre.

« Super, dit Michel qui venait de raccompagner le chauffagiste. Stéphane va nous donner un coup de main pour la loggia.

— La loggia ?

— Tu sais bien qu'on commence les travaux incessamment !

— Oui, c'est vrai... Et qui est Stéphane ?

— Le gars qui vient de venir, il est compagnon chez le chauffagiste, mais il fait des boulots au noir.

— Mais ton copain Fabrice ?

— On ne sera pas trop de trois, crois-moi ! Et puis, Fabrice, il vient surtout pour la démolition. Pour reconstruire la mezzanine, on aura besoin d'aide.

— Tu sais, je me demande si c'est une bonne idée. Selon le Feng Shui, la déconstruction est toujours une démarche qui nuit à l'homogénéité du lieu.

— Mais pas du tout, sourit Michel, tu as reconnu toi-même que cette charpente était magnifique. Imagine le volume de cette pièce, une fois ôté ce faux plafond merdique.

— Oui, dit Sylve rêveusement. C'est vrai. L'espace redéployé va offrir de nouveaux chemins à l'énergie.

— Évidemment ! conclut Michel. Viens profiter du soleil », dit-il, et, emportant leur tasse avec eux, ils sortirent sur le seuil, éblouis. On allait bientôt pouvoir ressortir le salon de jardin.

*

* *

« Ah ! ça m'exaspère », siffla Catherine entre ses dents.

Elle pianotait sur son ordinateur. Les photos que Pierre avait envoyées aux Rival n'étaient pas mal du tout. Mais en retour, Françoise Rival avait e-mailé de nouvelles vues du Prieuré, avec un court texte, volubile et charmant :

« Chère Catherine, voici les dernières aventures de notre modeste demeure. Je me suis amusée à aménager le lavoir qui jouxtait la maison : c'est devenu une sorte de spa tout à fait cocasse. Jacques a voulu absolument qu'on y ajoute un bar, une petite chose d'une trentaine de mètres carrés, juste de quoi faire tenir sa coupe de champagne sur un guéridon. Voici les photos, comme tu vois, c'est assez adorable. Le sol est en pavés d'Auge, et pour les meubles nous avons eu une chance folle : Pierre Bergé, qui refait entièrement sa maison de campagne, nous a cédé les siens pour une bouchée de pain. Nous vous attendons toujours début mai pour ce brunch. Amitiés, Françoise.

« PS : Nous avons reçu vos photos, votre petite maison est très mignonne. »

*

* *

Pierre aurait pu y renoncer, mais Catherine fut intraitable : non seulement la piscine était indispensable, mais elle projetait d'y adjoindre plus tard un spa. Après avoir envisagé le problème sous tous les points de vue imaginables, il fallait donc en passer par là : accepter d'aménager une porte dans le mur mitoyen des Bigos : « Mais attention, avait annoncé Pierre : je vais être drastique sur les conditions. » Il avait réfléchi longuement à un protocole d'utilisation de la fameuse porte et s'apprêtait à rappeler André lorsque le mardi, alors qu'il visionnait les premiers rushes d'un téléfilm en présence de toute l'équipe, son portable lui signala un appel d'Ollivier. Surpris, il décrocha :

« Oui, Ollivier ?

— Ah ! bonjour. Vous savez que c'est moi ?

— Oui, votre nom s'affiche.

— C'est vrai, c'est la présentation du numéro, non ? J'y pense jamais. Je devrais peut-être le faire moi aussi, c'est pratique quand même…

— Oui, c'est pratique. Bon, je suppose que vous ne m'appelez pas pour parler téléphonie, Ollivier. Qu'est-ce qui se passe ?

— Eh bien… c'est rapport à la piscine.

— Oui ? Vous n'avez pas fait le nécessaire pour la source ? Vous avez un problème ?

— Moi, non… mais vous, oui. »

Pierre soupira. La salle de visionnage, insonorisée, était parfaitement silencieuse.

Ses collaborateurs avaient arrêté le défilement du film. Assis sagement dans leurs fauteuils, autour de Pierre, ils attendaient.

— Expliquez-vous vite Ollivier, vous parlez par énigme, là !

— Je ne peux pas tellement vous expliquer ça par téléphone. Faudrait que vous veniez.

— Maintenant ?

— Ce serait le mieux.

— Vous me faites peur, il n'y a pas eu d'accident ?

— Non, non. Mais faut venir.

— Je vais voir ce que je peux faire.

Pierre raccrocha sans un mot. Il reprit le visionnage et ne vit rien. Il tentait d'imaginer ce qui avait pu se produire sur le chantier. Engins embourbés, échoués dans l'eau, saccage d'un mur à cause d'un dérapage, glissement de terrain, inondation... Les sinistres s'amoncelaient. L'équipe de tournage fit les frais de la tension. Pierre n'avait aimé aucun des plans du film.

« On n'accroche pas, dit-il au jeune réalisateur.

— Mais... Vous avez peut-être été distrait par votre coup de fil, risqua le jeune homme qui avait vu Pierre préoccupé durant toute la projection.

— Et alors, vous croyez que le téléspectateur cesse de vivre quand votre œuvre passe sur l'écran ? Si vous ne savez pas accrocher l'attention des gens, il faut faire un autre boulot, mon vieux. »

Pierre sortit et décommanda ses autres rendez-vous. Le jeune réalisateur s'approcha de l'assistante.

« Il a des problèmes ? Sa femme le quitte ?

— Pis : il a des soucis avec sa résidence secondaire.

— Aïe, aïe, aïe, dit la scripte en entourant d'un bras les épaules du jeune homme. Il va falloir être très patient. »

Pierre était parti directement du bureau. C'était étrange de filer seul, en pleine semaine, pour rejoindre le Pressoir. Le soleil brillait dans un ciel limpide, il eut fugacement l'impression romantique de courir à un rendez-vous clandestin. Mais l'inquiétude le tourmentait.

Le portail était ouvert et quelques voitures stationnaient dans la rue. Il entra dans le jardin, et, percevant le bruit de plusieurs voix, il fit le tour de la maison pour atteindre le chantier.

Le trou était toujours plein d'un liquide boueux, mais le niveau avait baissé. L'eau était couverte de confettis blancs, et, au beau milieu du cratère, trois ou quatre femmes, relevant leurs robes jusqu'à la ceinture, pataugeaient en chantant. Sur l'une des berges, plusieurs ouvriers goguenards fumaient et buvaient, assis sur des caisses. De l'autre côté, quelques femmes jetaient des fleurs dans l'eau, pendant qu'un peu plus loin un groupe discutait à voix basse. Il y avait là le maire, quelques adjoints ainsi que le curé de la paroisse et des individus chevelus que Pierre avait déjà croisés au marché derrière leurs étals de miel. Ollivier était avec eux et salua Pierre joyeusement :

« Bonjour ! Vous avez fait vite !

— Messieurs », dit Pierre, adressant son salut à la ronde d'un mouvement de tête. Des murmures de salutations l'accueillirent. « Qu'est-ce que... balbutia Pierre... Qu'est-ce qui se passe ?

— Ben vous êtes verni, voilà ce qui se passe ! » jeta le maire, un gros homme rubicond, souriant sous sa casquette écossaise. « Vous avez la fontaine miraculeuse !

— Légendaire, légendaire, rectifia le curé.

— Vous avez découvert un des repères fondateurs et historiques du village, précisa calmement le vendeur de miel.

— Ah ! fit Pierre, qui ne savait pas quoi dire.

— C'est très important, dit l'apiculteur. Mon hobby, c'est l'histoire des lieux : j'ai fait des recherches sur le village, on a prospecté longtemps pour trouver cette source. Le culte qu'on y célébrait remonterait au xe siècle, et il s'apparentait à certains rites celtiques ! »

Les notables hochèrent la tête en signe de respect. Pierre gardait son air dubitatif.

« C'est capital, reprit l'historien : ça voudrait dire que les Celtes sont passés par ici. Une découverte fondamentale ! »

Plusieurs femmes qui avaient de l'eau jusqu'aux cuisses commencèrent à remplir des bouteilles de plastique avec l'eau boueuse. Sur la berge, des badauds prenaient les bouteilles, les emportaient. Un va-et-vient continu s'était instauré entre le parc et la rue. On entendit un cantique, repris par quelques voix. Le curé eut un mouvement de gêne, puis dit, en haussant les épaules :

« Nous n'encourageons pas ce genre de choses, mais enfin…

— Laissez-les donc, s'esclaffa le maire, ça ne peut pas faire de mal.

— Celte ou pas, commenta l'historien d'un ton docte, évidemment l'Église s'est emparée du lieu. Vers le XVe siècle, on retrouve le récit d'une apparition miraculeuse. Sainte Cécile aurait trempé dans la fontaine les parties génitales d'un paysan qui les avait sectionnées d'un coup de faux malencontreux.

Son auditoire, entièrement masculin, frémit. Pierre murmura : « C'est horrible !

— Absolument, reprit le jeune homme. Mais la fontaine ayant des vertus prodigieuses, sainte Cécile replaça le tout qui, non seulement fut recollé, mais s'avéra particulièrement prolifique puisque l'épouse du miraculé, jusqu'alors stérile, enfanta des quintuplés. Sainte Cécile avait du doigté. »

Le maire se rengorgea :

« Chrétiens ou Zoulous, moi je dis que ça va faire du bien à la commune !

— Attendez, s'insurgea Pierre : je vous rappelle que c'est une propriété privée ici.

— Allons, allons ! dit le maire d'un ton débonnaire, on va trouver un arrangement. La commune vous rachète la parcelle, et on vous proposera un beau terrain plus loin.

— Non, non, répondit Pierre, ça ne va pas être possible. Je garde mon terrain.

— Vous avez raison, dit l'historien : vous pouvez faire payer l'entrée ! Si vous voulez, je suis disponible pour organiser des visites.

— Ah non, s'insurgea le maire, vous avez déjà réussi à faire des visites clandestines de la crypte à l'église, cette fois-ci, c'est Georgette, la première adjointe, qui fera les visites au nom de la municipalité ! »

Le ton monta encore d'un cran, et l'historien répliqua, menaçant :

« Georgette n'a aucune légitimité pour ça, monsieur !

— Ma femme a autant de légitimité qu'un vendeur de miel qui organise des visites clandestines, monsieur !

— Messieurs, messieurs ! tenta le curé.

— Oh, vous, Monsieur le curé (le maire se tourna vivement vers l'homme d'Église), vous avez déjà la crypte, vous n'aurez pas la fontaine.

— Je suis désolé de vous dire, répliqua le curé d'un ton ferme, que sainte Cécile nous appartient !

— Elle n'est pas dans l'église !

— C'est une annexe, dit le curé. Cécile est une enfant de Dieu.

— Georgette aussi ! Et il n'y a pas de raison que la sainte lui passe sous le nez.

— Ça suffit ! s'exclama Pierre. Je refuse catégoriquement de donner suite à cette… cette découverte. La source restera souterraine, comme c'était le cas auparavant.

— Monsieur, vous n'avez pas le droit de priver une commune entière des bienfaits d'un prodige de la nature.

— C'est vrai, renchérit l'apiculteur, ça n'est pas très citoyen, comme attitude.

— Un peu de charité chrétienne, ajouta le curé.

— Non, dit Pierre qui tentait de garder son calme. Je ne veux pas de tout ce cirque.

— Mais vous n'avez pas le choix, conclut le maire. Le sous-sol ne vous appartient pas. Il appartient à la commune.

— Nous verrons, dit Pierre, vos menaces ne m'impressionnent pas : je vais mettre mon avocat sur cette affaire. »

Ollivier qui s'était éloigné revint vers le petit groupe. Il tendit à Pierre une bouteille pleine du liquide boueux.

« Vous voulez en ramener une à Paris ? »

Un groupe entra dans le jardin en agitant des bouquets de fleurs au rythme d'un cantique. Il y avait une petite foule, maintenant, autour du cratère. Les bouteilles miraculeuses circulaient, d'autres femmes étaient entrées dans l'eau.

Pierre s'adressa au maire.

« Je vous prie de faire sortir tout le monde, Monsieur le maire. Quant à vous, Ollivier, je vous demande de faire réinstaller immédiatement tous les grillages qui ont été enlevés. Vous allez d'ailleurs m'en installer un autre, autour du bassin. Et je vous assure, dit-il au maire en martelant ses mots, je vous assure que si jamais quelqu'un franchit les limites de ma propriété, je porte plainte.

— Parfait, dit le maire d'un ton pincé. Mais nous n'allons pas en rester là, croyez-moi. La commune a des droits !

— Parfait, dit Pierre, je serai ravi d'en prendre connaissance. Pour le moment, je vous prie de sortir de chez moi. » Il eut un regard circulaire : « Tous ! »

Pierre entra chez lui en claquant la porte et tira les doubles rideaux. Dehors, le maire s'adressait aux pèlerins et autres illuminés qui sortaient de l'eau en protestant. Il entendit la troupe évacuer les lieux, les voix qui s'éloignaient, puis Ollivier et ses gars qui se remettaient à la tâche.

Lorsque Pierre sortit du Pressoir, il vérifia avec soin les grillages et le portail. Sur le mur d'enceinte, on avait bombé : « Sainte Cécile se vengera ». Pierre soupira en haussant les épaules. Il se demanda si, globalement, sa maison de campagne le reposait vraiment.

Vendredi 8 avril

Pierre et Catherine étaient silencieux. Coincés dans les embouteillages, écoutant distraitement les infos de

18 heures, l'un et l'autre songeaient au Pressoir. Qu'allaient-ils trouver en arrivant ? Au cours de la semaine, un journaliste de France 3 Région avait pu s'introduire chez les Bigos et filmer au travers du grillage « la source miraculeuse de sainte Cécile ». Pierre s'était procuré une copie du reportage qu'ils avaient regardé, hagards et silencieux, dans leur salon parisien.

Le journaliste, debout devant le grillage, indiquait la masse boueuse derrière lui. « C'est ici, récitait-il du ton convenu des reportages de JT, c'est ici que depuis quelques jours se déroule le drame qui fait battre le cœur de la côte normande. C'est en creusant pour un banal chantier que Monsieur Ollivier, entrepreneur local, a fait une découverte qui va peut-être révolutionner l'histoire de la Normandie éternelle. »

Apparaissait alors Ollivier, debout devant une camionnette de chantier où s'étalait, bien visible, le nom de son entreprise. « Eh oui, dit Ollivier, c'est en creusant pour un chantier… heu, banal quoi, que mes gars ont découvert la source. Comme je connais bien l'histoire locale, j'ai tout de suite dit : "Attention ! Ça pourrait être une importante découverte !" Alors on a creusé avec un maximum de sécurité, comme c'est la devise de la maison, qui fait toute la différence grâce à son savoir-faire. »

Suivaient plusieurs prises de vue du village : on apercevait Denise qui fermait sa porte, le curé qui rentrait dans son église avec un geste de dénégation, des consommateurs à l'épicerie-tabac-café-restaurant.

Le commentaire reprenait :

« Cette source, miraculeuse pour certains, aurait été mise au jour par les Celtes et visitée par sainte Cécile en personne qui n'aurait pas hésité à y tremper ses parties génitales. Dans le village, on espère conserver cette importante découverte patrimoniale qui pourrait donner un coup de pouce au tourisme local. »

Le maire apparaissait alors. Malgré sa veste et sa cravate, il semblait nu sans sa casquette. Il déclara :

« Nous espérons naturellement conserver au sein de la municipalité cette découverte patrimoniale qui va donner un coup de pouce au tourisme local. »

Sur les images du début, accompagnées d'une musique grave particulièrement adaptée au tas de boue informe que l'on distinguait mal entre les mailles du grillage, le commentaire terminait :

« Un espoir remis en cause par le propriétaire des lieux. (Gros plan sur un panneau barré de la mention "Danger, propriété privée, pièges à loups". Un panneau que Pierre n'avait jamais vu.) En effet, le riverain du miracle, qui se terre dans sa demeure et n'a pas voulu nous répondre, ne souhaite pas partager les bienfaits de sa source. Une bien triste affaire pour ce si joli village. »

Après un silence consterné, Catherine avait demandé :

« Je n'ai pas bien compris l'histoire des parties génitales ? C'est répugnant de la part d'une sainte, non ? »

Ce vendredi, les riverains du miracle se rendaient donc chez eux, non sans une certaine appréhension. Pierre avait consulté quelques amis avocats pour connaître ses droits, mais la loi s'accommodait bien mal des miracles et de leurs bénéfices. Le prodige pouvait-il être revendiqué « d'utilité publique », c'était le nœud du problème.

Denise avait prévu un repas froid, mais le Pressoir semblait tout de même inamical. Depuis la porte de la cuisine, ils contemplèrent de loin le chantier, presque menaçant dans la nuit. Les grillages, particulièrement sinistres, grinçaient dans la brise.

Catherine monta dans sa chambre et connecta son ordinateur pour consulter ses mails. Elle ouvrit tout de suite celui que Françoise Rival venait de lui adresser :

« Hello chère Catherine,

« Nous avons vu par hasard un reportage sur votre Pressoir. Vous nous aviez caché votre source magique ! Jacques dit que vous allez pouvoir vendre des cartes postales et des amulettes (il est facétieux). Votre petit jardin m'a eu l'air bien abîmé par les ouvriers, qui sont toujours redoutables pour les plantations. Ce sont des gens qui ne sont pas sensibles aux fleurs. Si vous le souhaitez, je vous envoie l'adresse de mon paysagiste, c'est lui qui a entièrement repensé le jardin de Jean-Paul Gaultier, c'est un garçon bourré de talent et très simple. Il a fait planter chez Jean-Paul tout un tas de plantes sauvages. Résultat, son espace situé en plein Lubéron, avec les sempiternelles lavandes, ressemble maintenant tout à fait à un terrain vague du 9. 3. C'est merveilleusement inattendu!

« À très vite, Françoise.

« PS : Vous devriez peut-être réfléchir et changer vos grillages : une simple barrière serait ravissante. Mais c'est si difficile de clôturer les petits espaces ! »

Samedi 9 avril

Pierre s'éveilla à l'aube, après une nuit tourmentée, peuplée d'apparitions, de maires courroucés, de bassins turquoise vomissant des flots et des cantiques.

Il se leva sans bruit et descendit dans la cuisine, le soleil se levant à peine. Il commençait à préparer du café lorsque son regard fut attiré au fond du parc, vers ce chantier dont la seule pensée l'oppressait. Dans la lumière dorée du petit matin, il distingua nettement une silhouette. Quelqu'un avait franchi les grillages et s'était glissé jusqu'à la mare. Il sentit la colère l'envahir brutalement. Trop. C'était trop de devoir, après tout ce cirque, supporter ces cinglés à domicile. Il sortit et se dirigea vers l'intrus au pas de charge. Malgré lui, il ralentit en s'approchant, tant la silhouette frêle donnait une impression de soumission et de chagrin. C'était une femme, légèrement penchée vers l'eau sombre. De ses mains jointes venait de tomber un bouquet de tulipes roses qui flottait misérablement, déjà couvert de boue. Pierre s'approcha, mais sa colère avait disparu. Il la reconnut au moment où elle se retournait :

« Nathalie ! »

Des larmes tremblaient encore dans ses yeux, mais déjà elle rougissait, confuse.

« Qu'est-ce que vous faites là, Nathalie ?

— Pardon, pardon, je ne voulais pas… Je pensais que vous dormiez, il est tôt, j'allais partir.

— Mais… » Le regard de Pierre était tombé sur le bouquet. Elle reprit :

« C'est bête… Je sais bien. Ne le dites pas à Dédé. Ne le dites à personne. »

Pierre la regardait sans oser comprendre.

« Venez prendre un café, il fait froid. »

Elle le suivit sans protester. Assis devant leurs bols, ils reprirent contenance. Il dit doucement :

« Vous ne pouvez pas avoir d'enfants ? »

Elle tourna la tête silencieusement : « Non.

— Et… vous croyez vraiment à ce genre de truc ? »

Elle sourit avec tristesse :

« Oui. Je crois que si on y croit, ça peut marcher. » Sa voix se raffermit : « Il y a eu des cas incroyables de guérisons, de rémissions… Et puis c'est comme le loto vous savez : cent pour cent des gagnants ont tenté leur chance. »

Comme Pierre la regardait d'un air navré, elle ajouta :

« J'ai essayé tous les trucs des médecins. Jusqu'à m'en rendre malade ! Mais rien à faire. On ne sait pas vraiment pourquoi, mais ça ne marche pas !

— Et André ?

— Oh pareil, pour ça, il a été réglo : tout essayé aussi. Même que pour les hommes, c'est pas marrant non plus. Mais rien à faire… On a arrêté. Il n'en parle pas mais c'est comme moi : je sais qu'il y pense.

— Vous êtes déjà allée dans d'autres endroits… "miraculeux" ? Lourdes ?

— Oh non, c'est juste l'occasion. Avoir un truc magique pour la stérilité quasiment à sa porte, je me suis dit : ma fille, tu serais bien bête de passer à côté. »

Pierre la regarda tout à coup fixement :

« Vous avez tout à fait raison, Nathalie, dit-il. Cette source, c'est un signe de Dieu dans votre direction.

— Ah bon ? Vous croyez ? demanda Nathalie, surprise de le voir si vite converti.

— Je crois même qu'il faut avertir André de ce grand dessein, dit-il en se levant.

— Mais il dort !

— Ça ne fait rien. Sainte Cécile n'attend pas. Venez. »

Toujours au pas de charge, Pierre ressortit, suivi de Nathalie. Ils franchirent le grillage, découpé discrètement par la jeune femme, et arrivèrent au pavillon des Bigos juste comme Dédé en sortait.

« Ah ben ça alors, qu'est-ce que vous faites là avec ma bourgeoise ?

— Je viens vous proposer quelque chose.

— Écoute-le, Dédé, il dit que Dieu fait un geste pour nous.

— Oh là ! fit Dédé, je me méfie des gestes de Dieu. Avec les gens comme nous, il est pas toujours très poli ! »

Ils entrèrent tous les trois, Nini s'affaira au petit déjeuner, et les deux hommes prirent place autour de la table.

« Nathalie m'a parlé de vos problèmes, dit Pierre sans perdre de temps.

— De nos problèmes ? » André se tourna vers sa femme. « Qu'est-ce que t'es allée raconter, Nini ?

— Je lui ai dit pour les enfants. Enfin les enfants qu'on n'a pas.

— Et alors ? demanda Dédé à Pierre, soupçonneux. Vous en avez à nous vendre ?

— Ne plaisantez pas, dit Pierre. J'ai une idée.

— La sainte ! coupa Nathalie, tout sourires.

— Quoi la sainte ? Vous ne croyez pas à ces conneries ? demanda André à Pierre.

— Non, évidemment ! dit Pierre.

— Quoi ! Mais vous venez de dire que le doigt de Dieu s'était posé sur nous, ou je ne sais quoi, s'indigna Nathalie.

— C'est quoi ce délire ? s'énerva Dédé.

— Non, non, je vous rassure : je ne crois pas aux miracles. Mais c'est Nathalie qui m'a donné l'idée : cette source, elle, elle y croit. Et après tout, les miracles, ça peut exister : chaque année le Vatican en reconnaît un certain nombre.

— Je vois pas où vous voulez en venir, dit Dédé. Ça doit être le doigt de Dieu qui s'est posé dans mon œil.

— Je vais être direct, dit Pierre : cette source, elle serait mieux chez vous que chez moi. »

Dédé l'observa en silence. Les yeux plissés, il réfléchit à toute allure.

« Moi, cette source m'emmerde, André. Je ne veux pas la faire visiter. Je ne veux pas vendre ma parcelle au maire. Mais vous : Nathalie y croit, ça lui ferait plaisir, et vous, vous pouvez faire visiter, vendre l'eau… ou bien revendre le bout de terrain… Tout ce que vous voulez. »

Dédé ne disait rien. Pierre reprit, pressant :

« Mais vous ne voyez pas que c'est une affaire en or ?

— Je vois pas votre intérêt. Et – ne le prenez pas mal – les gens comme vous ne font jamais de cadeaux aux gens comme moi. Alors je cherche l'arnaque.

— Mais il n'y en a pas ! Mon intérêt, c'est la tranquillité.

— Si vous revendez la parcelle à la municipalité, vous vous faites des couilles en or.

— Oh ! Dédé, ne parle pas comme ça, quand même !

— Laissez, Nathalie, il a raison. Seulement moi, je ne veux pas morceler mon terrain. Et puis l'argent, ça n'est pas mon problème.

— Eh oui, ricana Dédé. C'est ce qui fait la différence avec nous.

— Peut-être, mais là, ça nous arrange tous les deux. Vous me laissez installer ma canalisation, construire mon mur, et en échange, je fais faire discrètement une dérivation de la source dans votre terrain, où vous voulez.

— Ouais… » Dédé semblait pensif. « Faut voir.

— Mais si on la change de place, elle va marcher quand même ? », s'inquiéta Nathalie.

Devant l'interrogation muette des deux hommes, elle précisa :

« Ben oui, un miracle, c'est quand même un truc spécial. Peut-être que si on bouge la source, elle n'est plus miraculeuse ?

— Penses-tu, dit André, si le miracle gêne nos voisins, nos voisins déplacent le miracle. Quand on a les moyens, on peut toujours s'arranger, même avec les saints.

— Alors, demanda Pierre, qu'en pensez-vous ? Je me charge de convaincre la municipalité.

— Faut voir. Je réfléchis et je vous dis ça tout à l'heure.

— Je suis sûr qu'on va s'entendre, dit Pierre en se levant.

— Peut-être, sourit André. On peut croire aux miracles. »

*

* *

Il était près de midi lorsque la voiture entra dans le jardin de la Fermette. Sylve et Michel les attendaient depuis deux heures.

« Je te l'avais dit, répétait Sylve, régulièrement : on ne peut pas faire confiance aux copains pour s'attaquer sérieusement à un vrai travail. Ils auraient dû arriver hier soir. On ne commence pas un chantier en pleine journée, il faut s'y mettre le matin.

— Ils avaient un truc hier soir. Ils vont arriver, moi je fais confiance à Fabrice. »

Fabrice et Agnès avaient spontanément proposé leur aide pour les travaux qu'envisageait Michel. Rompus aux dures lois du bricolage (ils avaient entièrement rénové leur appartement), ils avaient accepté avec enthousiasme d'aider à créer la mezzanine. Renseignements pris, ils n'avaient eux-mêmes jamais pratiqué ce genre de réalisation, mais, d'après Fabrice, « quand on sait bien bricoler, on peut tout faire ». Rassuré, Michel avait opiné du chef, sans préciser que lui, personnellement, ne savait que manier le pinceau. En fait, son seul acte de bravoure en matière de peinture avait été de badigeonner un radiateur en fonte. Après avoir tenté d'expliquer à Sylve qu'il n'y a pas de peinture entièrement écologique et qu'il fallait se résoudre à user d'un matériau qui, certes, ne répondait pas aux préceptes Feng Shui, mais serait tout de même commode pour recouvrir le gris hideux de l'antirouille, Michel s'était lancé. Armé du pinceau coudé spécial radiateur, il s'était d'abord cru des dispositions particulières tant la tâche lui était facile. Il se jouait de la chose, littéralement. En un tournemain, l'affaire fut réglée. Il appela Sylve, avec l'air satisfait du héros en fin de mission. Épuisé mais ravi. Bruce Willis juste avant le générique de fin.

« Pas mal, dit Sylve. Ce côté-là est bien.

— Comment ça « ce côté » ? Tu penses peut-être le décoller du mur pour peindre l'intérieur ? répliqua Bruce Willis, avec un sourire plein de commisération pour cette pauvre petite qui n'avait jamais peint un radiateur.

— Non, répondit Sylve. Je compte pouvoir passer devant sans voir l'antirouille dès que je serai un peu de biais.

— Qu'est-ce que tu veux dire ? demanda Michel tandis que Bruce Willis attaquait la bouteille de White Spirit.

— Ça ! », dit Sylve. Et elle poussa légèrement Michel sur le côté.

C'était une horreur. Sous cet angle, le radiateur semblait à peine peint. Hypnotisé, Michel se laissa conduire dans l'autre sens. Là encore, la peinture n'apparaissait que de loin en loin. Michel était consterné.

« C'est pas grave, dit Sylve. Il faut continuer, c'est tout. C'est terrible les radiateurs, tout le monde sait ça.

— OK », balbutia Michel. Il retrempa son pinceau et attaqua de biais, traquant la moindre parcelle de fonte.

« Le radiateur, c'est sournois, souligna Bruce Willis d'une voix pâteuse. On croit qu'on a tout dégommé, et puis voilà le résultat.

— Ah ça suffit ! cracha Michel.

— Qu'est-ce que tu dis ? s'inquiéta Sylve, de la pièce à côté.

— Rien, rien. »

Et Michel continua plusieurs heures à passer et repasser son pinceau entre les arceaux de fonte. C'était là sa seule expérience de bricolage.

« Salut ! dit Fabrice en descendant de la voiture. J'ai pensé à la caisse à outils. »

Il sortit une belle caisse rouge, débordante de plusieurs manches.

« Et moi j'ai fait un gâteau », dit Agnès.

On s'embrassa en riant devant la porte.

« Qu'est-ce que c'est que ça ? dit Sylve.

— Un chien, répondit Fabrice qui se baissa et se mit à faire des borborygmes amicaux en direction de l'animal.

— Un chien ? répéta Sylve, avec dégoût.

— Tu vas l'adorer, dit Agnès : il est entièrement biologique. Y a pas plus authentiquement naturel.

— Et qu'est-ce qu'il va manger ? », demanda Sylve, méfiante.

Le chien jappa en direction du champ voisin.

« Des vaches ! répondit Fabrice, regardant l'animal aboyer devant la clôture. Mais ne t'en fais pas, enchaîna-t-il, il les chasse tout seul. »

Un silence s'installa. Sylve le regardait sans sourire.

« Je rigole ! », dit Fabrice.

À ce moment précis, le chien s'immisça dans une brèche et partit ventre à terre vers un groupe de ruminants en aboyant à tout rompre. Fabrice et Agnès s'élancèrent derrière lui, criant son nom. Sylve soupira.

« Je ne comprends pas comment les gens peuvent être assez irresponsables pour amener des animaux à la campagne », souffla-t-elle à Michel.

*

* *

Au manoir de Varanche, Maricha s'échauffait en sautillant le long de ses plates-bandes, devant la façade.

« J'ai très envie de mettre des artichauts ! cria-t-elle. L'artichaut, ça s'adapte à tout, ça ne demande pratiquement aucun soin, ça fleurit et ça développe un très joli feuillage. J'ai vu ça dans *L'Ami des jardins*, ce serait original, non ?

— Mais qu'est-ce qui te prend de hurler à propos des artichauts ? demanda Jean-Bernard qui apparut sur le seuil.

— Ah pardon ! Je parlais à Mathilde... » Maricha se retourna et constata que la cour était vide. Mathilde était loin, au-delà du massif de verdure et de rosiers, en route vers le portail.

« Tu pars courir, j'imagine ? » JB ne faisait pas là un gros effort d'imagination car Marie-Charlotte, sautillant toujours, arborait son nouveau jogging et ses chaussures de sport.

« Oui, j'attends Dédé, et toi ?

— Moi je serai parti au golf quand tu reviendras : c'est notre tournoi, tu sais bien.

— Ah ! dit Maricha en s'arrêtant. Je ne vais quasiment pas te voir ces deux jours, donc ? C'est bien la peine de partir en week-end : on a tellement d'activités qu'on se voit moins qu'à Paris.

— On se verra ce soir chez Pierre et Catherine. Je rentrerai à temps.

— Oui, dit Maricha. J'espère. Mathilde vient de me dire qu'elle nous accompagnerait. Elle devient vraiment plus facile en ce moment. »

Dédé apparut au portail. Il fit signe de la main.

« Ah ! j'y vais.

— À ce soir », jeta JB en disparaissant rapidement dans le hall.

Maricha, qui s'était approchée pour l'embrasser, fit demi-tour en soupirant doucement. Le golf. Le jogging. Le jardinage et les artichauts. Elle aurait volontiers abandonné le tout pour se retrouver une dizaine d'années auparavant, à Paris, dans leur appartement trop bruyant, quand il suffisait d'un regard pour les enflammer tous les deux. JB ne se sentait à l'époque ni châtelain ni golfeur, et le samedi matin était entièrement consacré à une grasse matinée voluptueuse. Les enfants, déjà grands, étaient autonomes, ils avaient pu vivre leur histoire d'amour comme de vieux ados. Maricha se secoua, elle n'aimait pas plonger dans l'amertume.

« Alors, c'est la forme, Madame la comtesse ?

— Ah non, Dédé, allez-y doucement : ce week-end je suis moulue.

— Vous inquiétez pas, sourit Dédé, on va faire ça pépère. J'ai repéré un chemin facile : on glisse comme sur du velours. »

Mathilde vit de loin sa mère et André trottiner sous les arbres. Elle se dirigeait vers le village avec l'espoir d'y croiser Pierre, sans savoir ce qu'elle pourrait lui dire au cas, improbable, où elle le rencontrerait. La campagne était magnifique, les verts tendres et lumineux du début de printemps éclairaient le sous-bois. Les parfums surtout ravissaient la jeune fille : l'odeur lourde de la terre et des pousses fragiles, celle, timide et suave des dernières jonquilles, et la note plus poivrée du muguet bleu. Ces parfums s'étiraient et ajoutaient de la sensualité aux rêves de Mathilde qui en débordaient déjà.

Elle avait vu Pierre à Paris, car il avait finalement tenu parole et lui avait fait rencontrer son ami producteur. Il n'avait rien dit qui pût être interprété comme une avance, il n'avait fait aucune des propositions délicieusement malhonnêtes dont Mathilde rêvait, mais il avait néanmoins organisé la rencontre sous forme d'un déjeuner, alors qu'un simple coup de fil aurait suffi. Il avait raccompagné la jeune fille, et, au moment de le quitter, Mathilde l'avait regardé longuement, susurrant un « au revoir » qu'aurait pu revendiquer Monica Bellucci. Pierre l'avait dévisagée, les mains sur le volant, et il avait dit :

« Tu sais ce que je vois quand je te regarde ?

— Non ? *(Monica Bellucci en blonde ?)*

— Je vois ta mère. »

Ce fut violent comme une gifle. Pierre souriait tranquillement. Reportant son regard vers la route, il avait mis le clignotant et allait donc repartir. Sa mère, Maricha, était certes une belle femme, mais elle avait deux mille ans ! Mathilde avait rassemblé ses atours (son minuscule sac Gucci, en fait) et était sortie dignement.

« À Dimanche, avait jeté Pierre en partant. Tu seras au manoir ? C'est le vide-grenier de Milanville, le premier de l'année. On y va tous…

— Peut-être », avait lâché Mathilde du bout des lèvres.

Et il était parti. Dans cette solitude brutale, Mathilde se rendit compte qu'il lui semblait moins séduisant. À Paris, il n'était plus le gentleman en jean et pull irlandais qui l'avait séduite en achetant ses œufs frais. À la ferme, elle lui avait trouvé le charme d'un jeune Michael Douglas, à la ville, il avait l'air d'un vieux Brad Pitt. Malgré tout, comme il l'avait fait souffrir, elle oubliait sa déception pour mieux pleurer sur son destin pathétique. Et après quelques heures de chagrin romantique, Mathilde avait analysé autrement la réplique. « Je vois ta mère » pouvait tout aussi bien être une mise en garde. « Je vois ta mère et je pense à ce qu'elle dirait si elle savait que suis amoureux de sa fille. »

Bien sûr.

Il n'avait fallu qu'une dizaine de revisionnages mentaux de la scène pour convaincre Mathilde de la véracité de cette interprétation.

Elle se remémora l'invitation implicite qu'elle avait jusque-là oubliée : dimanche, le rituel de la première brocante de la saison où traditionnellement ses parents, avec Pierre et Catherine, redécouvraient la joie d'acheter très cher des rebuts qu'ils jetteraient deux ans plus tard, où l'on rentrait ensuite pour goûter, montrer aux uns et aux autres ses découvertes et s'enorgueillir de quelque bonne affaire. Un après-midi de semi-liberté, se dit la jeune effrontée qui se voyait déjà frôler la main de Pierre parmi les étalages de cafetières peintes et de jougs de bœuf.

Voilà pourquoi Mathilde, grisée de printemps comme une fauvette, s'engageait ce matin-là sur le chemin. Elle n'avait pas de petit pot de beurre mais comptait fermement croiser le grand méchant loup.

*

* *

Sur le chemin, où l'on glissait comme sur du velours, Maricha et Dédé se taisaient, côte à côte. Le nouveau jogging de Maricha, gris perle, moulait nettement ses formes, soulignées dans l'entrebâillement de la veste par une « brassière de compétition » rose dragée. Ce soutien-gorge « spécial course », avait souligné la vendeuse, maintenait fermement les seins et les rapprochait vigoureusement pour optimiser la protection de la fibre mammaire. En fait, il procurait l'esthétique d'un bon Wonderbra : furieusement pigeonnant.

Dédé avait été secoué par la proposition de Pierre, et s'il balançait encore, il était très tenté par l'idée d'accueillir une sainte au sein de son jardin. Ces histoires de saints lui retournaient les sangs, et les seins de Maricha ajoutèrent illico à son trouble. Fatiguée, la comtesse ahanait près de lui, exhalant une légère odeur de corps moite, une odeur sucrée. L'esprit rendu léger tout d'abord par la lumière et la beauté du sous-bois, Marie-Charlotte s'était peu à peu éteinte. La mélancolie revenait, courbant son dos, alourdissant ses chevilles. Le printemps triomphait et elle allait bientôt entamer l'automne de sa vie, aux côtés d'un mari de plus en plus absent. Dédé lui jetait des coups d'œil discrets. Elle se traînait. Même lui, pensa-t-elle, renoncerait bientôt à ces joggings bucoliques. Trop poussive pour un type dans la force de l'âge. Elle sentit qu'il la regardait. Elle tenta de se remotiver mais en vain, ses muscles s'engourdissaient. Tiens, si ça se trouve, elle allait mourir là, hop, une crise cardiaque, et adieu l'automne de sa vie. Elle porta toute son attention sur son cœur, qui battait fort mais sans excès. Levant les yeux sur André, elle croisa son regard sur sa poitrine et sentit nettement qu'il y évaluait autre chose qu'un risque cardio-vasculaire.

« Si on faisait une pause ? suggéra-t-il.

— Oh oui… soupira Marie-Charlotte. » Elle se cassa en deux immédiatement, les mains aux genoux, soufflant.

Dédé l'observait en souriant.

« Y a des jours où c'est plus dur.

— Ah, comme vous dites ! », répondit Maricha toujours la tête en bas.

Elle se reprit tout de même et se releva. Ses joues étaient rouges, ses cheveux décoiffés, elle avait perdu dix ans. Disons cinq. Dédé la regardait toujours en souriant, avec un mélange de compassion et de désir. Elle ricana bêtement en se disant « je ricane bêtement », il avança vers elle, elle recula un peu, s'appuya contre un arbre et le reçut contre elle, sa bouche d'abord, tout de suite impatiente, et puis tout son corps, impétueux, nerveux, précis.

*

* *

À la Fermette, vers 16 heures, Sylve commença à trouver que ce déjeuner traînait en longueur. En langueur, même, pour être honnête. Les bouteilles de bordeaux vides s'alignaient dans la cuisine, et, affalés sur les canapés, les rois du bricolage s'esclaffaient pour un rien.

« Il est tard, non ? demanda Sylve.

— Il est plus tard que tu ne penses ! répondit Agnès d'une voix d'outre-tombe qui fit immédiatement pouffer les trois autres.

— N'empêche, reprit Sylve, on va avoir du mal à s'y mettre… Je pense que le graves ne pousse pas aux gros travaux.

— Le graves nuit gravement aux gros travaux ! reprit Michel, déclenchant l'hilarité de ses compagnons.

— Mais le graves, c'est pas grave, souligna Agnès entre deux hoquets, c'est le gâteau qui nous a gâtés ! » Le fou rire repartit.

« Ah bon ! le gâteau, parvint à articuler Sylve, qu'est-ce que tu as mis dedans ?

— Du shit ! »

Tous les quatre s'étranglèrent de rire, et pendant quelques minutes, personne ne put produire un son cohérent. Malgré tout, Sylve avait nettement l'impression qu'il serait dommage de laisser passer cette journée sans rien entreprendre. Elle fit part de son inquiétude aux autres qui immédiatement partagèrent son sentiment. Il devint évident qu'il fallait absolument entamer ces travaux sur-le-champ. Ils commencèrent par déménager la pièce principale. Les étapes étaient simples : vider la pièce, démolir le faux plafond, nettoyer les gravas, et ensuite le terrain serait libre pour la reconstruction, dans les semaines à venir.

Avec une bonne humeur tapageuse, les quatre amis commencèrent à porter les meubles dans le jardin. Lorsque les deux canapés furent installés sous les pommiers, ils furent tous frappés par le caractère surréaliste du tableau. Ils mirent donc une énergie nouvelle à parfaire la vision, installant avec soin les tables, les chaises et le bureau, disposant les vases et les coussins, accrochant les toiles et les tableaux à la barrière. On tira une rallonge afin de pouvoir alimenter les lampes. Dans le jour qui tombait, ils crurent s'installer dans une toile de Magritte. Des nuages mauves couraient sur le couchant, et des oiseaux les frôlaient. Ils finirent le gâteau en silence, dans le ravissement de l'instant. À 20 heures, l'apéro s'imposa, à 20 h 28 il se mit à pleuvoir. En quelques minutes on passa de Magritte à Rembrandt, dans un clair-obscur plus que flamand, où la pâte s'épaississait. Puis, l'eau s'immisçant dans les branchements, un court-circuit plongea la scène au cœur de l'art moderne. C'était Soulages dans la vigueur de son inspiration : entièrement noir.

Trempés, maladroits et fourbus, ils parvinrent à peine à rassembler les meubles sous une bâche. Réfugiés dans la cuisine, ils reprenaient des forces (car il faudrait bien, pour pouvoir dormir, rapatrier un canapé, sous la pluie et dans l'obscurité totale) lorsque Michel constata :

« Le bricolage, quand même, c'est plein d'imprévus. »

Dimanche 10 avril

Catherine se réveilla tôt, ce qui chez elle était inhabituel. Cette piscine et ses miracles intempestifs contrecarraient dangereusement le planning qu'elle avait mis au point. Or, elle avait un but essentiel cette année, une priorité dans le faisceau de ses activités : réussir cette bon sang de réception, promue au rang de cause humanitaire du couple. Un autre motif rendait cet événement crucial : le Pressoir était le domaine de Catherine. La gestion de l'appartement parisien lui incombait naturellement, et l'atmosphère de la maison de campagne devait aussi lui ressembler. Il fallait réussir sur tous les tableaux, du quotidien sans heurt au week-end le plus harmonieux. L'éclat du feu de cheminée ou l'inclinaison des roses, Catherine s'en sentait responsable.

Alors, cette sainte Cécile allait devoir retourner fissa dans ses nuées et dégager le terrain pour le buffet Lenôtre.

Un soleil juvénile illuminait la matinée. Catherine, sa tasse de café à la main, fit quelques pas sur la terrasse, puis, séduite par les premiers signes du printemps, elle commença le tour des massifs. Invisibles, les oiseaux gazouillaient. Les pieds dans la rosée, elle se penchait, observait, dégageait du doigt un bourgeon, cueillait une jonquille.

« J'voudrais pas vous faire peur... »

Catherine sursauta violemment, renversant quelques gouttes de café. Devant elle, Dédé se tenait près du grillage. Embarrassé mais souriant d'un sourire en biais, narquois.

« Mais qu'est-ce que vous faites là ?

— Je m'excuse, comme je vous le disais, je ne voulais pas vous faire peur. Je dois voir votre mari.

— Les gens qui viennent voir mon mari passent en général par la porte. Et je vais vous étonner : la plupart du temps, ils sonnent !

— Je sais, j'aurais pas dû, mais c'est quand même plus simple. J'aurais frappé à la porte de la cuisine, comme ça, hop, entre voisins. Je ne vais pas saloper votre marbre de salon avec mes groles pleines de boue.

— Et pourquoi désiriez-vous voir mon mari ?

— On est en affaire. Il vous a pas raconté ?

— Non. À quel propos ? »

André hésita un instant.

« Je vous en prie, ne faites pas de mystère. Vous pouvez me dire de quoi il s'agit, mon mari ne me cache rien. »

Bigos, revoyant la brève étreinte de Pierre et Sylve auprès du cratère, sourit toujours. Catherine vit passer dans ses yeux un nuage d'ironie qui la mit mal à l'aise. Elle aurait donné cher pour le planter là, mais elle voulait savoir.

« Ben, ça me gêne... », reprit Dédé. Il était satisfait de découvrir que le couple n'était pas si transparent. Il prit un certain plaisir à entretenir l'embarras de son élégante voisine : « Disons qu'il m'a fait une proposition pour me charger d'une dame à sa place, et que je suis bien tenté. Voilà. Dites-lui que je suis tenté, mais qu'il faut qu'on s'entende sur les modalités parce que je voudrais bien qu'elle me rapporte un peu de blé et il faut que je sois sûr qu'on va pas me chercher des poux.

— Quelle dame ? Qu'est-ce que c'est que cette histoire de dame ? »

Catherine savait qu'il y aurait une explication et que tout allait rentrer dans l'ordre dans quelques secondes. Mais quelle que soit la solution de l'énigme, face au spectre de l'infidélité de Pierre (toujours envisagée, jamais considérée en face), elle se sentit en danger.

« Pas de panique ! s'exclama Dédé avec un rire bien gras : c'est pas le genre de dame qui va vous piquer votre mari ! C'est plutôt du genre cul serré ! »

Catherine, immobile, attendait le moment où tout allait s'éclairer. Elle observait André sans sourciller, et, heureusement, le poids de son éducation l'empêchait de faire ce dont elle rêvait : se jeter sur cette ignominie en survêtement et le secouer jusqu'à ce que ses molécules se dispersent dans le gazon. Dédé cessa enfin de rire, il y eut un court silence. Il reprit :

« C'est la sainte Cécile ! Il m'a proposé de reprendre la source, et la sainte, à la maison. Vous lui dites que c'est OK, mais qu'y faut voir les conditions.

— Je ne comprends pas…

— C'est pas grave. Dites juste ça à Pierre, lui il va comprendre.

— Vous allez dévier le cours de la source… »

Dédé reprit son fameux rictus.

« Vous voyez, vous pigez vite.

— Vous faites une très bonne affaire, André. Je suis sûre que vous allez savoir exploiter ça avec tout le… doigté nécessaire.

— Le doigté, comme vous dites.

— J'imagine qu'il est bien entendu, entre Pierre et vous, qu'il n'est plus question d'une porte entre notre parc et votre… paradis miraculeux ?

— Vous imaginez plus vite que nous, on n'en a pas parlé.

— Eh bien c'est fait. Je ne tiens pas à retrouver des pèlerins errant sur ma pelouse. »

André enveloppa Catherine d'un regard admiratif et salace. Elle sentit brutalement à quel point le fin jersey de son pyjama moulait tout son corps. Elle eut un mouvement de recul, presque imperceptible. Dédé reprit :

« Une petite porte sur le paradis, comme vous dites vous-même, c'est peut-être pas si désagréable, de temps en temps ?

— Il n'en est pas question. Je vais transmettre votre accord à mon époux.

— C'est ça, acquiesça Bigos, allez donc. »

Sans un mot, Catherine se retourna pour rentrer directement dans la maison, et elle sentit immédiatement son regard collé sur elle. Contrainte d'éviter la boue et de marcher sur les planches qui traversaient le chantier de la piscine, elle se déhanchait et ondulait, progressant lentement, agacée de se donner ainsi en spectacle à Dédé, toujours appuyé contre le grillage. Il la détaillait tranquillement, elle en était certaine, et tout au long de ce parcours qui lui sembla durer des siècles, elle ne pensa qu'à ce regard obscène qui l'escortait. Son cœur battait très fort, de rage et d'humiliation. Parvenue enfin sur la terrasse, elle se retourna brusquement, indignée, et constata que le parc était vide. Elle en ressentit presque de la frustration. Il lui sembla qu'il y avait longtemps que son cœur n'avait pas battu aussi fort, mais comme le téléphone sonnait, elle n'eut pas le temps de s'appesantir sur ce constat.

*

* *

Pierre fumait avec plaisir la première blonde de la journée. Il allait chez Sylve pour faire un choix parmi ses esquisses. Il empruntait pour la première fois ce petit chemin, à peine une route, qui contournait le village. Les bois bordaient le premier champ, et, au-delà, le bleu du ciel devenant plus pâle annonçait la mer. Pierre renifla un peu pour percevoir l'odeur de la marée. Il ne sentit que le parfum du tabac et se mit à tousser. C'était très agréable de fumer dans la campagne. Un plaisir spécial. Pierre réfléchit à l'essence de ce plaisir : la transgression y était-elle pour beaucoup ? Était-ce la jouissance perverse de l'infâme fumeur polluant sans vergogne la belle nature ? « Possible, se dit Pierre, mais baiser dans la nature aussi c'est un plaisir spécial, et pourtant, ça n'est pas interdit... » Perdu dans ses réflexions, il était parvenu jusqu'au jardin de Sylve et Michel. Les meubles du salon, ourlés de rosée, brillaient sur la pelouse. Pierre observa la scène sans pouvoir se l'expliquer. Il allait sonner lorsque la porte de la maison s'ouvrit. Sylve, habillée précipitamment, trottina jusqu'à lui. Elle avait par miracle aperçu Pierre par la fenêtre alors qu'elle se levait à peine, et avait enfilé ce qu'elle avait sous la main pour l'empêcher d'entrer. Ses amis bricoleurs jonchaient le sol du salon, ronflant sur des matelas pneumatiques.

« Je viens tout de suite, attendez-moi. »

Son carton à dessin était dans la voiture ; elle s'en empara et sortit, rejoignant Pierre devant la grille. Elle l'embrassa sur les deux joues, rapidement. Malgré sa hâte, elle avait eu le temps de s'asperger de parfum. Pierre, qui n'avait pas réussi à repérer l'odeur de la mer sur le chemin, fut environné d'une vive senteur de « Zen Océan », une fragrance spirituelle censée stimuler les ondes alpha. Il eut l'impression de retrouver l'arôme très chic de la bougie parfumée relaxante que Catherine allumait dans les toilettes. « Nous vivons une époque curieuse, pensa-t-il : on peut stimuler son moi et détendre ses intestins grâce à la même harmonie des odeurs. »

« Allons dans la grange de Maurice, dit Sylve, je ne veux pas réveiller mes amis. »

Ils s'installèrent sur des ballots de paille, denses et piquants. Une odeur d'été les enveloppait. Elle ouvrit son carton et montra les dessins. De belles esquisses, sensuelles et fortes. On reconnaissait parfaitement les photos que Pierre avait choisies, les vues du parc et du Pressoir, mais Sylve y avait ajouté un voile de mystère, une tension ; de sorte qu'on avait l'impression de saisir la nature dans l'immobilité qui précède l'orage. Pierre fut saisi par la qualité des planches.

« C'est très bon, dites donc ! »

Sylve ironisa :

« On dirait que ça vous surprend. Vous pensiez que j'allais bâcler ?

— Pas du tout, mais ce sont des paysages, et je ne croyais pas que vous pourriez les rendre aussi... vivants.

— La nature est vivante.

— Évidemment. *(Qu'est-ce que c'est con, ce que je dis !) Mais là on sent la... le... la respiration de la nature. (« La respiration de la nature », ça va pas non ? La transpiration de la nature pendant que j'y suis !)*

— C'est gentil de me dire ça. Ça me touche beaucoup.

— C'est sincère, ajouta Pierre. » Un silence s'installa pendant qu'il feuilletait les dessins. « Il faut que je lui parle de son scénario », pensa-t-il. Il ne l'avait pas lu, mais il fallait signifier qu'il ne l'oubliait pas.

« Je suis désolé pour votre manuscrit, lança-t-il sans la regarder, je n'ai pas encore eu le temps de le lire... Je suis débordé en ce moment.

— C'est pas grave, répondit Sylve, déçue tout de même, je préfère que vous le lisiez quand vous vous sentirez disponible. Il faut choisir un moment où votre esprit sera ouvert, il faut que ce soit une relaxation. »

Pierre pensa à la bougie des toilettes.

« Oui, répondit-il. Je vais trouver le moment propice. »

Il attrapa son paquet de cigarettes. Sylve l'arrêta en posant sa main sur la sienne.

« Non, vous ne pouvez pas faire ça ! »

« Ah, ça y est, pensa Pierre, je suis bon pour le sermon écolo ! »

« Ne vous braquez pas, dit-il, je suis un grand garçon : j'assume mes vices et je me patche quand je veux.

— Ça n'est pas ça, précisa Sylve : la paille, c'est très inflammable. »

Elle avait laissé sa main sur celle de Pierre qui tenait toujours son paquet. « On dirait qu'il n'y a pas que la paille », pensa-t-il. Pendant un instant, le silence fut plus lourd. Une voiture passa devant la grange et ralentit un peu. Ni l'un ni l'autre ne bougèrent. Pierre eut une vision de leur étreinte, brutale et cuisante, sur les chaumes pointus. Plutôt tentant, se dit-il. Mais avant qu'il ait esquissé un geste, sa mémoire le rappela à l'ordre : il se souvint d'une jeune aspirante réalisatrice avec laquelle il avait vécu une folle partie de jambes en l'air dans une salle de montage, pendant que le stagiaire était descendu chercher des cafés. Aussi intense que brève, cette séance de montage particulière avait coûté à Pierre des semaines d'angoisse et de compromissions, car la jeune femme comptait sur une histoire d'amour et entendait convaincre Pierre (« trop stressé pour accueillir la passion ») et ramener Catherine à la raison (« une femme formidable mais qui n'avait pas su découvrir la vraie nature de Pierre »). Il en avait gardé une sorte de sixième sens qui lui permettait de flairer les tendances passionnelles à la première approche. Il retira sa main.

« Ce sera prêt quand ? demanda-t-il en rangeant les planches dans le carton.

— Le temps de réaliser chacune à l'aquarelle, disons... un mois ?

— Parfait, dit Pierre, la *deadline* est fin juin, pour la fête que nous organisons.

— Pas de souci », répondit Sylve.

Elle s'affairait autour de son carton. Elle avait bien senti que quelque chose s'était produit entre eux. Ou plutôt ne s'était pas produit. Mais comme elle était loin d'envisager une liaison à la hussarde, elle crut qu'il s'agissait d'un tourment affectif. « Il a failli se confier à moi, se dit-elle, m'expliquer pourquoi il est dépendant du tabac, à quel point sa vie le stresse et, peut-être, le laisse insatisfait. » Ce sursaut de pudeur de la part de Pierre lui apparut comme un lien entre eux.

Ils se quittèrent sur la route, parlant de se croiser, peut-être, au vide-grenier l'après-midi. Ils étaient satisfaits l'un de l'autre.

*

*   *

Nathalie vidait son carton pour la troisième fois. Il était convenu qu'elle le déposerait de bonne heure sur l'étalage de Delphine, la fille de Maurice et Christiane, qui avait pris patente pour le vide-grenier. Mais elle hésitait terriblement à se défaire de ses précieux Tupperware, même les plus vieux, même ceux qu'elle avait déjà remplacés en rachetant leur double, même ceux dont les couvercles avaient disparu. Le lourd adage « on ne sait jamais » présidait à leurs destinées à tous. Il en était des Tupperware comme des hommes, avait remarqué Nathalie : « On croit qu'on en a fait le tour et un jour on s'aperçoit qu'ils peuvent encore servir à un truc. » Sans oser l'évoquer directement – elle était légèrement superstitieuse –, la jeune femme pensait à la source et à ses pouvoirs. Si par miracle (elle se signa) un bébé arrivait, n'aurait-elle pas besoin de toutes ses ressources ? Ne devrait-elle pas pouvoir compter sur toutes ses troupes ? Nathalie ne parvenait pas à imaginer clairement le quotidien avec un enfant, mais elle sentait qu'il y aurait des tas de nouvelles choses à placer dans des boîtes. Avec un bébé, il faudrait certainement ranger et trier et protéger à tour de bras. Brusquement, Nathalie prit sa décision : elle remit tout son petit monde dans le carton, le ferma soigneusement et inscrivit au feutre : « En réserve. » Il ne serait pas dit qu'un miracle la trouverait sans renfort.

*

* *

Les exposants avaient envahi les rues, et la marée des objets hétéroclites miroitait sous le ciel résolument bleu. Pierre et Catherine avaient commencé à regarder avec attention les étalages lorsque Maricha et JB les rejoignirent. Philippe et Viviane, qui passaient des heures à scruter chaque stand, à discuter avec chaque exposant (parvenant souvent à se faire offrir un verre ou un café), s'étaient laissé distancer très vite.

Les deux premiers couples négligèrent les stands trop populaires, les jouets, les vêtements fripés et la vaisselle année 80 pour s'arrêter ensemble devant un amas d'objets anciens, étalés sur un rideau de velours mité. Catherine se pencha vers une pile de linge brodé tandis que Maricha attrapait une coupe de porcelaine. Diserts, les vendeurs expliquèrent à JB et Pierre qu'ils se débarrassaient du grenier de l'arrière-grand-mère. Les deux femmes échangèrent un regard rapide : il y avait là des trésors, sans aucun doute ! Derrière les boîtes de dentelles, piles de vaisselle et petits objets jetés en vrac, Pierre avisa une antique chaise longue cannée, repliée, couverte de poussière. Il l'imagina cirée, un plaid de cachemire reposant sur l'accoudoir, attendant le nageur fatigué au bord de la piscine.

Il manipula l'objet, sans enthousiasme.

« Très usagé, jeta JB, dédaigneux.

— Il y a encore deux ans, on l'a descendue dans le jardin pour la grand-mère, s'exclama le vendeur. C'est sûr, c'est moins résistant que du plastique, mais ça peut encore rendre service. »

Pierre ne dit rien. Le fauteuil était harmonieux, il lui plaisait. Mais c'est la naïveté du vendeur qui lui donna vraiment envie d'emporter l'objet. Le plaisir de rouler ce bouseux sans goût, de dominer de toute la hauteur de son art de vivre délicat ce pauvre sens pratique de l'existence. Le plaisir de se savoir toujours et encore une fois du côté du coteau ensoleillé.

« Combien ? »

Le vendeur annonça un prix, il avait tout de même une notion de la valeur de l'objet. Pierre entreprit de marchander, aidé par JB qui, avec ostentation, détaillait tous les défauts de la chaise.

À genoux devant un carton de linge, Catherine prenait grand plaisir à découvrir les chiffres des draps et des nappes. Les brodeuses avaient déployé des trésors de créativité pour enjoliver les lettres. Elle avait repéré deux beaux draps, une nappe. Du coton empesé, lisse comme un pétale, du lin épais couleur pain d'épice. Tout ce que les magasins d'ameublement chic tentaient de reproduire. Le carton était plein.

« Qu'est-ce que tu en penses ? demanda-t-elle à Marie-Charlotte.

— Pas mal », répondit celle-ci d'un ton distrait.

Elle manipulait une jolie coupe dont elle avait repéré la marque. Ça n'était pas du Giens mais un nom qui lui rappelait quelque chose. Elle s'assura que le vendeur avait détourné les yeux et interpella Catherine à mi-voix :

« Tu devrais négocier le carton entier, chuchota-t-elle, ils ne se rendent pas compte de ce qu'ils ont : les vieilleries de la grand-mère, pour eux, c'est beaucoup moins bien que des housses de couette en acétate.

— Combien, à ton avis ?

— À mon avis, sans voir en détail, tu prends le tout pour cent euros.

— Chez "Marie et Prunelle", c'est le prix d'une nappe ! »

Maricha haussa les épaules :

« Tu crois qu'ils connaissent "Marie et Prunelle" ?

— Alors, elles sont décidées ces dames ? »

Le vendeur leur souriait aimablement :

« Je suis sûr que vous recevez beaucoup : quand on reçoit, c'est toujours bien une nappe blanche.

— Oui, soupira Catherine d'un air dédaigneux. C'est un peu classique mais enfin…

— Vous pouvez les teindre aussi ! », renchérit l'homme.

Les deux femmes, choquées, eurent un sursaut. Une telle absence de sens esthétique décida Catherine.

« Écoutez, je n'ai pas le temps de fouiller tous vos chiffons, mais comme les draps ont l'air convenables, je vous prends le tout pour… soixante euros. »

Le vendeur se mit à rire, tout en restant aimable.

« Oh là ! vous êtes loin du compte : ma bourgeoise elle m'a dit : je te connais, tu te débarrasses pas du carton entier, tu vends chaque machin séparément. Et les draps, qu'elle m'a dit, tu les fais pas à moins de trente euros… Alors, vous voyez, je sais pas combien ça fait exactement, mais ça fait plus, comme on dit dans le "Juste Prix" ! »

Maricha prit les opérations en main.

« Bon écoutez, entre nous, votre épouse exagère un peu. On vous donne… (elle jeta un coup d'œil à Catherine qui rêvait du salon blanc entièrement transformé : les canapés tendus de lin brut, des coussins taillés dans les draps brodés, des boutis, des boutis, des boutis…) On vous en donne cent euros. Une somme quand même, non ?

— Ah oui, ça je dis pas. Ce serait que moi. Mais vous avez déjà au moins trois paires de draps, là-dedans, je crois qu'y a une demi-douzaine de nappes avec les serviettes, et puis les torchons. Bon, les torchons, moi j'en ferais des chiffons, mais ma femme dit qu'ils sont tous brodés et qu'on peut faire des coussins. Alors… Non, je veux pas d'histoires avec ma femme. »

L'énumération des merveilles du carton électrisa Catherine. Abandonnant sa réserve elle jeta :

« Cent cinquante euros. Ça suffira, je pense, à impressionner Madame. Elle va pouvoir s'offrir une orgie de torchons chez Lidl.

— Ah, là… opina le vendeur sans s'offusquer du mépris de Catherine. Allons-y alors, avant que j'aie des remords ! »

Catherine lui glissa les billets dans la main. L'homme ferma le carton qu'il scotcha soigneusement. Il le tendit à Pierre qui venait de conclure, lui aussi. JB s'empara du fauteuil, et les deux hommes partirent installer les trouvailles dans la voiture.

Un peu plus loin, les deux amies rejoignirent Viviane. Elle avait acheté une cafetière de tôle, décorée de fleurs peintes.

« Cinq euros ! s'exclama Catherine. Mais tu délires ma pauvre chérie ! Cinq euros ! Autant aller au "Cèdre Rouge", on en trouve de beaucoup plus élégantes et sans traces de rouille. »

Viviane frotta doucement la fameuse tache de rouille qui s'effrita entre ses doigts.

« Oui mais au "Cèdre Rouge" ce sont des copies…

— Des copies tellement parfaites qu'elles ont l'air plus authentiques que les vraies. »

Viviane refusait de se laisser démonter. Elle caressait sa cafetière avec satisfaction :

« C'est le plaisir de chiner qui compte. Tu l'as payée combien ta cafetière du “Cèdre Rouge” ? »

— Je ne sais plus, c'était l'année dernière. Quarante euros, je crois.

— Et tu mégotes sur cinq !

— Mais ça n'a rien à voir. Si tu fais une brocante, c'est pour dépenser le moins possible.

— Pas du tout, c'est pour trouver des trucs… des trucs marrants, des objets qui te racontent des histoires. »

Catherine et Maricha s'esclaffèrent en même temps.

« Des objets qui te racontent des histoires ! reprit Maricha. Tu es d'un romantisme, Viviane.

— Rigole ! Si tu ne ressens pas ça, tu te prives d'un vrai plaisir. De toute façon, on ne fait plus d'affaires. C'est fini le temps où les gens n'avaient pas la notion des prix. Maintenant, ceux qui vendent des choses intéressantes, ce sont toujours des commerçants. Comme eux par exemple. »

Viviane désignait discrètement les deux frères.

« Pas du tout, répondit Maricha : ce sont des braves types qui vendent le contenu du grenier de leur arrière-grand-mère.

— Sans blague ! s'exclama Viviane. Elle a été dévorée par le grand méchant loup, et eux c'est les fils du chaperon rouge ?

— Je ne vois pas pourquoi tu… demanda Maricha.

— Qui est romantique ici ? l'interrompit Viviane qui riait toujours. Le grenier de la mamy c'est un vrai piège à bobos ! Regarde-moi ça : la porcelaine à fleurs en faux Giens, les lustres à pampilles, les encriers, les vases et les vanneries, des lampes à huile comme s'il en pleuvait, des petites étagères qui appellent la lasure de toute la force de leurs petites planches, des porte-bouteilles délicatement rouillés, le tout RA-VI-SSANT. On peut revendre la totale chez “Marie et Prunelle” ou n’importe laquelle de ces boutiques spécial “j’aménage ma résidence secondaire”. Tiens, je suis épatée qu’ils aient oublié le linge de maison brodé. »

Marie-Charlotte et Catherine restèrent muettes, estomaquées par l’ironie de Viviane et (maintenant ça leur sautait aux yeux) par la justesse de ses propos.

« Et puis, ajouta Viviane en les tirant par la manche, regardez derrière : vous voyez les cartons d’emballage ? »

Elles observèrent le dégagement, sous une porte cochère, où les vendeurs avaient installé leur arrière-boutique de fortune. Des cartons étiquetés et des carrés de papier bulle de toutes tailles ; des entassements de sacs et des caisses pliables en plastique trahissaient la pratique habituelle. Les deux orphelins avaient dû perdre des grands-mères à foison.

Maricha se mit à rire.

« Il faut qu’on te raconte quelque chose », dit-elle à Viviane.

Catherine l’interrompit :

« Je suis désolée, tant qu’on n’a pas ouvert le carton, je considère toujours que j’ai fait une bonne affaire.

— C’est-à-dire ? », demanda Viviane.

Et pendant que Maricha l’entraînait pour lui raconter l’âpre négociation, Catherine, contrariée, fit mine de s’intéresser à un nouvel étal. En regardant de vieux uniformes de marin, elle vit plus loin, dans une rue perpendiculaire, Pierre et Sylve qui se souriaient.

*
* *

Michel n’accompagnait pas Sylve car, prenant au réveil la direction des opérations, il avait décidé que ce jour serait celui de la destruction du faux plafond. Ils avaient perdu une journée mais le week-end ne se terminerait pas sans que les travaux fussent largement entamés. Ils étaient résolus, calmes et graves. Revêtus tous les quatre de leurs uniformes de bricoleurs (vieux jeans, vieux tee-shirts, courage tout neuf), ils avaient monté l'échafaudage que Maurice leur avait prêté. L'objet tenait davantage du char d'assaut moyenâgeux que de l'outil du bâtiment.

On l'imaginait bien lancé au pied d'une citadelle de bois pour escalader le mâchicoulis afin d'occire le gueux. D'ailleurs il s'avéra commode : il permettait d'atteindre le Placoplâtre félon, à trois mètres de hauteur, et de l'esbigner debout à coups de masse d'arme. Tranquille.

Tous les quatre de front, ils attaquèrent le Placoplâtre d'un joyeux coup de marteau (attention : à trois ! Un, deux...) et obtinrent des effets extrêmement différents.

Du côté des filles, le plafond n'avait pas bougé, ou à peine. Une énorme fissure était apparue et sillonnait la surface jusqu'au centre. Du côté des garçons, en revanche, ce fut une dégringolade de gravas. Une pluie de matériaux de toutes sortes, principalement du plâtre et du bois, ainsi qu'un ou deux siècles de toiles d'araignée. Une quantité hallucinante de poussière envahit brusquement la pièce, une poussière grise, âcre, presque palpable et dotée d'une volonté farouche : anéantir tout ce qui viendrait contrecarrer sa tranquillité. Pour ce faire, elle pénétrait soigneusement dans tous les orifices qui passaient à sa portée et mit rapidement les quatre amis hors d'état de nuire. Aphones, aveugles, ahuris, il leur fallut de longues minutes pour récupérer. Ils décidèrent d'adopter les masques et les lunettes achetés pour les émanations de peinture. Équipés, ils se remirent au travail, le coup de marteau méfiant. De nouveau, pluie de gravas et poussière agressive. Ils attendirent immobiles la fin du sinistre. « *Delenda Carthago est* » c'était bien facile à dire. Mais Caton n'avait probablement pas été contraint d'attendre, après chaque coup de masse, les épaules voûtées et un bout de toge sur la figure, que la douche des saloperies se tarisse. Sinon, Carthago serait encore debout. En fin de matinée, il apparut qu'il serait plus rationnel d'attaquer à deux. L'échafaudage était étroit, et deux impacts suffisaient. Les filles, moins musclées, se trouvèrent éjectées de la bataille. Après un bref nettoyage et la pause-déjeuner, elles fuirent, toute honte bue, vers le vide-grenier.

*

* *

Catherine observait toujours Pierre et Sylve.

« Alors, vous avez fait ma commission ? demanda Dédé, qui avait lui aussi parcouru les étals.

— Non, pas encore répondit-elle. Nous avons eu d'autres sujets de conversation, figurez-vous. Mais si vous voulez le lui dire, il est là-bas, avec la jeune femme en vert.

— Je la connais, dit Dédé. Je l'ai déjà vue chez vous.

— Chez nous ? » Catherine s'était tournée vers lui avec trop de vivacité. Elle se reprit et ajouta, l'air vague. « Oui, c'est possible... » Elle avait vu dans les yeux d'André la petite étincelle du plaisir. Il aimait la manipuler, et il y parvenait toujours. Marie-Charlotte et Mathilde les avaient rejoints. Rose et un peu balbutiante, Maricha se mit à chercher ses lunettes de soleil, Mathilde embrassa Catherine, et son regard se posa au loin sur Pierre et Sylve. Elle ne semblait pas avoir décelé la présence d'André. Avec un clin d'œil appuyé et un sourire ravageur, il lança :

« Alors, Madame la comtesse, pas trop crevée après ce jogging intensif ? »

La confusion de Marie-Charlotte était un aveu. Mais Catherine et Mathilde étaient en train d'observer Pierre et ne remarquèrent pas son trouble.

« Je vais aller voir votre mari : on n'est jamais mieux servi que par soi-même ! annonça Dédé.

— Je vais avec vous, intervint Mathilde précipitamment. Bonjour (elle lui tendit la main) : Mathilde de Varanche de Beaumont.

— Dédé Bigos de Malakoff », répondit André, sarcastique. Il ne savait pas résister à ce genre de petit plaisir. Il lui secoua la main brutalement.

« C'est ma fille, ajouta Marie-Charlotte, sachant que cette précision était parfaitement inutile.

— Je m'en doutais. Elle est presque aussi belle que sa mère. »

Le compliment, si convenu qu'il fût, fit un petit choc au cœur de la comtesse. Elle sourit en pensant qu'elle avait de nouveau seize ans et que c'était un âge délicieux, avec une trentaine d'années de recul.

« Allez-y, coupa Catherine, il va s'éloigner et vous le perdrez de vue. »

André et Mathilde se dirigèrent vers Pierre. Elle se tourna vers Maricha :

« Je voudrais bien qu'on en finisse avec cette histoire de piscine. Dédé accepte de faire passer la source chez lui, expliqua Catherine, craignant que son amie ne s'étonne de sa volonté d'interrompre le tête-à-tête entre Pierre et Sylve.

— Ah, bien ! » enchaîna Maricha. Et pour détourner l'attention, alors qu'elle se sentait encore bouleversée par André, elle ajouta : « Et puis, si je peux me permettre, ça serait assez bienvenu de ne pas laisser cette petite draguer Pierre trop longtemps.

— Draguer Pierre !

— Oui, oh ! j'exagère peut-être un peu, soupira Maricha, mais je les ai déjà vus ce matin, tous les deux seuls sous la grange de Maurice.

— Et comment… qu'est-ce que…

— Pas d'affolement chérie : je n'ai rien vu d'irréparable. Il y a fort à parier qu'ils s'étaient rencontrés par hasard, tu penses bien qu'on ne se saute pas dessus dans une grange, en plein vent, au bord de la route, s'exclama Marie-Charlotte qui pensa avec émotion qu'on pouvait pourtant parfaitement se sauter dessus en pleine forêt, au bord du chemin.

— Sait-on jamais, dit Catherine avec dédain. Ce genre de pulsion bestiale s'épanche où elle peut.

— Allons, allons... »

Maricha, s'en voulait d'avoir semé le doute. Elle sentait que son amie souffrait. Mais comme Dédé se retournait vers elles en leur adressant un petit signe de la main, la comtesse, seize ans et demi, eut un sourire niais et répondit d'un signe furtif.

Mathilde et André avaient rejoint Pierre et Sylve.

La jeune fille embrassa Dartois, l'ami de la famille :

« Alors, on fait des affaires ? »

Sylve lutta pour ne pas grimacer. Par-dessus l'épaule de la jeune fille, Pierre salua André.

« Vous me cherchiez ?

— Oui, je voulais vous parler de... de notre mur mitoyen, répondit Dédé, qui n'osait pas parler au grand jour de ce qui, il fallait bien l'admettre, serait tout de même une magouille, miraculeuse ou pas.

— Eh bien, mesdemoiselles...

— Tu veux qu'on se casse, déjà ? s'esclaffa Mathilde, gardant dans sa main, comme par distraction, la main de Pierre.

— Oui ma chère », répondit celui-ci. Il baisa le poignet de Mathilde cérémonieusement et la lâcha : « On se retrouvera tout à l'heure. Nous devons parler affaires. »

Sylve était mortifiée par la présence de Mathilde. Une seconde lui avait suffi pour ressentir le désir réciproque du couple, et, par défaut, mesurer à quel point Pierre ne ressentait rien pour elle.

Elle s'éloigna avec un vague salut, tandis que sa rivale heureuse se fondait dans la foule des baguenaudeurs de brocante. Les deux hommes firent quelques pas vers un camion de frites et boissons. Après avoir commandé des bières, ils s'installèrent à une table. La discussion fut brève : André étant d'accord pour revendiquer la source, il s'agissait de trouver un arrangement avec l'entrepreneur pour que celui-ci accepte de la détourner discrètement et rapidement. Pierre se chargerait du montant de l'arrangement en question. Il faudrait également expliquer au maire et aux notables qu'un regrettable coup de pioche avait fait jaillir par mégarde la source trop tôt, alors que son cours trouvait son terme naturel sous un bosquet voisin. Pierre se chargerait du montant de l'explication.

Il accepta aussi de faire une donation aux bonnes œuvres de la sainte (ce qui allait mettre du beurre béni dans les épinards sacrés) à condition qu'un mur sans porte pût clore le jardin des Bigos.

André parti, Pierre termina sa bière avec volupté. Après l'interruption miraculeuse, il allait pouvoir clore l'épisode de la piscine et passer à l'organisation de la fête. Peut-être même, qui sait, se réinvestir dans son boulot et rendre à sa résidence secondaire la place secondaire qu'elle n'aurait jamais dû quitter. Il se remémora avec nostalgie sa vision délicieusement pastorale de la maison de campagne, ce havre de paix où l'été voyait s'épanouir les hamacs tandis que l'automne frileux ranimait l'âtre et ses marrons. Il ignorait à l'époque qu'un hamac se suspend à deux arbres plantés au milieu d'un parc (un jardin, c'est trop petit : du hamac, on aperçoit les voisins), lequel nécessite les soins permanents d'un jardinier, qui réclame un système d'arrosage (impérativement enterré sous la pelouse), et qu'il faudra resemer… Une comptine sans fin, avec des factures en guise de refrain. Immobile au soleil, tandis que sa canette tiédissait, Pierre reprit malgré tout sa première rêverie : le fauteuil de vannerie qu'il venait d'acheter étendu près de la piscine, patiné, magnifique, couvert de son plaid en cachemire. Et, sous le plaid, Mathilde nue. Pierre sourit et, fermant les yeux derrière ses lunettes noires, il soupira. Il allait cesser de lutter.

*

*   *

Sur le chemin qui la ramenait chez elle, Nathalie rentrait d'un pas pressé. Elle se sentait coupable mais comblée. En se rendant au vide-grenier, elle s'était promis de ne pas succomber, mais par la suite elle s'était montrée incapable de résister. En arrivant, elle comptait aller directement vers le stand de Delphine pour lui expliquer qu'elle renonçait à vendre ses Tupperware. Marchant à toute allure, sans regarder autour d'elle, sans observer le moindre étalage, elle l'avait pourtant perçu, lui, du coin de l'œil. Elle l'avait deviné, repéré, et toute sa résignation était tombée sans combat. Une fraction de seconde, un éclat titillant son regard qui pourtant n'avait pas dévié, et cela avait suffi. Elle SAVAIT qu'il était là. Elle avait trouvé Delphine, lui avait expliqué pour le carton (que lui avait-elle dit au juste ? elle n'en avait même plus le souvenir) et avait repris l'allée, doucement cette fois, tous les sens en alerte, excitée et haletante, repoussant le moment où elle allait le voir car elle ne résistait plus ; c'en était fait de sa détermination, quelle détermination d'ailleurs, ça n'était pas si grave au fond, personne n'en saurait rien.

À sa hauteur elle ralentit.

Il était là, élancé, élégant, fidèle à lui-même après toutes ces années, irremplaçable au fond. Nathalie s'approcha du stand. Visiblement il avait déjà une admiratrice qui souriait en le regardant. Nathalie battit en retraite, tripota les objets de l'étal. La femme se tourna vers une autre qui l'accompagnait. Nathalie sut qu'elle n'avait que quelques secondes. Elle bondit vers lui, l'attrapa brutalement et dit à la vendeuse : « Je le prends. » Elle paya deux euros et s'enfuit, pratiquement, alors que la vendeuse la rattrapait *in extremis* : « Vous avez oublié le bouchon. »

Maintenant Nathalie savourait son bonheur tranquillement, marchant doucement dans les rues en rentrant vers la maison, toutes ses pensées tournées vers son trésor : le saucier-mélangeur Tupperware, modèle original créé en 1972. Une pièce admirable car totalement indépassable. Tout en lui était parfait : les pales à la courbure exquise qui permettaient de mélanger intimement les vinaigrettes les plus disparates, l'ergonomie du conteneur, légèrement étréci à la base, le couvercle renflé percé d'un fin goulot, le bouchon adorable. Lavable même à haute température, il était réalisé dans un plastique résistant, imperceptiblement granuleux dans sa toute première version. Il était remarquablement orange.

En rentrant elle allait lui faire subir tendrement le protocole de désinfection habituel, puis elle le rangerait dans le placard où luisaient ses vingt-trois congénères identiques.

*

* *

Sylve et Agnès rentrèrent chargées de sacs en plastique remplis d'objets hétéroclites. Chandeliers de cuivre, boîtes en bois, verres à pied dépareillés, bols en faïence à motifs anciens, parfaitement adaptés au décor de la maison mais si ébréchés que personne jamais n'y boirait. Sylve s'était également chargée d'un morceau de fer chantourné, très lourd, totalement rouillé, dont elle prétendait qu'il s'agissait d'un outil antique destiné aux travaux des champs. Elle entendait débuter une collection d'outils par cette pièce somptueuse qui, restaurée, apporterait une touche de mémoire et d'hommage aux paysans (nos pères). Il était près de dix-huit heures et le silence régnait autour de la grange. Le jour baissait déjà, la pénombre avait envahi la maison, mais aucune lumière ne filtrait par la porte grande ouverte. Sans s'être consultées, les deux filles posèrent leurs sacs et coururent vers la maison.

« Michel ?

— Fabrice ? »

Dans l'ombre, elles distinguèrent la grande silhouette de l'échafaudage… vide. D'ailleurs, tout était vide. Le plafond avait entièrement disparu et le sol était recouvert d'une épaisse couche de gravas. Le faîtage du toit dominait tout, magnifique, parfaitement symétrique, tendu de poutres larges et sombres entrecroisées. Tout à coup un frémissement se fit entendre, à l'autre bout de la pièce. Leurs yeux s'accoutumant, elles distinguèrent une sorte de radeau suspendu contre le pignon opposé. Une minuscule loggia où s'agitaient des ombres. Sylve alluma. Les deux garçons s'ébrouèrent. Comme deux Robinson sur une île, ils étaient tous les deux assis, jambes pliées, adossés au mur, réfugiés sur un minuscule territoire de poutre, à quatre mètres de hauteur.

« Mais qu'est-ce que vous faites là ? demanda Sylve.

— Amenez l'échafaudage ! On est morts de froid. »

Les deux jeunes femmes s'exécutèrent, poussant le monstre lentement à travers toute la pièce. Les deux naufragés s'expliquèrent.

« Dès que vous êtes parties, le placo est devenu plus dense. Ça n'avançait plus. On est montés à l'intérieur du plafond pour attaquer du dessus. Ça marchait beaucoup mieux. Ça s'est même mis à devenir franchement jouissif : des pans entiers s'effondraient, la lumière entrait à flots et on voyait la beauté du faîtage… On a continué sans réfléchir. Et puis, tout d'un coup, aux trois quarts, le plafond s'est fendu tout seul. On a reculé à quatre pattes, le placo s'effondrait sous nos genoux. Fabrice a sauté sur la poutre, il m'a agrippé, et là, tout est tombé. On est restés accrochés. Impossible de sauter c'était trop haut. Ça fait des heures qu'on vous attend. »

Refusant fermement la tisane thym-genièvre de Sylve, les deux rescapés se jetèrent sur les bières et on fit des constats. La pièce était très belle. Du moins elle le serait lorsque les tonnes de gravas seraient évacuées et les murs harmonisés, car ils étaient chaulés au niveau de l'ancien grenier et soulignaient encore cet étage disparu. Il faudrait aussi construire la loggia.

« C'est un lieu somptueux, dit Sylve en enlaçant Michel. Je sens l'énergie libérée qui se développe. C'est presque palpable tellement c'est intense. Vous le sentez ?

— Moi je sens bien les courants d'air, dit Fabrice.

— T'exagères ! s'indigna Agnès : un si beau volume !

— Je dois dire, ajouta Michel, que je sens bien l'énergie libérée du budget qui se développe. Entre la maçonnerie et le chauffage, je pense que ça va être intense du côté de la facture.

— Ça me sidère à quel point tu es... tu es... mesquin ! jeta Sylve en haussant le ton. On vient de faire un pas décisif dans le sens de la beauté, de l'harmonie. Notre maison est en train de devenir un endroit magnifique, et toi tu restes là, le nez dans tes comptes. »

Sa violence les surprit tous les trois. Michel sentit dans l'âpreté de ses propos quelque chose de disproportionné qui lui fit peur. Il tenta de se rattraper :

« Ma chérie, tu as raison, c'est vrai, c'est très beau, mais tu me connais : je ne peux pas m'empêcher de prévoir, de penser au côté pratique des choses et...

— Eh bien non, je ne te connais pas si bien que ça, tu vois : je pensais que tu étais capable d'oublier tes petits calculs minables pour mettre ta vie en perspective. Et bien non : tu en es incapable. »

Elle sortit dans le jardin. Fabrice maugréa « mettre ta vie en perspective » en levant les yeux au ciel, et il choqua doucement sa canette de bière contre celle de Michel :

— T'inquiète, c'est un petit pétage de plombs, ça va passer...

Agnès sortit sans un mot pour rejoindre son amie. Michel n'ajouta rien. Debout, dans la lumière crue, il était bouleversé par la brutalité de la scène et sentit la peur l'envahir. Les pieds dans les gravas, il regarda autour de lui : il n'y avait que des décombres.

*

* *

Au Pressoir, la soirée avait été tendue. Pourtant, Pierre, soulagé par le prochain déménagement de la source, avait prévu de fêter l'événement avec Catherine et leurs amis. Plus tôt dans l'après-midi, marchant tranquillement entre les stands, il avait chiné quelques livres de médecine anciens qu'il comptait offrir à son père, urologue célèbre et retraité. Il regardait les planches dépliables où les organes vermillon étaient dessinés minutieusement. Il respirait avec plaisir l'odeur mate du vieux papier lorsque Mathilde s'était matérialisée près de lui.

« Alors, on révise le corps humain ? Je peux t'aider si tu veux.

— Merci, tu es mignonne. Je m'en sors assez bien.

— Oh ! je suis sûre que tu connais ça... sur le bout des doigts. »

« Ah, pensa Pierre, on continue. » L'après-midi était éclatant comme Mathilde. Lisse et duveteuse, les joues ombrées par un chapeau de paille qu'elle venait d'acheter. Une capeline des années 1950, chargée de cerises d'un beau rouge brillant, gaie et simple comme une ritournelle de l'époque. Elle avait ôté son sweat. Son tee-shirt échancré aux ciseaux dévoilait ses épaules rondes. Pierre se sentit à la fois léger et triomphant. Il avait maîtrisé la source et dominé le brocanteur, comme il maîtrisait ses rivaux et les tracas de la vie. Laissant libre cours à son désir pour Mathilde, il lui proposa de la ramener au manoir. Elle accepta, sachant déjà qu'elle venait de « sceller son sort », comme l'auraient formulé les héroïnes des tragédies qu'elle étudiait en cours.

Sur le chemin du manoir, ils se turent tous les deux. Pierre, pragmatique, cherchait où il allait emmener la jeune fille, Mathilde, elle, se sentait curieusement émue. La jeune actrice romanesque se rendit compte qu'elle avait peur. Non pas de trahir Catherine, qu'elle n'aimait pas, mais de s'engager dans une histoire différente de ce qu'elle avait voulu. Qu'avait-elle voulu ? Que voulait-elle ? Conquérir Pierre, elle, l'ancienne petite fille. Le forcer à la désirer, vaincre toutes les autres (elle imaginait des maîtresses dans tous ses bureaux), être seule dans ses yeux, seule dans les pensées de cet homme fort et désiré. Être l'unique. Et après ? Elle n'avait pas envisagé d'après, la conquête et la victoire l'avaient portée. C'était un récit qu'elle écrivait pour elle-même, une histoire qui ne concernait qu'elle. Pierre n'était que l'acteur d'une aventure dont elle était l'héroïne. Brièvement elle entrevit une autre réalité, un *après*, des conséquences, le poids des sentiments, les siens peut-être. L'angoisse l'envahit et son cœur se mit à battre plus vite. Pourtant lorsque Pierre engagea la voiture dans le bois, puis dans un chemin sous les arbres, lorsqu'il arrêta la voiture, la regarda et, posant sa main sur sa cuisse, se pencha pour l'embrasser, à aucun moment elle ne songea à renoncer.

*

* *

Lorsque Pierre revint au Pressoir, la nuit n'était pas encore tombée, mais tous étaient déjà là. Il entra sans bruit dans la maison et se glissa directement à la cave pour y prendre une bouteille. Lorsqu'il franchit la porte du salon, il vit qu'une autre bouteille, déjà ouverte, reposait dans le seau à champagne et que ses hôtes tenaient tous une coupe à la main.

« Eh bien ! dit-il, mal à l'aise, vous avez fait vite… rien trouvé ? demanda-t-il à Philippe.

— Mais si, regarde ! »

Un sac de golf était appuyé contre la cheminée.

« Un coup de chance : les clubs sont exactement à ma main.

— Le propriétaire a renouvelé son stock ? » demanda Pierre en s'approchant de Catherine. Au moment où il tendit le bras pour l'enlacer, elle s'éloigna sans le regarder.

« Pas du tout, répondit Philippe, crise cardiaque : il n'avait pas de chance, personne dans sa famille ne pratique. Résultat, ils vendent l'équipement. Je trouve que c'est presque pire… conclut-il pensivement.

— Pire que quoi ? » insista Pierre qui suivit Catherine près du feu. Elle se posa légèrement sur l'accoudoir du fauteuil qu'occupait Marie-Charlotte.

— Pire que de mourir : tu disparais, bon, c'est dans l'ordre des choses… Mais qu'on vende tes clubs, ça vraiment… »

Viviane leva les yeux au ciel. Elle rencontra le regard de Maricha qui souriait.

« Pas faux, renchérit Jean-Bernard, les yeux perdus dans les flammes. C'est comme si on mangeait le cheval à la mort du jockey.

— Ah non ! s'indigna Philippe : ça c'est décent. Personnellement, j'aimerais qu'on mange mon cheval après ma mort.

— Tu n'as pas de cheval, fit remarquer Pierre.

— On pourrait peut-être manger sa femme ? », dit Maricha, déclenchant le rire de l'assemblée.

Seule Catherine ne sourit pas.

« Je vous trouve morbides, dit-elle.

— C'est pour détourner l'attention de Pierre, déclara JB.

— Ah bon ? détourner de quoi ? demanda l'intéressé.

— De ça ! », reprit Philippe.

Avec un geste théâtral, il montra le fauteuil de jardin que Pierre avait acheté. Il était plié près du canapé. Pierre s'accroupit devant l'objet.

« Et alors, quoi ?

— Observe bien les pieds…

— Ah, ça n'est pas le même ! s'exclama Pierre, voyant l'un des pieds sévèrement rongé. J'avais vérifié, il était intact.

— Eh non ! s'exclama Jean-Bernard : je te l'avais dit, je le trouvais louche. J'avais raison, il était gorgé d'eau. Maintenant qu'il a bien séché, il s'effrite. »

Pierre toucha un autre pied qui se désagrégea sous ses doigts. Il se releva en soupirant.

« OK, je me suis fait avoir… ça arrive. »

Sans montrer à quel point il était mortifié, il se tourna vers Catherine et Maricha :

« Et vous mesdames, bonne pioche ? »

Marie-Charlotte se mit à rire.

« Pas vraiment, non ! Regarde. »

Elle désigna le carton négocié le matin. Il était ouvert, et des pans de tissu en dépassaient. Pierre fouilla. Il en sortit des mètres de draperie, rêche et unie.

« Qu'est-ce que c'est ? Un carton de chiffons ?

— Non, c'est censé être un carton de linge de maison tout ce qu'il y a de plus brodé. On pensait tomber sur les draps de la Pompadour, on se retrouve avec les torchons de la colo du Tréport.

— Vous n'avez pas payé trop cher ?

— Penses-tu, dit Maricha : une bonne leçon d'humilité, c'est jamais trop cher. Et puis ça a donné des idées à Catherine pour repenser le salon blanc.

— C'est vrai, ajouta Viviane, je ne voudrais pas vous presser, mes petits chéris, mais si nous tenons vraiment à ce que notre réception ait lieu en juin, il va falloir se remuer.

— Tu donnes une réception en juin ? lança Catherine d'un ton si tranchant que tous s'immobilisèrent.

— Non, mais... bafouilla Viviane, je compte bien t'aider autant que je pourrai ! »

Son air enjoué, lamentablement artificiel, se heurta à l'expression glaciale de Catherine. Pierre intervint immédiatement. Il saisit la bouteille de champagne et déclara :

« Je vous rappelle que nous sommes là pour fêter la fin du plus gros des emmerdements du moment : le départ de sainte Cécile ! »

Tous s'exclamèrent avec une bonne volonté aiguillonnée par le soulagement. Pierre enchaîna :

« Je lève mon verre à notre piscine... résolument laïque (rires des convives), et à l'arrivée du printemps ! »

Pendant que tous buvaient, il s'approcha de Catherine qui se leva et traversa la pièce. Sur le seuil, elle se retourna et annonça :

« Je vais voir si Denise a terminé les bagages. J'aimerais ne pas partir trop tard. »

Maricha et JB s'agitèrent.

« Elle a raison, il ne faut pas s'éterniser, dit Jean-Bernard, les bouchons reprennent avec les beaux jours.

— J'attendais Mathilde, elle est peut-être au manoir ? interrogea sa femme.

— Oui », répondit Pierre. Il ajouta, presque trop vite : « Je l'ai croisée en revenant, elle repartait aussi. »

Philippe et Viviane avaient accepté l'offre des châtelains de rentrer à Paris avec eux. En quelques minutes, Pierre se retrouva seul au salon. Soucieux, il se demanda si son trouble avait été perceptible lorsqu'il avait mentionné le retour de Mathilde. Heureusement, Catherine n'était pas présente à ce moment-là. Pierre partit à sa recherche. Il voulait savoir ce qui l'avait mise de si mauvaise humeur. En sortant, il dut enjamber le fauteuil vermoulu. Il le regarda un instant. Il était toujours du côté du coteau ensoleillé. Mais ce brocanteur lui avait fait un peu d'ombre.

Catherine l'entendit monter l'escalier et s'enferma dans leur salle de bains. Il se casserait le nez sur Denise qui bouclait les sacs de voyage. Elle ne tenait pas à parler car elle n'avait que des soupçons, des intuitions à évoquer. Elle s'observa dans le miroir. Avec son jean Agnès B et sa veste en cuir Jitrois posée sur une chemisette de satin mauve, elle avait encore une silhouette juvénile. Sa coiffure impeccable rehaussait l'ovale de son visage, maintenu fermement grâce au maillage de fil d'or qu'un ami chirurgien lui avait posé en secret. Même Pierre, alors en voyage d'affaires, n'avait rien su. De retour il lui avait trouvé une mine splendide (c'était également l'expression de toutes ses amies) et n'avait rien soupçonné. Elle releva le menton. Elle venait de décider de ne rien montrer. « Quand on peut dissimuler une opération esthétique, on ne s'effondre pas à cause d'une petite pétasse écolo », conclut-elle intérieurement. Il faudrait s'occuper d'autre chose en attendant d'éradiquer le problème. Mais justement, elle disposait d'une maison de campagne avec réception à prévoir, piscine à aménager et salon à refaire. Elle se sourit dans le miroir. « Je plains les cocues qui n'ont pas de résidence secondaire, se dit-elle, ça doit être terriblement déprimant. »

Dimanche 8 mai

Nathalie contemplait les reflets du soleil dans le bassin. Il suffisait qu'elle plonge son regard dans cette eau pour en sentir les bienfaits instantanément. De plus en plus souvent, elle venait s'asseoir sur l'un des deux bancs qui se faisaient face de part et d'autre de la vasque de pierre. Parfois elle y trouvait déjà une femme en prière et elles n'échangeaient pas un regard. Un accord tacite voulait que l'anonymat fût respecté en ces lieux. Ce matin, Nathalie était seule. La lumière jouait dans les feuilles tendres, la brise apportait la très subtile odeur des fleurs de pommier. Derrière la source magique, un écran d'arbre cachait le mur neuf du Pressoir et masquait le chemin, récent lui aussi, qui conduisait à travers bois jusqu'à la route. La municipalité avait été généreuse. Lorsque André avait exprimé ses bonnes dispositions envers la source miraculeuse, et combien lui et sa femme se sentaient investis d'une mission envers le patrimoine de la commune, le maire avait immédiatement saisi la perche (féerique) qui lui était tendue. Il leur loua le terrain qui jouxtait leur maison pour une somme symbolique, il fit monter des murs, agencer des accès, nettoyer les chemins, niveler un terrain vague pour y faire un parking et offrit une subvention substantielle pour construire une belle fontaine magique avec un beau bassin magique. Il pensa aux bancs et aux fleurs, fit bénir le tout et réquisitionna son épouse afin de pourvoir à l'indispensable notule explicative dont on pouvait se procurer gratuitement un exemplaire à la mairie. Un arrangement fut trouvé afin que les propriétaires puissent êtres dédommagés pour la libre circulation des pèlerins sur leur propriété. Le lieu de culte était bien séparé de la maison, aménagé avec goût, et fermé au public avant 10 heures et après 19 heures. Sainte Cécile avait accompli un miracle en matière de mise en valeur du patrimoine Bigos.

Nathalie était ravie de l'afflux des visiteurs qu'elle accueillait parfois elle-même. Elle se sentait apaisée par la proximité de la sainte et attendait avec impatience le vendredi afin de retrouver la douce radiation de la Bienheureuse. Le dimanche soir, elle remplissait des bombonnes d'eau magique. Dédé, qui forniquait davantage avec la comtesse qu'avec sa femme (un jogging chaque matin, week-end et jours fériés), fermait les yeux sur ces superstitions. D'une manière générale, les trucs de bonne femme le laissaient indifférent : « Du moment que t'en mets pas dans ma bière, tu peux même te laver le minou avec, je m'en tape ! » Moyennant quoi Nathalie introduisait des gouttes d'eau dans le pastis, et même (dès qu'il avait le dos tourné) dans sa bière sacro-sainte, à l'aide d'une pipette qu'elle avait toujours sur elle. Elle en mit dans le bac à glaçons et dans la bouteille d'eau minérale que Dédé gardait près du lit conjugal (la nuit était le seul moment où il buvait de l'eau), dans le liquide du lave-glace (sans trop savoir pourquoi) et dans le fer à repasser. La vapeur magique imprégnant les chemises de son époux pourrait peut-être, se disait-elle, agir là où la science s'était cassé les dents ? Extrapolant ainsi sur les dents de la science, elle terminait désormais son repassage en rêvant d'espoir et d'avenir. Sa vie était transformée.

*

* *

Mathilde regardait le paysage défiler, curieusement éclairé par la petite lampe orange soudée à la tablette. Elle était confortablement installée, et la moquette des première classe absorbait consciencieusement les bruits, mais elle ne parvenait pas à dormir. Elle était pourtant épuisée, précisément à cause de l'insomnie qui rongeait ses nuits depuis quelque temps. La vision de son petit chapeau de paille couvert de cerises, posé près d'elle, lui faisait monter les larmes aux yeux. Le chapeau du premier jour. Combien de temps avait-elle été heureuse avec Pierre ? Grâce à Pierre ou par lui ? Quelques heures, la première fois. Puis elle avait commencé à s'interroger, à douter, à questionner. Il était injoignable ou bien il devançait ses désirs ; il disparaissait ou bien il organisait une soirée inoubliable dans un endroit magnifique ; il laissait sa secrétaire répondre ou il lui envoyait des textos torrides. Elle était possédée, envoûtée et incapable de rien faire d'autre que de l'attendre. Seule elle pensait à lui, avec lui seulement elle avait l'impression d'exister. Des mots qu'elle avait déjà lus, entendus dans des films, dans des chansons. Des mots banals, des trucs de feuilleton à l'eau de rose. Et pourtant si déchirants. Elle se sentait couverte de blessures par lesquelles elle voyait son sang s'écouler, sa vie filer, toute sa substance se répandre. Elle était mauvaise en cours, lourde dans les scènes de comédie, inconsolable dans les drames. Elle était absente avec ses potes, obsessionnelle avec sa meilleure amie, Sarah, sa confidente navrée.

« Je te l'avais dit, répétait celle-ci : un keum marié, c'est toute la prosodie de ton moi qui est remise en question. C'est comme si, dans une pièce de Bernard-Marie Koltès, tu nous sortais des répliques de Camoletti. Faut choisir dans quelle pièce tu joues ! On peut pas foutre *Un pyjama pour deux* dans *La Solitude des champs de coton* !

— Je sais, répondait Mathilde en soupirant, c'est ouf… il y a quelque chose de ripou au royaume du Danemark. »

Le manoir était devenu une trêve dans son enfer puisque Pierre, à coup sûr, se trouvait à proximité. Ses parents se rendaient au Pressoir, Pierre et Catherine venaient au manoir, le rite de leurs rencontres était immuable, et Mathilde savait qu'elle le verrait. Les circonstances étaient souvent romanesques et parfois risquées, mais la jeune fille sacrifiait volontiers la sérénité pour le plaisir de retrouver son amant. Les bois presque opaques grâce aux jeunes feuilles, les granges abandonnées dans les pâtures, les chemins creux, les remblais sur la plage… ils exploitaient entièrement les joies de la campagne et l'espace généreux du 4×4 de Pierre.

*
* *

Au même instant, dans son 4×4 précisément, Pierre accueillait Sylve. Il s'était arrêté près de la gare de Deauville, elle avait grimpé avec son sac de voyage et son carton à dessin. Les deux aquarelles étaient déjà entièrement terminées. Elle avait dû batailler ferme, contre elle-même et contre les éléments, dans la tourmente que traversait son couple. Il devenait chaque jour plus difficile de maintenir le rendez-vous avec sa palette, cette conversation muette avec le monde fluide de la peinture. Il lui fallait beaucoup de concentration et de disponibilité pour poser, d'une main légère et pourtant sûre, l'ombre ou le reflet qui ferait d'une tache d'eau colorée un bosquet frémissant ou un muret au soleil. Sylve avait beau absorber des théières de Tuocha, faire circuler des cyclones d'encens et s'oindre de la tête aux pieds d'huile apaisante, il fallait bien se rendre à l'évidence : les ondes restaient négatives. La pollution était autoproduite par la dégradation des sentiments artificiels que Michel et elle avaient crus authentiques et qui se désagrégeaient. Ils avaient pensé trouver un équilibre, mais Sylve avait eu la révélation : leur amour était en toc. Un artéfact made in China. Elle pensait n'avoir rien retiré de leur relation, pas de sérénité, à peine un peu d'harmonie. Elle avait apporté son équilibre intérieur et avait ouvert à Michel, qui en ignorait tout, les portes du Feng Shui. En échange, il lui avait donné la sécurité matérielle, car son salaire à elle était aléatoire, il lui avait offert la fermette normande, faisant mettre l'acte de vente à leurs deux noms bien qu'elle n'eût rien avancé, et il l'aimait. Il aurait bien aimé l'épouser (s'approprier son flux vital), lui faire des enfants (disperser son énergie intérieure) et vieillir avec elle (l'emmerder jusqu'après la carte vermeil). Elle lui offrait les forces de la spiritualité, il lui amenait des biens matériels et une affection d'animal de compagnie. Sylve soupira. Il faudrait bien le lui dire. Naturellement, leurs disputes incessantes avaient déjà alerté Michel (instinctif comme tous les animaux de compagnie), mais il ne voulait pas comprendre. L'élégance lui commandait de plier bagage, mais il tournait en rond dans l'appartement (qui, c'est vrai, lui appartenait) avec un air de grand blessé exaspérant. Sylve se rendait par le train à la Fermette, chaque samedi, et, par un accord tacite, Michel l'y laissait seule. Elle attendait les week-ends avec impatience. Elle avait entrepris de créer un potager dans le jardin, ainsi qu'un endroit réservé aux plantes médicinales déjà présentes dans son scénario. Elle passait des fins de semaine délicieuses dans le jardin à potasser des catalogues de graines. Elle allait devoir semer rapidement, c'est-à-dire bêcher le potager, c'est-à-dire trouver quelqu'un pour le faire. Retourner la terre étant un acte infiniment bénéfique mais particulièrement épuisant.

Ce matin, grimpant prestement dans la voiture de Pierre, elle allait donner un coup de pouce à son avenir et à son potager.

« Où en sommes-nous ? », dit-il, écrasant sa cigarette devant la jeune femme.

Sylve toussa ostensiblement.

« Deux sur quatre. Vous allez pouvoir les faire encadrer, je suis en avance sur notre planning. »

Pierre la regardait en souriant, mais elle ne bougea pas. Son carton à dessin restait fermé. Il ne sut que dire.

« Et vous ? demanda-t-elle.

— Comment ça, “et moi” ?

— Où en êtes-vous de notre planning ? Vous avez lu mon scénario ?

— Ah ! soupira Pierre, reprenant instantanément l'expression du chef d'entreprise surmené qu'il arborait d'habitude uniquement en semaine. Ah, ma pauvre Sylvie...

— Sylve, c'est celte.

— Sylve... Vous ne vous imaginez pas la phase récessive que traverse la profession. Le contexte actuel est particulièrement difficile et, du coup, en ce qui concerne les projets... »

Il attendit une seconde la phrase d'assentiment qui aurait dû mettre un terme à ses excuses filandreuses. Elle ne vint pas. Sylve le regardait fixement, un léger sourire en coin. Il reprit :

« Bref, je n'ai pas encore eu le temps d'y jeter un coup d'œil, mais il est toujours sur mon bureau.

— Ce serait bien de ne pas traîner, déclara-t-elle calmement. C'est une saga d'été, il faudrait la mettre en route cet hiver, donc si vous voulez chercher des cofinancements... je crois que c'est maintenant, je me trompe ? »

Pierre commençait à s'agacer de tant d'aplomb. Il répondit sèchement :

« Merci de m'expliquer les lois de la production, je connais mon métier. Si vous ne me faites pas confiance, je vous rends votre œuvre et je vous adresse à l'un de mes confrères. » Il se radoucit car tout à coup cette perspective lui sembla très tentante. « Après tout, ajouta-t-il, ce sera peut-être plus facile : certains sont plus spécialisés que moi dans les feuilletons. »

Sylve l'interrompit :

« Non, je pense que connaître quelqu'un c'est quand même plus sûr dans ce métier. Je vous fais confiance à vous. Faites au mieux. »

Elle lui tendit le carton. Pierre le cala contre le volant et sortit la première aquarelle. C'était une vue de la façade du Pressoir, aperçue depuis l'entrée de la propriété. L'artiste y avait ajouté les feuillages et les fleurs de l'été. Les arbres masquaient en partie le Pressoir et lui donnaient le halo austère des très vieilles maisons de famille. Une nouvelle fois, Pierre fut touché par le talent de Sylve. Il prit la deuxième feuille. C'était un tableau très différent, une vue rapprochée du puits qui jouxtait la maison. Surmonté d'une marquise de fer forgé soulignée d'un fouillis de rosiers grimpants, le puits était magnifique. Presque trop parfait. L'aquarelle évitait l'écueil de la mièvrerie du motif grâce aux jeux d'ombre et de lumière du parc alentour, et à la perspective du Pressoir qu'on devinait en arrière-plan. Pierre ouvrit la bouche pour féliciter Sylve lorsque son sourire se figea. Une tache de couleur venait d'attirer son attention : un chapeau de paille gisait sur la margelle du puits. Une jolie petite capeline ornée de bouquets de cerises rouges. Pierre la reconnut immédiatement. Il releva les yeux vers la jeune femme. Elle souriait toujours. Il reprit la vue précédente et l'observa mieux. Sur le chemin qui menait à l'entrée, sous un buisson, on distinguait le bord arrondi d'un chapeau oublié.

« Qu'est-ce que ça veut dire ? demanda Pierre brutalement.

— J'ai pensé qu'un objet personnel apporterait un peu de vie. Je pensais en placer un dans chaque tableau, c'est trop vous croyez ?

— C'est le chapeau de Mathilde.

— C'est un chapeau de soleil, avec des fruits... un truc assez commun.

— Ne me prenez pas pour un imbécile, lança Pierre, je ne sais pas où vous voulez en venir...

— Vous voulez que je l'enlève ? demanda Sylve, avec naïveté. C'est très facile. Un peu d'eau, un voile de couleur. Hop, plus rien.

— Oui, je veux que vous l'enleviez, insista Pierre qui cherchait comment Sylve avait pu le surprendre avec sa jeune maîtresse.

— D'accord. Vous voyez, moi aussi je traverse une phase particulièrement difficile. Et pourtant je vais trouver le temps de modifier vos deux aquarelles. Comme vous allez trouver le temps de lire mon scénario. Quand on veut vraiment... »

Elle ne s'était pas départie de son air aimable et reprenait ses œuvres et son carton. Pierre ne parvenait pas à réagir, tiraillé entre la colère et la surprise. L'extravagance de la situation le laissait sans voix. Elle se glissa dehors avec armes et bagages.

« Au revoir, lança-t-elle. Je repasserai dans une quinzaine de jours ! »

Et elle claqua la portière.

Pierre était abasourdi. Cette fille le faisait chanter, en somme, pour qu'il lise son feuilleton. Pour qu'il le produise plutôt, car s'il se contentait de le lire, elle reviendrait sans doute mettre cette fois des croquis pornos sous le nez de Catherine. Il démarra et roula sans voir quoi que ce soit autour de lui. Bien que son esprit se refusât à considérer les choses sérieusement (du chantage !), il fallait bien chercher une solution. Son vieil ami Rival produisait des téléfilms et des « soaps », des sagas à l'eau de rose (on le surnommait dans le métier « le soap populaire »), il pourrait lui demander de s'occuper de Sylve. Lui faire miroiter un contrat, la faire réécrire. L'occuper. Rival lui devait un service, il ne refuserait pas. Qui sait, il ferait peut-être une bonne affaire : en faisant retravailler le scénario, il pouvait en obtenir quelque chose. Lorsqu'il atteignit les grilles du Pressoir, Pierre avait pratiquement résolu son problème. Mais pour la première fois, il envisagea sa romance avec Mathilde comme un souci.

*

* *

« À partir de 7 heures du matin, Catherine est à fond ! », commentait Viviane qui prenait ses ordres auprès d'elle chaque jour vers 8 h 45, après la revue de presse de France Inter. En période d'effervescence, Catherine ne ratait jamais la revue de presse, afin de se maintenir « connectée avec le monde ». En l'occurrence, l'effervescence était destinée à réussir la réception du Pressoir et n'avait strictement rien à voir avec la géopolitique, mais Catherine sentait obscurément qu'elle était meilleure pour composer un buffet lorsqu'elle était au fait des états d'âme de George W. Bush et du PIB du Japon.

Elle avait réquisitionné Viviane devant l'ampleur de la tâche, se promettant de remettre plus tard les pendules à l'heure en ce qui concernait leur éternelle présence au Pressoir, à elle et à son niaiseux de Philippe.

Deux fois par semaine, Catherine et Viviane se rendaient donc au Pressoir pour surveiller les travaux. Il s'agissait de maintenir la pression sur Ollivier et sur Dubard. Les deux chefs d'entreprise travaillaient main dans la main afin que la piscine soit terminée et nichée dans son écrin de pierre et de teck. Habilement, Catherine changeait de victime d'une visite à l'autre. Elle accusait Réjean de lenteur, félicitant Ollivier pour l'avancement de ses travaux, puis elle fondait sur lui deux jours plus tard, vitupérant contre l'incroyable manque de goût du maçon qui faisait ériger un muret de trente centimètres là où vingt-cinq auraient suffi. Elle crevait les sacs de plâtre de ses talons Miu-Miu, tint absolument à ce qu'on lui laissât un endroit où imprimer sa main dans le ciment frais, et réclamait à tout bout de champ qu'on lui montrât, par rapport aux plans, où on en était exactement.

Un après-midi, assises toutes les deux sur un tas de planches, elles avaient trié un par un les petits carreaux de mosaïque qui tapisseraient le fond de la piscine. À partir de 18 heures, Viviane ayant exigé quelque chose à boire, elles avaient ouvert du champagne et terminé la deuxième bouteille vers 21 heures, laissant derrière elles un tas de petits carreaux « d'un bleu vulgaire », cependant que les « turquoise chic » reposaient dans des brouettes. Quand elles ne tourmentaient pas les entrepreneurs, elles terrorisaient l'assistant de Guillaume, réquisitionné pour réenvisager le salon blanc devenu boueux. L'architecte avait jeté son verdict : « Préserver l'identité structurelle de la pièce en retrouvant un style ethnique normand. » Moyennant quoi, son assistant s'attelait à la lourde tâche de chiner dans la Normandie tout entière les canapés, étoffes, tables, tapis, rideaux authentiques. Les draps achetés lors du vide-grenier avaient subi une bonne teinture de thé leur prêtant un aspect rustique, puis une couturière locale les transformerait en adorables coussins.

« Je me demande, avait jeté négligemment Viviane, si pour magnifier l'ethnique normand on ne devrait pas coucher une vache devant la cheminée. »

Quoi qu'il en soit, les travaux avançaient à merveille, et la garden-party en juin n'était plus un mirage.

*

* *

Dédé avait observé la construction du mur avec amusement. Naturellement, il n'y aurait jamais de porte. Mais le Pressoir pouvait demeurer inaccessible, son terrain à lui avait presque doublé. Il avait soudoyé l'employé de la commune et récupéré de quoi créer un jardin « de toute beauté », sa maison avait pris de la valeur et Nini ne l'emmerdait plus. Il fumait sa Gitane sereinement, observant de loin une femme qui se signait devant la source miraculeuse. Elle avait jeté des fleurs dans l'eau (il faudrait penser à demander au maire le nettoyage régulier du bassin par les services municipaux) et sortait une bouteille vide qu'elle remplit consciencieusement. La bouteille fuyait. La femme chercha un sac, un mouchoir, mais elle n'avait rien qui puisse mettre fin à l'incident. Nathalie, alors, apparut. Elle avait suivi la scène et apportait un minuscule flacon en plastique. L'eau fut transvasée, et la visiteuse partit en remerciant. C'est alors que Dédé eut l'illumination.

« C'est quoi ce pot ? demanda-t-il à Nini.

— C'est le minivinaigrier de la dînette Tupperware, dit fièrement Nathalie. C'est bien non ?

— C'est rare de te voir donner un de tes Tuppertruc super précieux ! T'en as d'autres ?

— Oh ! j'en ai plein, c'est pour ça. Ils en donnaient en cadeau l'année dernière, avec chaque livraison.

— Tu vas écrire à Tupperware, enchaîna brusquement Dédé, on va leur proposer une affaire.

— Quel genre ? interrogea Nathalie qui redoutait le sens des affaires de son mari.

— On s'associe : on ne peut pas vendre l'eau, mais on peut vendre le contenant. Le gars Tupperware a pas besoin de nous, c'est sûr, mais une petite rentrée en plus, avec une ouverture sur le religieux, c'est peut-être pas de refus. Il s'est déjà fait niquer sur la Sainte Vierge en plastique à Lourdes, il a peut-être envie d'avoir l'exclu sur sainte Cécile-du-polichinelle-dans-le-tiroir, va savoir ? »

Nathalie hésita. Malgré tout, l'idée d'entrer en contact avec Tupperware (en vrai !) l'emportait sur toutes ses appréhensions. Pour la première fois, elle se connecta à son site favori en présence de son époux et en éprouva une sorte de trouble, comme si elle lui présentait son amant. Ils surfèrent pendant plusieurs heures sur la noria des contenants en plastique et silicone. Dédé découvrait un univers. Il nota avec soin les coordonnées du siège social français et les noms des directeurs commerciaux. Il commença immédiatement à rédiger la lettre qu'il leur enverrait au plus vite. Il débuta par un intitulé qui le réjouit toute la soirée : « Objet : réceptacle en plastique à visées miraculeuses ».

*

* *

La chanson du printemps ça n'est pas, comme nous le serinent les récitations, la ritournelle du coucou ou la mélodie des clochettes de muguet ; la chanson du printemps, c'est le bruit de la tondeuse à gazon.

C'est ce que constata Catherine au moment où Denise lui apportait son café sur la terrasse. Le Pressoir, niché dans son parc, était pourtant loin des autres (les autres, quelle engeance !), mais on percevait malgré tout le ahanement obstiné d'une tondeuse.

« D'où vient ce bruit, à la fin ! ? demanda Catherine, excédée, à son mari qui la rejoignait.

— De chez nos voisins les Bigos, ma chérie ! » Pierre alluma son ordinateur portable. « Tu veux voir tes mails ?

— Oui, merci... je vais jeter un œil. Mais ça n'est pas interdit de tondre le week-end ? Nous ne tondons jamais le week-end, non ?

— Non, chérie, répondit Pierre distraitement, le jardinier le fait en semaine.

— Ah, tu vois ! Nous avons le respect des autres. C'est une notion qu'ils n'ont pas.

— Je crois surtout que le bruit ne les gêne pas. Ils n'ont pas la même sensibilité que nous aux nuisances.

— Tu les excuses toujours, Pierre. »

Pierre soupira.

« C'est vrai. Dans une vie antérieure, j'ai dû être de gauche. »

Catherine se mit à rire.

« Ne sois pas ridicule, chéri ! Nous savons que tu as un mauvais karma, mais il ne faut pas le noircir à ce point-là ! »

Elle prit l'ordinateur que son mari lui tendait. Parmi les mails qui s'affichaient, elle repéra celui de Françoise Rival sur lequel elle cliqua :

« Hello Cat,

« Désolée de vous avoir manqués dans cette charmante brocante, notre ami Bernard-Henri a débarqué à l'improviste, et Arielle étant un peu souffrante nous avons passé la journée dans la salle de home cinéma que mon époux vient de rééquiper. Avec la venue de Steven au prochain festival de Deauville, ça devenait indispensable : l'année dernière il a été si déçu de ne pas pouvoir revoir son ET en THX (il est resté très enfant) !

« Bref, nous avons zappé vos petits antiquaires, ce sera pour une autre fois.

« En ce qui concerne notre brunch, je suis confuse de devoir annuler, mais nous avons quelques problèmes domestiques, la piste d'atterrissage se révélant plus longue à terminer que prévu. Il y a une affaire de canalisation, je ne sais quoi, mais nous pataugeons dans la gadoue. Comme je dis à Jacques : "C'est bien la peine de venir en hélicoptère si c'est pour mettre des traces de boue dans le living !" Enfin, vous savez ce que c'est : la campagne !

« Bien à vous,

« Françoise.

« PS : Ci-joint les coordonnées d'une artiste que nous aimons beaucoup, nous l'avons un peu parrainée à ses débuts à Paris, elle vient d'ouvrir un atelier à Trouville. »

Catherine, agacée comme toujours à la lecture des mails de Françoise, consulta la pièce jointe et les coordonnées de l'artiste.

« Griotte Cancale. Sculptrice sur cucurbitacées. Rue de l'espoir, Trouville », suivaient ses téléphones, e-mail, adresse et photographies de l'atelier.

On y découvrait une grande pièce couverte de rayonnages sur lesquels des formes indistinctes s'échelonnaient en contre-jour, noyées dans une lumière blanche. Heureusement, un gros plan sur une des œuvres sauvait l'ensemble de l'incompréhensible : on distinguait une grosse courge marron, scarifiée d'étoiles. Une patine luisante lui donnait l'aspect d'un vieux ballon de rugby dégonflé. C'était hideux.

Catherine, qui s'était approchée de l'écran, eut un sursaut de dégoût.

« Qu'est-ce que c'est ? demanda Pierre distraitement.

— Françoise me transmet les coordonnées d'une artiste qu'ils aiment beaucoup. C'est une sculptrice de… de courges.

— De quoi ?

— Eh bien oui, de courges. Mais c'est assez… original. Enfin, disons qu'il y a là une démarche non conventionnelle de mise en art de la nature », jeta Catherine d'une traite. Son self-control avait repris le dessus et remis en place tous les garde-fous habituels. Elle aussi, comme Françoise Rival, devait être en mesure d'apprécier ce que les béotiens ne distinguaient pas.

« Bah… c'est immonde ! s'exclama Pierre. Je déteste manger des courgettes, mais les voir momifiées, ça ne me dit rien non plus.

— Tu as tort, chéri, je vais aller voir de près l'atelier, et je suis sûre que si les Rival aiment son travail c'est qu'il y a quelque chose…

— Sans doute. D'autant que, si ma mémoire est bonne… » Pierre hésita un instant : « Qui est-ce le sculpteur, ça ne serait pas la fille Plougastel ou quelque chose ?

— Cancale.

— C'est ça : Cancale. C'est la fille d'Edmond Cancale, directeur de cabinet de Villedieu, ministre de la Culture. Tu penses que Jacques a tout intérêt à ménager la progéniture. En plus, elle est mariée avec un avocat d'affaires très brillant, ce qui peut toujours servir, et leur fille est à Normale sup avec le petit Rival. Tu vois que la courge devient artistiquement incontournable.

— Je t'en prie, Pierre, on peut être fille de ministre et avoir du talent.

— Oui. Ou pas. Et ce qui est bien c'est que, dans ce cas-là, ça ne change pratiquement rien.

— Ne sois pas cynique, s'il te plaît. Je vais aller faire un tour dans son atelier. Je ne suis pas comme toi, pleine d'a priori. Si cette femme est une artiste, je ne veux pas passer à côté.

— Vas-y, ma chérie, tu peux même peut-être y retrouver Françoise, ils sont là ce week-end.

— Comment le sais-tu ? Vous avez un golf ?

— Non, j'ai eu Jacques au téléphone ce matin. J'avais un service à lui demander. »

Malgré le ton désinvolte de son mari, Catherine perçut immédiatement un trouble.

« Tu as des problèmes ?

— Non, non, c'est pour une amie...

— Une amie ? »

Catherine avait su distiller l'exacte tonalité dans la surprise : celle qui oblige l'interlocuteur à s'expliquer. Après une courte tergiversation intérieure, Pierre résolut de faire ce que tout bon menteur sait nécessaire : s'approcher le plus possible de la réalité.

« Oui, enfin une relation : c'est la petite de la fermette retapée, du côté de chez Maurice. Sylvie, ou Sylve... tu vois qui ? »

Catherine n'aurait jamais pensé qu'elle allait, au détour de cette conversation anodine, aboutir directement au cœur de l'intrigue. Si elle avait encore douté de sa liaison avec Sylve, l'embarras de Pierre lui en donna la certitude.

« Parfaitement. La petite illustratrice. On est allées au marché ensemble une fois. Et tu dois l'aider ? »

Pierre hocha la tête, haussa les sourcils, rentra les épaules, soupira, bref, fit étalage de tous les signaux connus pour exprimer l'ennui. « On se croirait revenu au temps du muet », songea Catherine devant cette débauche d'expressions.

« Elle m'a alpagué à la ferme l'autre jour en me suppliant de lire un scénario de série. Un truc lamentable, évidemment. Mais j'ai tout de même demandé à Jacques de jeter un coup d'œil dessus. Après tout, c'est notre voisine.

— C'est pour ça qu'elle est venue te relancer à la maison ?

— Pas du tout, elle n'est jamais venue ! », répliqua Pierre, stupéfait. (« Bon sang, elle sait qu'elle peint, si elle sait aussi qu'elle est venue ici, elle va deviner. ») Pierre, qui était très fier de son idée de cadeau-surprise, tenait fermement au secret.

« Ah bon… murmura sa femme en faisant mine de se plonger dans l'écriture d'un mail. Et Jacques va l'aider ?

— Oui, je pense. Enfin, il va lire le truc.

— Bien, bien… fit Catherine. Je vais chercher Viviane pour aller faire un tour à Trouville. »

Elle se leva et entra dans la maison. Pierre récupéra son ordinateur en prenant soin de ne pas montrer à quel point il était soulagé que son épouse ne se doute de rien. Celle-ci s'adossa à la porte pour lutter contre l'émotion, silencieusement. « Allons, se dit-elle, il n'y a rien de neuf, tu le savais déjà. Identifier l'ennemi est toujours plus facile pour le détruire. » Mais en avait-elle encore la force ?

Dans le grand salon, elle trouva Viviane et Philippe jouant aux dames. Ils s'étaient servis de copieux verres de cognac. Elle proposa à Viviane (ignorant Philippe royalement) d'aller visiter l'atelier de la sculptrice. Viviane s'esclaffa :

« Griotte Cancale ! Mais comment est-ce qu'on peut s'appeler Griotte ! Pourquoi pas Bigareau ?

— C'est sans doute un pseudonyme, répondit Catherine, agacée.

— La griotte c'est délicieux, lança Philippe, enthousiaste, tu sais que la griotte est le fruit du griottier ? »

Catherine lui jeta un regard où le mépris le disputait à l'énervement.

« Et qu'est-ce qu'elle sculpte ? Du bois flotté ? des galets ? demanda Viviane.

— Des… et bien elle sculpte des légumes figure-toi, affirma Catherine d'un ton péremptoire. J'ai vu des photos, c'est absolument remarquable.

— Je connaissais un sculpteur sur grains de riz, dit Philippe avec fougue, il avait représenté le Taj Mahal sur un seul grain.

— Et quelle sorte de légumes ? s'enquit Viviane en reprenant du cognac. Des patates ? Des carottes ?

— Tu verras bien : on y va.

— Il avait aussi sculpté une représentation du colosse de Rhodes. Un colosse sur un grain de riz, c'est fantastique, non ? »

Aucune des deux femmes ne parut entendre Philippe.

Viviane prit son sac et son pashmina pour suivre son amie. Elle lui sourit :

« Ma chérie, ça manquait "mécène", dans ta panoplie de femme modèle. Je parie que c'est une idée de la Rival.

— Non, chérie, jeta Catherine, ça n'est pas "une idée" de Françoise, c'est une amie de Françoise. Excuse-moi de te rappeler qu'on ne peut pas passer sa vie à collectionner les cafetières en tôle peinte. »

Tous les trois étaient parvenus jusqu'à la voiture de Catherine. Celle-ci se retourna brutalement vers Philippe qu'elle toisa sans dire un mot. Il recula et, stoppant le geste qu'il avait esquissé pour ouvrir la portière, il mit les mains dans ses poches.

« Allez-y toutes seules, dit-il, alors que les deux amies s'étaient déjà installées. Et au fait, elle sculpte sur quoi ? Je n'ai pas entendu ? »

Catherine se tourna vers lui en mettant le contact :

« Sur les grains de semoule.

— Non ? Incroyable ! s'étonna Philippe, ébahi. Et elle représente quoi ?

— En ce moment elle fait la bataille de Waterloo. Quand je l'ai eue au téléphone, elle venait juste de commencer Blücher. »

Dans un crissement de pneu, la voiture démarra brutalement.

« Je ne sais pas comment tu fais pour vivre avec un crétin pareil !

— Parce que tu manques d'humour... Et puis, ajouta Viviane en baissant le pare-soleil pour s'observer dans le miroir de courtoisie, il est un peu crétin, c'est vrai. Mais il est fidèle. »

*
* *

Marie-Charlotte se mit à secouer nerveusement son panier d'osier. Dans le bois, sous les jeunes feuilles, les premières chaleurs faisaient monter du sol des senteurs multiples : le parfum des jacinthes bleues mêlé à celui, plus âcre, de l'humus qui commence à se réchauffer. Et puis une autre odeur, inclassable et frémissante qui rôdait entre les branches et vous ouvrait le cœur.

« C'est curieux que tu aies eu envie de venir ramasser des morilles, toi qui en as horreur, constata Maricha.

— Oui, je sais, répondit pensivement son mari. C'est peut-être le printemps. »

La comtesse le regarda d'un air dubitatif. Il sourit.

« Non, tu as raison. Je voulais te parler. »

Elle s'arrêta un instant. Il n'avait pas l'air furieux, ni bouleversé. Elle pensa, ou espéra très fort, qu'il ne pouvait pas s'agir d'elle.

« Voilà, reprit-il avec embarras, je ne sais pas comment… je n'ai que des soupçons évidemment mais… » Il s'arrêta. « Si je me trompe tu vas me trouver odieux.

— Parle, tu m'inquiètes !

— Je ne voudrais pas accuser sans preuve, mais voilà : assieds-toi. »

Dissimulant son inquiétude, Maricha se posa sur le tronc que son mari lui désignait. Elle réfléchissait rapidement. (« Il nous a aperçus dans le bois, on aurait dû faire gaffe, de vrais collégiens. Ou alors Dédé a oublié quelque chose quand on s'est vus dans le sellier. Ou c'est le jardinier qui nous a repérés, qui a cafté, le salaud, son compte est bon…)

« Voilà, reprit encore JB. Je crois que Mathilde fréquente un homme marié. »

« Merci, mon Dieu ! » s'exclama intérieurement Marie-Charlotte.

— Ah bon ?

— Comment “ah bon ?” Mais c'est terrible !

— Oui, bien sûr, se reprit la mère indigne.

Mais… mais je n'arrive pas à y croire, tu en es sûr ? demanda-t-elle en enfournant dans sa phrase toute la capacité d'ahurissement dont elle pouvait disposer.

— Non, c'est ce que je te disais tout à l'heure : en fait je n'ai que des soupçons. »

Jean-Bernard s'assit sur une racine qui affleurait, face à Marie-Charlotte. Presque au niveau du sol, il était dissimulé par le remblai qui bordait le chemin. Au loin, sur ce même chemin, une tache rouge apparut.

« J'ai surpris une conversation au téléphone. Le genre "dis à ta femme que… etc.". Rien de définitif, mais le sens global…

— Et elle a dit son nom ? »

Machinalement, Maricha regarda la tache rouge qui grossissait. Un jogger. La forme se précisa et elle le reconnut tout à coup : Dédé ! André qui courait vers elle. JB, les yeux au sol, absorbé par sa découverte, continuait :

« Non, elle n'a rien dit de précis. D'ailleurs, au bout d'un moment, j'ai fait du bruit, je suis rentré comme si je n'avais rien entendu, elle a raccroché. »

Maricha cherchait comment prévenir son amant, qui arrivait en petites foulées, de la présence invisible de son mari. Immobile, elle fixait JB, les yeux écarquillés. Il lui sourit gentiment :

« Ne fais pas cette tête, c'est grave, mais il n'y a pas mort d'homme. Et après tout je… »

Le jogger se rapprochait dangeureusement.

« Ahhh ! » hurla Maricha en se levant tout à coup et en désignant le ciel au-dessus d'elle. Elle n'avait trouvé que ce moyen pour faire en sorte que JB se lève. À quelques dizaines de mètres, Dédé ralentit sa course en regardant dans la direction du doigt. JB, lui, leva la tête sans bouger.

« Quoi ?

— Mais regarde, lève-toi ! », s'énerva sa femme.

Il se leva, les yeux toujours fixés sur le ciel. Dédé s'arrêta brusquement.

« Je ne vois rien », dit Jean-Bernard en secouant la tête.

Il se retourna et sursauta en découvrant Bigos à quelques pas.

« Ah bonjour !

— Bonjour m'sieur-dame. »

Maricha salua d'un sourire poli. Un silence passa, que Jean-Bernard rompit :

« Alors André, vous "joggez" ?

— Ben oui. Et vous, vous vous baladez ?

— Nous cueillons des champignons, dit Jean-Bernard.

— Ah !... » Dédé coula un œil vers le panier de Marie-Charlotte, totalement vide.

« Oui, enfin... quand on en trouve ! s'exclama le comte par alliance en riant très faux et très fort.

— Bon, ben, justement, on y allait... ajouta Maricha.

— À bientôt alors », dit Dédé.

JB sembla soudain être frappé par un éclair de génie :

« Ah mais oui, c'est vrai : vous faites du jogging ensemble, de temps en temps !

— Pas assez souvent, je trouve, répondit Dédé en souriant.

— Ça c'est vrai ! renchérit Jean-Bernard : je l'ai souvent dit à mon épouse : "Chérie, quand on est sédentaire comme nous, il faut se forcer à bouger." D'ailleurs, franchement, depuis que vous avez repris l'entraînement, je trouve Maricha plus en forme. On sent que vous avez l'habitude.

— Ah ! c'est un métier ! acquiesça Bigos. Mais vot'dame a de bonnes dispositions, faut dire.

— Bon, allons-y Jean-Bernard ! insista la dame, partagée entre l'amusement et la gêne.

— Tu vois ce que dit André ! » reprit Jean-Bernard. Il s'adressa au prof de gym : « L'année d'avant, toute seule, elle a abandonné au bout de trois mois : il faut la motiver à fond !

— Mais je la motive, je la motive, opina Dédé.

— Jean-Bernard, allons-y », coupa fermement l'épouse.

Son regard croisa celui d'André. Derrière le pétillement du rire, elle vit aussi du désir. Elle se sentit très confuse et très excitée. Tous trois échangèrent des « à bientôt », « bonne promenade » et autres banalités. Ils se séparèrent rapidement, André reprenant seul son jogging tandis que le couple rentrait vers le manoir. Après quelques pas sur le chemin, Marie-Charlotte se retourna discrètement. André avait fait de même et lui fit un signe de la main. Elle sourit.

« Et pour Mathilde alors ? », demanda son mari.

Marie-Charlotte, dont le corps bouillant se réjouissait déjà de fêtes à venir, se sentait absolument optimiste. Le monde était rond et le printemps venait.

« Mathilde est une grande fille, chéri. Elle ne ferait pas une bêtise pareille. Et puis, si c'était le cas, je le saurais : une mère sent ces choses-là.

— Tu as raison », soupira Jean-Bernard qui avait compté sur cette réponse.

Et instantanément le problème disparut. Ils marchèrent tranquillement jusqu'au manoir, ravis, légers, totalement étrangers l'un à l'autre.

*

* *

Nathalie frappa à la porte de la ferme et entra directement. Christiane la salua avec bonne humeur. Elle avait déjà préparé plusieurs faisselles, sachant que les Parisiens allaient fondre dessus. La crème était prête, et Maurice récoltait de petits bouquets de ciboulette. Cerfeuil, coriandre, basilic, persil et menthe poivrée, tout cela aurait poussé dans quelques semaines ; puis viendraient le thym et la sauge. Les affaires roulaient. Nathalie avait payé ses achats en papotant et s'apprêtait à partir lorsque Christiane lui offrit d'emporter un peu de ciboulette. Elle trouverait Maurice dans le potager, derrière l'étable. La jeune femme accepta, ravie, et chercha le fermier. Maurice était dans l'étable, occupé à ficeler ses bouquets d'herbe. Il faisait chaud et l'odeur des vaches prit Nathalie à la gorge. La bouse, le foin, le détergent déversé à grands jets, le lait douceâtre, tous ces arômes mêlés formaient un parfum fort et un peu âcre. Nathalie s'aperçut qu'elle ne détestait pas cette atmosphère. Un très lointain souvenir lui revint, un lambeau d'enfance, une ferme visitée toute petite. Elle se rappela l'effroi et l'émerveillement devant les vaches, gigantesques et bienveillantes. Ses yeux s'habituèrent à la pénombre et elle distingua vite, avec plaisir, leur grosse silhouette paisible.

« Bonjour, dit Maurice. Je parie que ma femme vous envoie pour un brin de ciboule.

— Tout à fait, répondit Nathalie. Ça fait longtemps que je ne suis pas entrée dans une étable.

— Normalement, ça ne se fait plus tellement : dans ma jeunesse, on allait, on venait... maintenant avec les quotas, les maladies, le stress...

— Le stress ?

— Paraît que les vaches, ça se stresse, figurez-vous ! Alors, on nous dit de plus faire entrer les gens, tout ça... Du temps de mon père, on les aimait bien, on les connaissait par leur nom, et tout le monde pouvait entrer dans l'étable. On trayait à la main, on faisait du bruit... j'ai pas idée qu'elles étaient stressées. De toute façon, on ne connaissait même pas ce nom-là, alors !

— Moi j'en avais un peu peur quand j'étais petite, murmura Nathalie en minaudant.

— Faut pas... y a pas plus doux. »

Maurice s'était approché de Nathalie. Elle se rendit compte brusquement qu'il n'était pas sans charme, Maurice. Bien sûr, il avait quinze ans de plus qu'elle, mais il était gentil. Toujours très gentil avec elle.

« Tenez, dit-il en lui prenant la main. Sentez
ça. » Il posa sa main sur l'encolure d'une belle ruminante. La bête eut à peine un frémissement et reprit sa mastication, tournant la tête vers Nathalie et l'observant d'un immense œil brun. La jeune femme souriait.

« C'est vrai que c'est doux !

— Puisque je vous le dis. On dit « plus doux qu'une vache, il n'y a que le vacher ». »

Il n'avait pas retiré sa main qui emprisonnait toujours celle de Nathalie, posée sur le pelage noir et blanc. De son autre main, il caressa la joue de la jeune femme.

« Ah bon, on dit ça ? », demanda-t-elle d'une petite voix.

Elle se sentait très bien ici, dans cette atmosphère chaude et paisible, avec cet homme simple. Elle avait toujours été à l'aise avec lui. Était-ce parce qu'elle était heureuse depuis l'apparition de la source dans sa vie, mais cette fois-ci, elle en prit conscience. Elle aimait bien Maurice. Et même...

« Eh oui, c'est ce qu'on dit. »

Il s'approcha encore. Elle ferma les yeux.

*

* *

En quinze jours, Griotte et Catherine devinrent des amies. Catherine était résolue à trouver la sculptrice sympathique et talentueuse, tout comme Françoise Rival l'avait fait ; l'artiste, quant à elle, devait, sous peine d'épuisement de ses fonds, séduire de nouveaux clients. Les deux femmes se plurent instantanément.

Malgré le prix exorbitant des cucurbitacées sculptées, Catherine en acheta trois, gravées sur le thème de la mer et des astres, qui trôneraient en bonne place lors de la réception du mois de juin. Compte tenu de son investissement dans ses œuvres, Griotte avait proposé à sa nouvelle mécène de créer une décoration originale pour la fête en question. Catherine tenait à un thème inspiré de la nature, estival et festif : elle accepta avec joie. Confier sa décoration à une artiste en vogue ne pouvait être qu'un plus. Lorsque trois semaines avant les réjouissances la piscine fut enfin terminée, le teck huilé et l'eau clapotante dans le bassin, Griotte fut conviée au barbecue d'inauguration.

Dimanche 29 mai

C'était un beau dimanche du mois de mai. L'été se laissait entrevoir et détendait l'atmosphère. Pierre s'affairait autour du feu. Le barbecue, lui, ne réclamait aucun effort : les Dartois avaient fait installer une rampe à gaz, alimentée par une bombonne et dissimulée par le charbon. Quant aux viandes et brochettes, elles avaient été préparées par Denise, macérées et assaisonnées. Les salades, légumes, sauces, fromages et desserts de toutes sortes étaient disposés sur une table. Pierre était uniquement chargé de trouver les herbes de Provence pour en recouvrir les grillades. Après quoi, dès que le fumet s'en faisait sentir, il avait immédiatement la sensation d'être le responsable émérite du repas entier. Il avait choisi le vin et en tirait autant de fierté que s'il l'avait lui-même mis en bouteilles dans sa propriété. Avec son verre de meursault, il savoura le plaisir de voir ses ennuis s'éloigner. Jacques Rival lui avait téléphoné le matin même :

« Je te rappelle au sujet du scénario de ta petite protégée.

— Ça n'est pas ma petite protégée, Jacques, tu te trompes tout à fait. Au contraire, je cherche plutôt à m'en débarrasser !

— Oui, enfin… comme tu veux. Je voulais te dire que je vais lui acheter ses droits.

— Oh là ! Tu n'es pas obligé d'aller jusque-là, tu peux temporiser, lui faire un petit contrat de réécriture.

— Non, non, il y a vraiment quelque chose d'intéressant. Je ne vais pas lui proposer le tarif maximum, évidemment, mais je compte faire travailler une équipe d'auteurs dessus.

— Eh bien je suis ravi ! Elle le sait ?

— Globalement. On va signer très bientôt. »

Ainsi l'épisode Sylve était clos. Qui plus est, elle avait promis de lui remettre les aquarelles ce soir même, et tout serait prêt à temps. Il restait Mathilde. Pierre soupira et se resservit une rasade de vin. Catherine, Viviane et Griotte, installées sur des fauteuils de jardin près d'une table, picoraient dans leurs assiettes en riant. Un couple d'amis de Pierre, invités pour le déjeuner, avait fait quelques longueurs et se changeait dans ce que Catherine appelait le « pool-house ». C'était une petite maison en pin couleur acajou. Ses proportions harmonieuses et élégantes lui donnaient un semblant d'allure japonaise. Philippe et Viviane se mesuraient au dos crawlé. Le cœur de Pierre cessa de battre un instant lorsque se produisit ce qu'il redoutait depuis le matin : les Varanche venaient d'arriver. Quelques pas derrière eux, la mine sombre malgré les exclamations de bienvenue qui fusaient de toutes parts : Mathilde.

Belle comme les roses qui encadraient son visage sous la pergola, pâle comme le chèvrefeuille qui les enlaçait. Pierre s'avança, mais Maricha s'interposa :

« Pierre, tu as l'air en pleine forme !

— Merci, mais toi aussi : tu es magnifique.

— C'est le jogging, interrompit Viviane qui les avait rejoints. Je vous ai vus courir, la semaine dernière. Je devrais faire comme toi. »

Marie-Charlotte observa Viviane qui croquait une carotte. Elle lui rendit son regard en souriant. Elle ne semblait pas faire de sous-entendu. Les deux femmes rejoignirent Catherine pendant que JB hélait Philippe et l'enjoignait de rejoindre la terre ferme. Mathilde n'avait pas bougé. Pierre fut soudain seul face à elle.

« Tu as l'air fatiguée.

— C'est normal chez les gens qui ne dorment pas.

— Tu ne dors pas ? » Il savait qu'il s'engageait sur le terrain à éviter. Il percevait la proximité des rires des autres, leurs exclamations joyeuses.

« Non, je ne dors pas. C'est strange, non, pour une meuf qui a un mec qui l'adore. C'est peut-être parce qu'il l'adore seulement de temps en temps. Quand il a le temps, genre.

— Arrête, Mathilde. (Malgré lui, Pierre avait baissé la voix.) Tu sais très bien que ça n'est pas le moment.

— Tu peux me passer un SMS pour me dire quand c'est le moment ?

— On se verra tout à l'heure. Après le déjeuner.

— Après le déjeuner, t'as des potes qui vont débouler. Je connais ça par cœur. Tu me soûles avec tes plans pourris.

— Ce soir. Tu as raison, ce soir ce sera plus tranquille ; 21 heures dans le pavillon de la piscine. »

La jeune fille regarda le « pool-house » et soupira. Elle avait promis à la bande du cours de les rejoindre à Paris ce soir. C'était l'anniversaire de Sarah. Elle allait annuler sans hésitation. Mais avec un soupçon d'humiliation.

« OK. J'ai pas le choix, de toute façon. »

Pierre lui sourit et son cœur bondit. Ce soir. Elle sentit son sang courir dans ses veines. Elle vit les roses et le soleil. La piscine toute bleue. Elle eut envie de se baigner et s'approcha de l'eau en ôtant ses vêtements. Elle entendit sa mère râler pour la forme en rassemblant son jean et son tee-shirt, et elle plongea. Pierre, comme tous les autres, fut un instant rendu muet par la perfection de ce corps laiteux et vif.

*
* *

Sylve observait son potager d'un œil critique. Trop petit, pas assez bien dessiné. Il fallait aussi ajouter des fleurs. Le charme du potager provient du mélange avec les fleurs : des buissons odorants, inattendus et généreux dont on aime commenter la présence :

« Oh, mais ce sont des fleurs !

— Eh oui, quelques pieds (de lavande ? sauge ? myosotis ?) dépriment les limaces. Par ailleurs, il faut savoir que les… (pâquerettes ? marguerites ?) éloignent les pucerons. C'est pourquoi le jardinier avisé les accueille au potager.

— Oh ! Ah ! »

Sylve rêvait, le pinceau levé au-dessus de sa feuille. Elle s'était installée dans son jardin, face à l'emplacement du potager, lequel était encore en friche. Sur le papier il était magnifique. Elle y ajouta un buisson de lavande près des haricots beurre. Elle reprit une gorgée de thé. Depuis le coup de fil de Jacques, elle se sentait si bien. Enfin son destin allait prendre son envol. Elle eut une pensée pour Michel qui avait pris ses distances en acceptant un poste en province. Elle allait pouvoir bientôt déménager et tourner la page sur cette pauvre histoire de couple.

Mais elle garderait la maison de campagne. Elle leva les yeux vers la Fermette, son crépi lumineux entre les colombages, les branches de pommiers en fleurs caressant doucement les fenêtres. Une carte postale. L'intérieur était brut : les gravas du plafond débarrassés, il restait une pièce imposante, coiffée de poutres. Sylve avait même songé à casser les murs pour récupérer les deux petites chambres et s'offrir un espace pur, dans lequel les flux d'énergie pourraient circuler dans tous les sens. Mais l'idée même d'en passer par Ollivier l'avait pour le moment arrêtée, tant l'entrepreneur lui semblait… antiflux. Une somme d'antimatière à lui tout seul, capable d'aspirer dans les miasmes de son psychisme les moindres parcelles de vitalité. Elle s'imagina Ollivier debout au centre de sa grange, les flux d'énergie tapis dans les coins en gémissant comme des chiots apeurés. On verrait plus tard pour trouver un entrepreneur éclairé sur les lois du Feng Shui. Elle se replongea dans l'étude du potager. Dans son carton à dessin, posé sur la table de jardin, dormaient les aquarelles de Pierre. Débarrassées de toute allusion, sans l'ombre d'un chapeau à cerises, elles étaient enfin terminées. Elle devait les déposer au Pressoir en fin d'après-midi, discrètement.

Passant devant chez Sylve, chantonnant, la cibiche à la bouche, Dédé s'arrêta un instant. La jeune femme lui fit un signe mais ne l'invita pas à entrer. « Pétasse », pensa André qui continua son chemin. Il tripotait dans sa poche la lettre de Tupperware, une réponse sur laquelle il ne comptait pas si tôt. Une réponse mitigée. Incapable de lire entre les lignes, Nathalie avait été déroutée par le texte, d'ailleurs destiné à cet usage :

« Je vois pas ce qu'ils veulent dire. C'est quand même terrible : je sais par cœur leur catalogue, je peux te réciter leurs arguments de vente, je connais tout leur jargon, et là... j'arrive pas à comprendre si ça les intéresse ou pas.

— T'occupe ! Moi je suis diplômé de l'école de commerce mondial la plus chiadée : la démerde ! Et on parle la même langue, avec les petits « chefs de projet » de mes deux : ils vont casquer si c'est juteux. Et là, y sont pas certains que ça le soit.

— Mais qu'est-ce qu'on peut faire de plus ? La source est chez nous, les pèlerins viennent de partout...

— Je sais, je sais, jeta André avec une fausse résignation de paysan. Faudrait arriver à les faire venir pour les convaincre.

— Je suis sûre que tu vas trouver une idée. Tu as toujours des idées, mon Dédé... »

Bigos regarda sa femme sans répondre. Il nota qu'elle l'avait appelé affectueusement « mon Dédé », ce qui n'arrivait plus depuis longtemps.

Sur le chemin qui menait à son pavillon, il soupira en se remémorant la scène. Une putain d'idée. C'était facile à dire.

Passant devant le Pressoir, il repensa à l'invitation de Catherine. Du bout des lèvres, elle l'avait convié à leur fête. Ce serait peut-être une bonne occasion. Rappeler le gars Tupperware, le convaincre de passer ce week-end-là et l'amener prendre un verre de champ'chez les Dartois avec le beau linge. Bonne impression et afflux de visiteurs à la source. De loin, il fit signe à Catherine qui justement passait sur la pelouse. Elle lui fit signe mais ne l'invita pas à entrer. « Pétasse », pensa Dédé.

*
* *

L'après-midi s'écoula doucement. Le soleil était presque chaud, les promeneurs affluaient vers la plage, les sous-bois, les parkings. Au Pressoir, les portes du parc bien closes, on se laissa glisser dans une agréable torpeur. On s'endormit dans les chaises longues à l'ombre des arbres en fleurs, on nagea, on but du thé, plongé dans un polar, on bavarda assis dans l'herbe en mâchouillant des pâquerettes. Mathilde s'était éclipsée, Griotte et Catherine testaient les avantages du nouveau salon, authentiquement normand. Il était chic, il était cher, il était spectaculaire. Catherine régnait sur un bataillon de fauteuils sculptés et de coffres à linge en chêne, tous nantis d'anecdotes historiques (« ici, Jeanne d'Arc s'est assise pour rattacher son lacet, là Jean sans Terre a affûté son Opinel sur l'accoudoir »). Tout cela respirait le cidre, le camembert et la guerre de Cent Ans. Naturellement, l'ensemble était tout à fait inconfortable, mais songeait-on à se détendre durant la guerre de Cent Ans ? Griotte, qui venait de filer son bas sur le coffre de voyage de Philippe le Bel, suggéra d'ajouter quelques poufs : « Recouverts de tapisserie façon "reine Mathilde", dit-elle, pour respecter la normanditude. »

Vers 19 heures, Marie-Charlotte et JB parlèrent vaguement de rentrer, mais Catherine les retint pour « une dînette » constituée des reliefs du barbecue. Denise avait dressé un véritable buffet dans la cuisine. On n'en viendrait même pas à bout. Pendant que chacun se servait, Pierre sortit quelques instants. Il appela Sylve qui se préparait à sonner. Il se précipita pour lui ouvrir le portail et récupérer discrètement le carton à dessin. Pendant qu'elle se garait, il courut dans le pavillon et cacha le carton derrière les transats et les ballons. Il rejoignit la jeune femme et la fit entrer.

« Voilà Sylve ! », dit-il d'un ton enjoué. Catherine masqua son agacement derrière un sourire officiel :

« Quelle surprise !

— Bonsoir… répondit Sylve, gauchement.

— Vous avez trouvé facilement ? Vous n'étiez jamais venue…

— Mais je… j'ai une maison tout à côté, vous savez bien, la fermette à colombages.

— Ah oui, c'est vrai ! j'oublie toujours que c'est habitable.

— J'ai invité Sylve à boire un verre, dit Pierre en haussant le ton pour faire une annonce, car figurez-vous que nous avons quelque chose à fêter !

— J'espère que nous aussi ! jeta Catherine, mi-figue, mi-raisin.

— Mais tout à fait, reprit Pierre. Nous avons à fêter le premier contrat d'auteur de cette demoiselle, contrat que notre ami Rival vient de lui signer. Modestement, je dois dire que j'ai contribué au succès puisque c'est moi qui ai insisté auprès de Jacques pour qu'il le lise. »

Il y eut un murmure de félicitations dans l'assistance. Pierre tendit un verre à Sylve, on trinqua. Il faisait plus frais et, au grand soulagement du maître de maison, personne ne proposa de dîner dehors. À aucun moment il n'avait oublié son rendez-vous avec Mathilde : bavardant avec Philippe, nageant avec JB, plaisantant avec Griotte, tout l'après-midi il n'avait pensé qu'à retrouver Mathilde dans le pavillon. Il faudrait être prudent, mais le risque ajoutait évidemment au plaisir, et Pierre comptait bien qu'ils ne passeraient pas leur temps à parler. Au fil des heures, son excitation montait et son désir se précisait. À 20 h 30, après avoir salué Sylve qui ne s'était pas attardée, il ne tenait plus en place.

« Bon sang, dit-il brusquement, je n'ai plus de cigarettes, et demain c'est férié. Je fais un saut à Deauville.

— Bonne idée, dit Philippe, je t'accompagne.

— Non. » Pierre avait répondu trop brutalement, il se mit à rire pour se rattraper. « Je te connais, on s'arrête pour boire un coup et on repart trois heures plus tard ! Non, non. Je fais un saut en cinq minutes. »

Et avant que quiconque ait pu enchaîner, il se précipita dans le hall. Il savait que Catherine allait trouver son comportement étrange mais il ne pouvait plus contrôler son impatience. Cet imbécile de Philippe pouvait tout compromettre. Il démarra posément, se forçant à rouler au pas, et une fois le portail franchi, il maintint une allure de croisière jusqu'au bois. Il se gara hors du sentier, utilisant pour la première fois la spécificité du 434, et revint en courant. La petite porte ne grinçait pas, et personne n'était en vue. Il longea les murs à couvert sous les feuillages et parvint au pavillon, qu'on ne voyait pas de la maison. Dans l'ombre, Mathilde était assise, immobile. Elle se leva quand il entra et l'enlaça avec emportement. Il vit qu'elle avait assemblé par terre les coussins des transats en un grand lit.

Catherine dissimulait son émotion douloureusement. Elle tentait de s'intéresser aux propos de ses amies mais elle ne pouvait s'empêcher de revoir inlassablement le visage de Pierre se débarrassant de Philippe, l'exclamation qu'il avait eue, la précipitation de son départ.

« Tu ne crois pas, Catherine ? »

Marie-Charlotte, Viviane et Griotte la regardaient, interrogatives.

« Griotte se demandait si un dress-code ne serait pas une idée originale pour ta soirée ? demanda Maricha.

— Qu'est-ce que tu veux dire, rétorqua Catherine, tous en blanc, comme chez Barclay ?

— Vu la déco de Griotte, s'exclama Viviane en se servant son énième verre, je dirais "tous en courge" ! ». Toutes les trois s'esclaffèrent, mais la maîtresse des lieux sourit à peine.

« C'est trop tard pour un dress-code, les invitations sont parties depuis des semaines. Et puis ça fait plouc.

— Merci ! dit Griotte. Si c'est comme ça que tu me remontes le moral.

— Pourquoi, ton moral est en baisse ?

— Décidément, tu n'écoutes rien ! s'exclama la sculptrice. Je viens de dire que j'ai reçu un message du maraîcher : mon plan courgette est à l'eau.

— C'est-à-dire ?

— Eh bien, pour ta déco j'avais trouvé un très bon plan : un surplus de courgettes espagnoles boycottées par les agriculteurs. Un fabricant du coin devait les récupérer pour créer un nouveau produit : le thé à la courgette. »

Les trois femmes grimacèrent. Instinctivement, elles tendirent toutes leur verre à Viviane qui les resservit généreusement. Griotte poursuivit :

« C'était idéal pour moi, il s'arrêtait en route et je choisissais les plus beaux spécimens. De quoi te faire un truc somptueux et garder quelques beautés pour mes sculptures. Mais le type ne veut plus fabriquer de thé à la courgette. Il a fait une rapide étude de marché : ça n'est pas un produit d'avenir.

— Tu me surprends ! lança Maricha.

— Et tu ne peux pas acheter la cargaison ? Trop cher ?

— Le problème, ça n'est pas le prix, c'est la quantité : dix tonnes de courgettes ! Et qui pourrissent rapidement.

— Bien sûr, bien sûr », dit Catherine distraitement. Elle venait de penser à un détail : Sylve était partie juste avant Pierre. Bien sûr, bien sûr…

Elle se leva et entra dans la cuisine, sans but. Elle venait grappiller quelques minutes de solitude. Par la porte-fenêtre, elle vit la nuit pleine d'étoiles. Une petite brise agitait les branches et les fleurs se détachaient, presque phosphorescentes sur les feuillages noirs. Viviane entra sans bruit.

« Tu as une belle maison », dit-elle doucement.

C'était dérisoire. Elle eut pitié de Catherine : elle, Viviane, s'incrustait dans cette campagne. Mais elle avait des enfants aimants et bientôt un petit-fils, elle avait un mari complice, confiant, elle avait des amis, des projets, des engouements. Il n'était pas difficile de trouver dans ce fouillis de vie une consolation ou une autre. Mais pour Catherine, il ne lui venait qu'une phrase : tu as une belle maison. Pathétique. Résolument, elle ouvrit la porte-fenêtre et invita son amie à sortir.

« Viens voir comme il fait doux. »

Catherine fit un maigre sourire.

« Je te rappelle qu'on n'a pas essayé les bougies. Allons-y ! lança Viviane avec un enthousiasme où se mêlaient à part égale un élan d'amitié et un abus de bordeaux. Ça va être magnifique ! »

Elles partirent toutes les deux dans la nuit en direction de la piscine. Elles avaient acheté la veille une kyrielle de chandelles rondes comme des galets, placées dans des coupelles de céramique japonaises. Les unes et les autres variaient du gris au caramel, dans un camaïeu de teintes naturelles rappelant le bois, la pierre, la terre. D'autres coupelles, de cèdre et de citronnier, étaient destinées à voguer. Les bougies se dédoubleraient sur l'eau brune. Les deux amies cherchèrent les meilleurs effets autour de la piscine, posant les coupelles sur les murets, ou près de l'eau, déplaçant, décalant, inscrivant sur le paysage d'encre des taches de lumière dansantes.

Dans le pavillon clos, tout était sombre.

Dans la maison, Jean-Bernard avait allumé la télévision du petit salon et somnolait.

« Ah merde ! s'exclama Philippe, j'en étais sûr : moi non plus j'ai plus de cigarettes.

— Pierre va en ramener, dit mollement JB du fond de son fauteuil club.

— Non, j'ai horreur des siennes, je ne fume que des mentholées.

— Berk, fit Marie-Charlotte, toi, tu es le genre de type à boire du thé à la courgette.

— Du thé à la courgette, ça existe ? demanda son mari avec un rictus de dégoût.

— Si ça se trouve, c'est pas mauvais ! déclara Philippe. Où peut-on en trouver ? J'essaierais bien, moi. »

Il s'empara de son téléphone portable et commença à composer un numéro.

« Ça ne m'étonne pas, soupira Maricha. N'appelle personne : ça n'existe pas encore.

— J'appelle Pierre, rectifia Philippe, son portable collé à l'oreille, sinon, je peux faire une croix sur mes clopes. »

Pierre et Mathilde, à moitié nus, mettaient largement à profit l'élasticité des bouées et des frites en mousse. Ils avaient entendu Catherine et Viviane, s'étaient interrompus un instant, mais leur désir était trop dévorant pour prendre en compte le danger. La proximité de leurs corps, leurs odeurs mêlées, l'obscurité et le silence pimentaient la situation. Ils oublièrent rapidement toute prudence. C'est au milieu d'une posture particulièrement périlleuse que la sonnerie du téléphone de Pierre retentit, assourdissante.

Viviane et Catherine se figèrent, statues porteuses de lumière, au bord de la piscine. D'un même élan, elles se tournèrent vers le pavillon. Catherine posa ses bougies et marcha vers la porte. Viviane la retint. En chuchotant elle jeta :

« N'y va pas. »

Sur le même ton, Catherine répondit sèchement :

« J'ai reconnu le portable de Pierre. C'est lui, laisse-moi.

— Non ! » Viviane la retenait fermement. « Et si ça n'est pas lui, si c'est… un rôdeur, un voleur…

— Ne sois pas stupide, ça suffit ! » Catherine haussa le ton. Une branche craqua dans la nuit.

« Lâche-moi, reprit-elle plus calmement, de toute façon, je préfère que les choses soient claires. »

D'un pas déterminé, elle entra dans le pavillon et alluma le plafonnier. Vide. Sur un appui de fenêtre brillait le téléphone de Pierre. Un instant Catherine fut soulagée. Puis elle remarqua les coussins éparpillés sur le sol et la porte du fond entrouverte. Regardant autour d'elle, elle vit dépasser un objet inhabituel derrière les transats. Elle fouilla pour le dégager et le reconnut immédiatement : c'était le carton à dessin de Sylve. Elle le replaça.

« Eh bien voilà ! lança Viviane, il a oublié son portable cet après-midi.

— Oui », dit Catherine. Elle prit le téléphone et sortit. Viviane éteignit, verrouilla les portes.

« Tu as fermé la porte du fond ? demanda Catherine, sans la regarder.

— Bien sûr », murmura Viviane.

Elles ne dirent plus un mot jusqu'à la maison.

« Ça va ? » demanda Marie-Charlotte en les voyant entrer. Viviane lui jeta un coup d'œil rapide. Elle n'ajouta rien.

« Ça va, répondit Catherine en se servant un whisky. Les bougies sont parfaites.

— Au moins ça ! s'exclama Griotte.

— Au fait, enchaîna Catherine, je viens d'avoir une idée pour ta cargaison de courgettes. Je vais les acheter et je vais te dire où les livrer.

— Oh là, Cat, tu es sûre que tu vois bien ce que ça représente, dix tonnes de courgettes ?

— Ne t'inquiète pas », répondit son amie en souriant. Elle reprit en la regardant droit dans les yeux : « Mais s'il te plaît, ne pose pas de question.

— D'accord, d'accord », fit Griotte.

Viviane, qui avait deviné son amie, fut saisie d'une hilarité soudaine.

Pendant cet éclat de rire, Pierre entra et alla tout droit s'affaler dans un fauteuil :

« Qu'est-ce qui se passe ici ? demanda-t-il.

— Je ne sais pas, soupira Maricha : on ne me raconte rien.

— Tu as mes clopes ? s'enquit Philippe.

— Ah non… Je ne savais pas que tu en voulais.

— Mais je t'ai laissé un message ! »

Catherine tendit le téléphone à son mari :

« Tu as oublié ton portable dans le pool-house.

— Ah oui… Quand je me suis baigné cet après-midi.

— Tu n'en as pas eu besoin depuis ?
— Tu sais bien que le week-end j'évite de m'en servir.
— Pourquoi ne pas l'avoir laissé à la maison alors ? Pourquoi l'emporter pour te baigner ?
— Je l'emporte partout, tu le sais bien. C'est le syndrome du chef d'entreprise, je ne parviens pas à m'en séparer.
— C'est comme moi ! dit Philippe qui, sans comprendre d'où venait la tension, l'avait perçue. Je suis incapable de couper le cordon. Et pourtant, le portable est sans fil ! »
Personne ne réagit. Pierre enchaîna :
« C'est vrai, moi aussi. C'est un réflexe. Je ne le sors de ma poche que quand... » Il hésita.
« Quand tu te déshabilles ? interrogea vivement Catherine.
— Oui, dit Pierre en la regardant fixement.
Catherine, muette, battit des paupières. Les autres cherchèrent désespérément quelque chose à dire, mais il semblait que les sujets de conversation avaient brusquement déserté la planète.
« Bien sûr quand je me déshabille ! Et tu crois que j'y suis allé comment dans cette piscine ? En jean ? »
Catherine ne répondit pas. Un ange passait, Marie-Charlotte l'attrapa au vol :
« Donc ça sera beau, ces bougies ?
— Ah ! vous avez essayé les bougies ? », demanda Pierre avec candeur. Il regardait son épouse sans ciller. Ses yeux bleus étaient limpides.
« Oui, pendant que tu n'étais pas là, ajouta Viviane. On n'a pas testé celles qui flottent, mais les autres sont très bien.
— Les flottantes seront belles aussi, dit Catherine.
— Comment peux-tu en être certaine ? s'exclama Philippe. Vous ne les avez même pas vues.
— Oh tu sais, répondit doucement Catherine en regardant Pierre, il y a des choses comme ça : on n'a pas besoin de les voir pour savoir. »

*
* *

Message de : françoise.rival@club-internet.fr

« Chère Catherine,

« Bien sûr, nous serons là samedi prochain pour votre petite fête. Jacques me demande si vous disposez d'un endroit où nous pourrions atterrir ? Nous avons la garden-party de Camilla en début d'après-midi, mais, après tout, d'un coup d'hélico… ! Nous avons juste un peu d'eau à survoler pour venir boire une coupe chez vous !

« Dites-moi vite où se situe votre aire.

« Bien à vous,

« Françoise. »

Message de : catherine.dartois@wanadoo.fr.

« Chère Françoise,

« Je sais que vous ne manquez pas d'aire, mais nous, hélas, nous en manquons. Je vous propose donc d'atterrir sur l'aérodrome le plus proche (vous trouverez le plan en pièce jointe), et dès que vous serez posés, nous enverrons quelqu'un pour vous récupérer. Nous utilisons ici un véhicule qui ne vole pas, mais qui est assez commode aussi, vous verrez (les indigènes appellent ça « une voiture »). Bonjour à Camilla, dites-lui bien que je n'oublie pas de lui envoyer la recette de confiture de capucine que je lui ai promise lors de notre dernier dîner.

« Bien à vous,

« Catherine. »

Vendredi 3 juin

Tournant à droite dans l'avenue Marcel-Proust, Pierre fila sur le boulevard des Diablotins. Il avait confié les aquarelles de Sylve à une boutique d'encadrement de Cabourg afin d'être certain que Catherine ne les découvrirait pas. Elle parcourait Deauville et Trouville en permanence, toujours à la recherche d'un élément crucial pour la fête. Impossible de ne pas l'y croiser par hasard.

Sur les trottoirs, des grappes de Cabouriens du week-end remontaient le boulevard vers la mer. Les enfants coiffés de chapeaux ou de casquettes sages, les petites filles blondes sautillant dans leurs robes trop longues et leurs sandales de cuir blanc ajourées. Les mères allaient par groupes de deux ou trois, accrochées aux poussettes, dans des chemisiers pastel aux manches retroussées, cols relevés soulignant les coupes au carré, et leurs jupes au genou ombraient leurs tennis blanches ou leurs sandales fauves. Tout était pratique, sobre, confortable, et tout respirait l'aisance. Rien de voyant et rien d'original. Du vert foncé, du pervenche et du rose, et surtout du bleu marine, souvent rayé de blanc, preuve qu'un bord de mer se trouvait bien dans les parages. Les maris étaient au bar du golf et les aînés au centre équestre, tramant des sorties nocturnes. Pierre eut dix fois l'impression de retrouver des connaissances : il s'agissait de ressemblances. Le clonage social.

Au coin du boulevard et de la rue de l'Aquilon, il passa près du « clos Mathilde ». Il descendit, troublé, devant la boutique d'encadrement, et reprit ses aquarelles. Elles étaient magnifiques. Le commerçant lui en fit la remarque et demanda les coordonnées de l'artiste. Pourquoi Sylve ne s'engageait-elle pas franchement dans cette voie plutôt que d'écrire des scénarios de midinette ? Mais pourquoi lui ne s'engageait-il pas dans la voie de la fidélité au lieu d'accumuler les aventures, et pourquoi ne se montrait-il pas plus circonspect dans le choix de ses conquêtes ? Il claqua la portière et disposa les cadres emballés sous une couverture à l'arrière. Il allait rompre avec Mathilde. L'amitié des parents (Maricha devait être bien distraite en ce moment pour n'avoir rien remarqué !), la jeunesse embarrassante de la fille (trois ans de plus que la sienne) et sa fragilité (taux de suicides effarant chez les jeunes !), tout cela commençait à ennuyer

Pierre. L'affaire allait tourner au gros souci, et le velouté de la peau de Mathilde ne compensait plus les tracas d'agenda. Il résolut d'attendre le lendemain de la fête pour le lui dire. Parcourant les rues en étoile de Cabourg, il s'arrêta devant le Grand Hôtel et décida d'y boire un verre avant de rentrer. Le bar feutré abritait au moins trois de ses confrères parisiens, voisins de villégiature. Ils commandèrent des cocktails en discutant mollement boulot. Au loin, sur la plage, les femmes en maillot Érès séchaient les petits en culottes Bonpoint dans d'immenses draps de bain Descamps. On était encore loin des produits du commerce équitable.

*

* *

Sylve arriva le vendredi matin, et, dès que le taxi eut longé la ferme de Maurice, elle les vit. De loin, elle n'était pas parvenue à décrypter la masse sombre qui obstruait son entrée. Une sorte de colline vert foncé devant sa grille… Non, derrière sa grille ? Des cailloux, non, des feuilles, non des… des courgettes ? Une montagne de courgettes devant sa porte ? Le taxi secoua la tête en silence. « Une sacrée ratatouille que vous allez faire… » Sylve ne répondit pas. Elle paya et sortit, demeurant immobile devant l'immense tas de légumes vernis. Sa porte d'entrée demeurait inaccessible et l'une des fenêtres était entièrement cachée. Il y en avait plusieurs tonnes. Sylve était abasourdie et en même temps séduite par l'aspect surréaliste de la situation. Cependant restait la question fondamentale : qu'est-ce que foutait là ce Chéops de la courgette ?

« Vous, quand vous décidez de faire un potager, c'est rentable tout de suite ! »

C'était Maurice qui était entré dans le jardin. Bloqué par les légumes, le portail ne fermait plus.

« Vous êtes au courant ? demanda la jeune femme.

— Au courant de quoi ?

— De ça ! dit-elle en montrant les courgettes.

— Ah non ! Il y avait une amie à vous le matin de la livraison. C'était mardi, très tôt. Sur le coup de 6 heures... C'était pas une amie à vous ?

— Ah non, Maurice. Je ne sais pas qui c'était... mais pas une amie. »

Michel aurait-il pu se livrer à cette vengeance mesquine ? Renvoyer ses vêtements chez ses parents n'avait pas été très élégant, mais ce genre de représailles ne lui ressemblait pas. Il était bien trop banal.

« Si vous voulez, je vous donne un coup de main avec mes gars : à nous tous, on peut au moins dégager votre porte. »

Ils partirent ensemble vers la ferme. Sylve emporta un grand sac de courgettes pour Christiane, que Maurice regarda avec un sourire contraint : il détestait les courgettes.

Au bout du village, dans le garage du Pressoir, Griotte reposait avec soulagement son dernier tamis. Plusieurs courgettes, entièrement couvertes de peinture acrylique blanche, s'égouttaient sur le fond grillagé. La peinture coulait sur le papier journal dont le sol était entièrement tapissé. Déjà sèche, une centaine de légumes peints reposaient en ligne près du mur. Blanc, beige, chocolat ou gris, ils formaient un étrange camaïeu sur lequel tranchaient quelques spécimens d'un tendre pistache. Griotte posa ses dernières créations sur une planche et sortit les déposer dans le parc. Plusieurs planches attendaient déjà sous les arbres, avec leurs étranges légumes bien alignés. Catherine et Griotte observaient leur récolte lorsque André se matérialisa près d'elles :

« Bonjours mesdames, la porte était ouverte, je suis entré... »

Après avoir sursauté, les deux femmes saluèrent d'un sourire forcé.

« Alors, dit Dédé d'un ton goguenard en broyant la main de Catherine, on fait sécher ses godemichés ? »

Consternées, les deux femmes le regardèrent sans un mot.

« OK, OK, pardon, reprit-il en faisant mine de s'excuser, je sais, c'est très lourd mais franchement, avouez qu'on ne peut pas ne pas y penser, non ? »

D'un même mouvement, les deux femmes se tournèrent vers l'alignement des courgettes. Des dizaines de légumes oblongs luisaient, dans leur tranquille obscénité. Catherine se tourna de nouveau vers André. Avant qu'elle ouvre la bouche, il avait déjà enchaîné :

« Je voulais vous demander un petit service, entre voisins : demain, à votre petite boum là, ça m'arrangerait de pouvoir amener une relation, c'est un type avec qui je suis en affaire. C'est un commercial de chez Tupperware. Tout ce qu'il y a de plus business. Sérieux, chiant et tout.

« Vous amenez qui vous voulez, dit froidement Catherine. Mais c'est demain.

— OK, message reçu : je débarrasse le plancher. » Il s'éloigna et, désignant les courges d'un mouvement de tête, il ajouta avec un clin d'œil : « Bonne continuation ! »

Griotte se mit à rire.

« C'est un numéro ton voisin, je ne l'avais jamais vu…

— Ne m'en parle pas, c'est une plaie d'avoir ces gens dans son entourage. »

Griotte alluma une cigarette. Catherine, les yeux vagues, demanda soudain :

« Tu crois que quelqu'un va y penser à… ce qu'il vient de dire ?

— Je ne sais pas, répondit Griotte en souriant. Mais tu sais que c'est très chic : Chantal Thomas elle-même a ouvert une boutique de…

— Tu n'y penses pas ! l'interrompit Catherine. S'il y a le moindre risque de… de ce genre d'association d'idées, on se débarrasse de tout.

— Je te garantis qu'il n'y a aucun risque. Ce sera un décor très élégant, champêtre et chic.

— J'espère », murmura Catherine.

La sculptrice écrasa sa cigarette en soupirant discrètement. Après cette foutue fête, elle espacerait ses visites. Griotte se sentait un tempérament d'artiste, bien loin des grands bourgeois du Pressoir. On a beau être fille de ministre et femme d'avocat, se dit-elle, on peut tout à fait avoir une sensibilité d'écorchée vive.

*

* *

Enfin, LE samedi matin arriva. Ainsi que l'avait annoncé la météo, consultée par Catherine de façon compulsive, il faisait un temps de début d'été, ABSOLUMENT RADIEUX. La température était exquise, chaude et enveloppante, le soleil répandait une lumière qui mettait en valeur chaque plantation et chaque détail d'architecture.

Les camions du traiteur arrivèrent dès l'aube. En quelques heures, deux tentes de toile blanche furent dressées et des tables individuelles installées sous les arbres. Denise dirigeait une équipe de petites mains chargées des derniers soins du ménage, les serviettes de toilette et les savonnettes, les attentions diverses et les charmants détails des maîtresses de maison vigilantes. De fines guirlandes lumineuses étaient suspendues le long des allées du parc, d'arbre en arbre. On installait des systèmes de sonorisation dans des voûtes de verdure aménagées à l'écart. Denise veillait à tout, préparait les encas pour les musiciens qui débarqueraient plus tard, répondait à toutes les questions, prévoyait l'imprévu. En début d'après-midi, Catherine fit le tour de la maison et du parc, veillant à tout, et elle découvrit avec joie le travail de Griotte. Celle-ci avait installé des arrangements artistiques à base de courgettes et de branchages, peints dans les mêmes teintes, éclairés par des bougies. Elle avait sculpté au couteau chacun des légumes, inscrivant des poèmes chinois, tibétains, japonais sur les écorces teintées. « Somptueux », s'émerveilla Catherine, soulagée de constater que seul un esprit pervers comme Dédé pourrait avoir de mauvaises pensées en observant les décors.

Elle prit un bain et enfila des dessous gentiment coquins, avec un sourire triste car elle ne comptait séduire personne. Elle savait déjà que la réception serait une réussite. Très peu d'invités avaient décliné l'invitation, c'était bon signe : le rendez-vous était attendu. Bruno et Vanessa, le coiffeur et la maquilleuse qu'elle avait fait venir de Paris, furent là à temps pour la distraire de l'amertume qui l'envahissait. La fête serait parfaite comme la maison l'était, comme la piscine, comme sa fille, étudiante modèle à l'université de Berkeley, comme sa robe, sa voiture, son mari. Comme sa vie. Implacablement parfaite.

Bruno et Vanessa lui racontèrent les derniers potins de la jet-set, tout ce qu'ils avaient glané auprès de leurs riches clientes des palaces. Elle rit et se réjouit de leurs traits d'esprit, impitoyables. Elle venait d'enfiler sa robe, une petite merveille vintage de chez Balenciaga que sa mère lui avait léguée, lorsque Pierre entra dans la chambre, deux coupes de champagne à la main. Bruno et Vanessa s'éclipsèrent discrètement.

« Ma chérie, tu es ravissante », dit Pierre, sincèrement admiratif. Il l'enlaça tendrement. Elle recula.

« Je t'en prie, c'est de la soie : ça marque. »

Pierre lui tendit sa coupe et, légèrement emphatique, souleva la sienne :

« Chérie, j'ai quelque chose à t'avouer.

— Tu es certain que c'est le moment, Pierre ?

— Absolument certain. Mais il faut que tu me suives. »

Catherine ne parvenait pas à croire qu'il allait lui avouer pour Sylve. Pas ce soir. Pierre pouvait être un salaud, mais il ne gâcherait jamais une réception avec des aveux intempestifs. Et pourtant, quoi d'autre ? Une surprise pour son anniversaire qui, en effet, avait lieu ces jours-ci ? Elle pensait lui avoir fait comprendre le mauvais goût de ce genre de sensiblerie. Ils descendirent jusqu'au petit salon. On entendait l'orchestre s'accorder et le froissement de sa robe de soie qui glissait sur les marches. Au pied de l'escalier, sur ses escarpins Louboutin, Catherine vacilla un instant. Quatre aquarelles rehaussaient la cheminée. Délicatement mises en valeur par un cadre baroque, elles étaient remarquables. Catherine reconnut quatre points de vue du Pressoir. Elle fut charmée à son tour par la force et le mystère qui se dégageaient des tableaux. Elle se tourna vers Pierre, sans voix.

« Je sais que tu détestes qu'on te rappelle ton anniversaire, donc... c'est juste un cadeau pour te remercier de tout ce que tu fais pour cette maison. Toute l'énergie que tu y as mise, le talent, la patience... J'ai eu envie de t'offrir quelque chose qui serait lié à tout cela. »

Catherine, émue, observait les aquarelles de près. Elles étaient vraiment très bonnes. L'orchestre au loin attaqua une samba.

« En fait, reprit Pierre, j'en ai eu l'idée tout à coup, en discutant avec quelqu'un que tu connais... » Il faisait durer le plaisir. Il sourit : « Car tu connais l'auteur ! Cherche un peu... »

Catherine se sentait face à un puzzle. Elle tenait les pièces dans ses mains mais ne distinguait pas encore le motif entier. La pièce concernant l'auteur, en toute logique, était évidente :

« La petite Sylve ?

— Bravo ! Bien sûr, Sylve ! » Il devint exubérant. « Figure-toi que ça n'a pas été simple de mettre l'affaire en route : je l'ai fait entrer clandestinement dans la maison, pour repérer les meilleurs endroits, je l'ai rencontrée en cachette, on se serait cru dans une pièce de boulevard ! Et le pire, c'est la récupération des œuvres : elle a dû tout planquer dans le pavillon ! On a tremblé, tu sais ! »

Il riait, prit sa femme dans ses bras. Le motif du puzzle se dévoilait, réconfortant : « Mise en scène pour une surprise, d'un mari aimant à sa femme choyée. » Un immense soulagement envahit Catherine. Tout s'expliquait simplement. Son cynisme naturel résistait, mais l'espoir était plus fort. Ses yeux se remplirent de larmes. Pierre la regarda et fut frappé de son émotion. Décidément, son épouse était plus sensible qu'elle voulait le laisser voir.

Les premiers carillons, à l'entrée du parc, mirent fin à leur tête-à-tête. Ils s'embrassèrent sans fougue mais avec chaleur. Les partenaires qu'ils étaient allaient gérer ensemble leur challenge du moment : réussir la soirée.

Les invités se pressèrent dès le début. On fut tout de suite nombreux, on fut tout de suite gai. Certains profitèrent des derniers rayons du soleil pour se baigner, et il s'instaura alors un curieux mélange de genres, les tenues de soirée les plus sophistiquées croisant les maillots de bain dans une ambiance légère et électrique. Les buffets, savoureux, étaient pillés régulièrement, et étaient régulièrement garnis. On ne dansait pas, mais la musique flottait comme un parfum, soulignant toutes les conversations d'un contrepoint délicat.

Assez tôt, les Varanche s'annoncèrent. Marie-Charlotte et Jean-Bernard étaient seuls, Mathilde devant les rejoindre plus tard. « Tant pis », se dit Pierre. À mesure que la proximité de Mathilde se précisait, sa décision s'émoussait. Il se promettait un ou deux baisers volés dans les bosquets. Plus, peut-être, s'il parvenait à s'enfuir quelques instants. Juste pour ce soir. Demain, il mettrait de l'ordre.

Maricha salua ses amis et chercha André du regard. Elle flâna de groupe en groupe, frôlant les invités sans les voir, souriante et distraite, jetant une phrase insipide par-ci par-là. Mais personne ne le remarqua, car chacun procédait de même : élire un interlocuteur, c'était se priver de tous les autres ! Sans relâche, le regard de chacun balayait l'assemblée pour le cas, toujours envisageable, où l'on repérait un interlocuteur plus intéressant. Ainsi les invités se parlaient sans se regarder et se séparaient de même, chacun sachant gré à ceux qu'ils quittaient de comprendre qu'ils avaient trouvé mieux. Et réciproquement.

Lorsque Dédé arriva, Maricha le vit immédiatement. Il était accompagné d'un jeune homme raide et grisâtre, manifestement ébloui par l'assemblée. Le jeune homme (Benoît Marquel, directeur de projet chez Tupperware France) repéra plusieurs animateurs de télévision, quelques acteurs, une poignée d'actrices, une demi-douzaine d'écrivains, et autant d'hommes politiques. Il ne repéra pas, c'est dommage, deux pianistes admirables, un poète bouleversant et trois acteurs magnifiques, lesquels étaient les seuls talentueux mais aussi les moins médiatiques. Le jeune homme était ravi. Il afficha donc un visage dédaigneux qui lui sembla correspondre à l'attitude adéquate du garçon blasé. Dédé, quant à lui, n'était ni ravi ni blasé, il était inquiet. Il avait reçu Marquel tout seul. Il était entendu que Nathalie serait là, et, connaissant sa passion pour le fabricant, André avait même redouté sa trop grande implication. Il s'agissait de faire faire à Benoît le tour du propriétaire en lui expliquant comment les forces mythiques et religieuses pouvaient s'allier dans un réceptacle à la gloire de la crédulité et du silicone réunis. Or Nathalie n'avait pas paru de toute la soirée. Elle avait envoyé un texto énigmatique, précisant qu'elle arriverait le soir avec une bonne nouvelle.

En attendant, Dédé avait rempli son office, mais Benoît ne semblait pas converti. Il était resté vague sur les intentions de sa maison mère, vague sur sa propre opinion, vague sur la faisabilité. Dédé se sentait vaguement floué. Il remarqua tout de même Griotte à portée de voix et s'apprêtait à la féliciter pour la mise en valeur artistique des godemichés bio, car il était taquin, lorsque Nathalie fit son entrée. Elle était lumineuse. Elle n'avait pas pris la peine de se changer et portait la robe qu'elle avait le matin même, semée de roses rouges. Son teint était velouté, ses joues colorées et ses yeux rieurs. Elle se précipita vers son mari au moment même où celui-ci était rejoint par Marquel. Avant de se jeter dans les bras de Dédé, Nathalie s'exclama : « Elle m'a exaucée ! On va avoir un bébé ! » Autour d'eux, plusieurs convives se retournèrent, amusés. C'était charmant. Dédé resta immobile, sa femme trépignant dans ses bras. Elle jetait des « Tu te rends compte ! », des « J'osais pas y croire », des « J'ai tellement prié ! Elle m'a entendu ». Marquel les observait, immobile. Dédé sortit de sa stupeur :

« T'en es certaine ?

— Bien sûr, j'ai attendu au laboratoire, je leur ai cassé les bonbons (tu me connais quand je m'y mets), j'ai dit : je ne pars pas tant que j'ai pas le résultat. À 20 heures je l'ai eu ! J'ai pris le premier TGV pour Deauville et me voilà. Enfin... nous voilà ! », dit-elle en posant une main sur son ventre.

André était peu à peu gagné par l'émotion de son épouse. Il sentait le bonheur tout près, encore maintenu à distance par son scepticisme naturel. Que la bonne sainte Cécile puisse réussir là où la médecine avait échoué, ça le titillait, le Dédé. Mais Nathalie était si heureuse qu'il repoussa ses doutes.

« Bonjour, monsieur », dit Nathalie en tendant la main à Marquel. Dédé fit les présentations. Nathalie poussa des « oh » et des « ah », redit que décidément c'était le plus beau jour de sa vie. Ils se mirent à évoquer ensemble la maison Tupperware, les articles et les gammes, Benoît Marquel se révélant un admirateur aussi fervent que l'était Nini elle-même. Ils s'affrontèrent bientôt amicalement autour des mérites comparés du beurrier en plastique dur de 1967 et de sa version améliorée.

« 1981, vous vous souvenez de l'événement ? jeta Marquel à Dédé.

— Ben... la gauche au pouvoir ? suggéra Bigos, mollement.

— Oui, évidemment, répondit Benoît en balayant de la main cet infime incident. Mais c'est surtout... ? » Il regardait Nathalie.

« La création du beurrier ergonomique !

— Bien sûr ! applaudit le jeune homme. On n'a pas fait mieux, même avec le couvercle étanche. »

Dédé s'éclipsa vers le buffet. Il venait d'apercevoir Maricha. Ils se sourirent de loin. Il aimait bien la voir en jogging, mais il appréciait aussi beaucoup son « déguisement de comtesse », ainsi qu'elle le désignait elle-même. Celui-ci comprenait une robe de soirée impitoyablement classique, un chignon, un rouge à lèvres pimpant, trop de bijoux, et un mari en Lanvin.

« Comment allez-vous ? demanda Marie-Charlotte de Varanche de Beaumont à Dédé Bigos, son amant.

— Ça roule », répondit-il vaguement. Il venait de se rendre compte que sa paternité miraculeuse allait modifier leurs relations.

« Ah ! s'exclama Jean-Bernard qui sortait d'un bosquet. Voilà l'heureux papa ! »

Marie-Charlotte se figea.

« Les nouvelles vont vite, remarqua Dédé, se demandant si JB était aussi innocent qu'il y paraissait.

— J'étais près de vous quand l'heureuse maman est arrivée. Elle était radieuse. » Il se tourna vers Maricha : « Tu as raté quelque chose, chérie, elle faisait plaisir à voir.

— Oui, c'est sûr, dit Maricha, j'ai dû rater quelque chose.

— Je viens de l'apprendre, coupa André. En même temps que vous, ajouta-t-il en se tournant vers JB.

— La maman est persuadée que c'est un miracle ! précisa Jean-Bernard en se tournant vers sa femme. C'est touchant, non ?

— Je suis certaine que vous avez su aider sainte Cécile, fit remarquer Maricha à Bigos. “Aide-toi, le ciel t'aidera”, c'est une chose qu'on dit beaucoup dans votre milieu. »

JB eut un léger sursaut :

« Chérie… »

Il sourit avec gêne. Dédé but une gorgée de champagne.

« Vous avez raison, Madame la comtesse, dit André. On dit aussi “Faut pas péter plus haut que son cul”. Qui veut dire qu'il vaut mieux rester avec ses potes que fréquenter les gens de la haute. On dit des tas de trucs dans mon milieu. D'ailleurs, j'y retourne. »

Il salua vaguement avec sa coupe et s'éloigna dans la foule. Maricha haussa les épaules avec dédain. JB ricana :

« Tu y es allée un peu fort, mais au fond je suis comme toi : ces gens m'insupportent avec leur crédulité. Autant d'obscurantisme au XXIe siècle… » Il soupira en secouant la tête.

« Oh je t'en prie, jeta Maria-Charlotte avec hauteur : je te rappelle que tu croyais fermement accéder à un statut supérieur juste en épousant une femme dont un ancêtre s'est fait chier dans les croisades de Saint Louis. Si ça n'est pas de la crédulité, ça ! »

Elle tourna les talons et s'engouffra dans la maison. Jean-Bernard n'eut pas le temps d'être vexé : il venait d'apercevoir le préfet, qu'il n'avait pas encore salué.

Griotte, vêtue d'une robe de tulle aux couleurs de ses créations, remplit son agenda électronique de coordonnées de futurs clients. La décoration et les trois œuvres majeures acquises par Catherine avaient un succès fou. Elle était une des reines de la fête. Étourdie, un peu grise, elle décida de savourer son succès au calme. Elle sortit du parc avec ses cigarettes et prit la petite route vers la Fermette pour faire un brin de promenade.

Entrant dans le salon, Marie-Charlotte entendit le rire de Catherine. La maîtresse de maison, sans cesser de recevoir des hommages et des félicitations de tous les nouveaux arrivants, menait une conversation nourrie avec Sylve. Catherine était belle joueuse. Dès que la jeune femme était apparue, elle était allée vers elle pour la féliciter de ses aquarelles. Avec élégance, elle lui fit comprendre sa méprise et sa vengeance. Avec élégance,

Sylve ne dit rien de ce qu'elle savait. Elles se séparèrent très gaies. La jeune femme traversa la terrasse, grignota des douceurs et salua quelques personnes. Mais elle connaissait peu de monde, Pierre était invisible, elle se sentit vite désemparée. Décidant que l'assemblée était trop superficielle et les mets pas assez bio, elle s'éclipsa pour aller rêver chez elle au plaisir du succès qui l'attendait. Car Jacques Rival lui ferait un pont d'or. Elle avait renoncé à Pierre sans même s'en rendre compte, et on l'aurait sincèrement surprise en lui rappelant à quel point elle était sous son charme quelques semaines auparavant. Elle avait renoncé à Michel tout aussi facilement, regrettant seulement sa gentillesse. « Je regrette aussi, se dit-elle en pensant à son ancien amant, son humeur égale et sa façon d'accepter les choses. » Au fond, comme pour un bon appareil électroménager, elle regrettait sa facilité d'entretien.

Il avait aussi laissé un vide. « Ce serait bon de retomber amoureuse », pensa-t-elle en poussant le portail. Au loin, la colline de courgettes luisait sous la lune. Sylve sursauta. Elle distinguait une tache incandescente : quelqu'un fumait devant le tas de légumes. Elle s'approcha doucement. C'était la sculptrice, Griotte. Elle toussota doucement pour ne pas l'effrayer, mais malgré tout, la visiteuse tressaillit :

« Vous m'avez fait peur ! Pardonnez-moi, je suis entrée, le portail était ouvert…

— Je vous en prie. Je comprends que vous soyez intriguée par cette quantité de courgettes, ce sont des… c'est un malentendu, en fait.

— Ah, dit Griotte qui ne savait pas s'il fallait avouer à quel point elle avait été impliquée dans le "malentendu".

— Elles vont être enlevées. D'ailleurs, vous pourriez peut-être en prendre pour vos… vos œuvres ?

— Merci. Avec plaisir. »

Un silence plana un instant. Sylve eut envie de continuer la conversation. La démarche biologico-artistique de cette femme l'intéressait. Elle proposa un thé dans la maison, Griotte approuva. Lorsqu'elles entrèrent, la sculptrice eut un mouvement de surprise :

« Mais c'est somptueux ! »

Éclairée uniquement par le feu de bois et par le scintillement des guirlandes lumineuses que Sylve avait fait courir tout le long des murs, la Fermette était devenue un lieu étonnant. Des bouquets de bougies étaient disposés partout, et la jeune femme les alluma une à une. Des buissons de lumière tremblaient, illuminant les murs de pierre qui s'étiraient jusqu'à l'enchevêtrement des poutres. Le toit restait dans l'ombre. L'ambiance était féerique. Émue par la beauté du lieu, Griotte s'assit en silence sur des coussins.

« Vous voulez du Tuocha ? demanda Sylve, doucement.

— C'est mon thé préféré », répondit Griotte.

Les deux femmes se sourirent sans bouger. On entendait le bois chanter dans la cheminée.

Au Pressoir, tandis que Pierre cherchait vainement Mathilde, Nathalie avait trouvé son âme sœur. « Une âme : en tout bien tout honneur ! », se disait-elle. Mais avec Benoît, elle s'en payait une tranche. Une tranche de bonheur, de jubilation, de plaisir. Si elle l'avait rencontré plus tôt… enfin, elle, plus tôt, mais lui au même âge (c'était un raisonnement compliqué mais tout à fait compréhensible après quelques coupes de champagne), comment qu'elle te l'aurait séduit ce petit-là ! Et embarqué ! et hop ! ils auraient grimpé ensemble les échelons de la maison Tup (ils en étaient là des raccourcis, c'est dire la connivence !) vers les sommets de la maison française, puis, vers l'international ! Ils étaient raccord sur tous les produits, sur les détails anodins pour les profanes, les gammes de coloris, les noms des designers. Quand enfin ils abordèrent l'affaire qui les réunissait et qui, occultée par le ravissement de leur rencontre, était passée au second plan, Nathalie et Benoît savaient qu'ils ne pourraient plus se mentir. Elle l'entraîna loin de la foule, sous les troènes, et leur parfum sucré acheva de donner à ses confidences un tour exceptionnel. Nathalie raconta sa dévotion pour sainte Cécile, depuis le premier jour. Elle conta la légende avec tous les détails, la première rencontre, le premier bouquet, et comment Pierre avait saisi (dans son innocence de mécréant) que Nathalie était élue. Comment la source avait transité, comment elle avait choyé sa divine invitée, comment enfin ses prières avaient été exaucées. Elle raconta tout. Naturellement, elle ne parla pas de Maurice, car c'était sans rapport. Un instant, lorsqu'elle avait commencé à soupçonner sa grossesse, elle avait repensé à cet écart, le seul en dix ans de mariage. Bien sûr, les dates concordaient d'un point de vue pragmatique. Mais Nathalie priait depuis des mois, offrait des milliers de fleurs, dépensait sans compter son temps et son énergie pour la source. Quand on repassait des chemises avec de l'eau miraculeuse, on ne pouvait pas croire qu'une rencontre furtive et terre à terre dans une étable pouvait rivaliser en efficacité avec une telle somme de ferveur et de foi. En quelques secondes, elle balaya l'incident et n'y repensa jamais. Elle portait l'enfant du miracle.

Derrière Nathalie et Benoît, des silhouettes passaient en couple entre les arbres. C'était l'heure où les complices d'un soir se trouvent au cœur de la fête et fuient les agités qui dansent. Autour de la piscine, sur la terrasse, les rires et la musique se mêlaient. Le champagne perdait du terrain sur les alcools forts, on avait entamé la deuxième partie de la nuit.

Catherine sentit son portable vibrer dans la poche discrète de sa robe. Elle ouvrit le SMS :

« Camilla et sa belle-mère nous retiennent à dîner, impossible refuser. Une autre fois pour une coupette. Sorry.

« Françoise Rival. »

Les invités partaient, mais il restait encore les noctambules, les insomniaques et tous ceux qui savent profiter d'une fête, cette parenthèse enchantée. Pas mal de monde, en somme.

Dédé promenait son gros coup de blues de buffet en buffet. Pour résumer, remâchait-il dans son for intérieur, il était heureux pour sa bourgeoise mais démoli par sa comtesse. Et surpris aussi. Jamais il n'aurait imaginé qu'il avait le béguin pour Maricha, lui qui pouvait aligner un certain nombre de conquêtes extra, pratiquement des top models pour la plupart. Contrairement à toutes ses habitudes, il s'était attaché. Comme il en bavait, là, de la savoir furax et barrée pour toujours, c'était bien la preuve de ce... de cette connerie d'attachement. Mais avec ce bébé en route, il aurait bien fallu en finir. Rester amis ? Non, il n'y croyait pas. Mais ne pas se fâcher. Rester complices.

Près de la piscine, éclairée par l'eau bleue et les bougies, Marie-Charlotte était assise sur les pierres du muret. Dans sa robe longue. Elle était seule, le regard vide, une coupe posée près d'elle. André ne put résister. Il alla vers elle. Elle le laissa venir, puis s'asseoir, sans dire un mot. Il lui servit du champagne, elle but en silence. Elle se tourna vers lui et le regarda. Il sut qu'elle ressentait les mêmes regrets. Il lui sourit, et elle sourit en retour.

« Ça serait pas correct de continuer, dit-il. Mais je... ça va me manquer, bafouilla-t-il. Enfin, toi. De pas te voir.

— Ça n'était pas correct au départ, je te signale, répondit-elle en souriant toujours. L'adultère, ça n'est pas très correct.

— Oui, mais là, avec le bébé...

— J'ai bien compris. Mais tu sais, en fait, je suis contente pour vous. Vraiment. Je suis juste... comme toi. Ça va me manquer. »

Ils regardèrent ensemble les bougies qui flottaient sur le bassin. Ils ne parlaient pas, ils se sentaient mieux. Au bout de quelques instants, Dédé reprit :

« Je me demandais si on ne pourrait pas continuer l'entraînement, quand même. En tout bien tout honneur !

— Non. Tu le sais très bien.
— Mais on pourrait essayer…
— On pourrait essayer. Et on n'y arriverait pas.
— En même temps, je me dis... c'est pas bien méchant. »

Marie-Charlotte se tourna vers lui. Des mèches s'échappaient de son chignon, elle était très séduisante. Dédé ajouta précipitamment :

« Je veux dire : c'est pas bien grave. Attention, j'ai pas dit "pas important", je veux dire…

— Je vois ce que tu veux dire. Tu veux dire : et si on continuait comme si de rien n'était, ça ne ferait de tort à personne. »

Dédé baissa les yeux vers sa flûte. Résumé comme ça, c'était difficilement défendable, et pourtant…

« Tu sais, reprit-il, je pense que même Nathalie, au fond, ça ne lui…

— Arrête tout de suite ! coupa vivement Maricha. Je n'ai pas besoin de ce genre de fausse bonne conscience. Si on doit être dégueulasses, assumons. C'est le minimum.

— Moi, pas de problème, dit Dédé. De toute façon, j'ai l'impression d'être plus clean qu'avant.

— Tu veux dire que tu as eu d'autres maîtresses, avant ? »

André se tourna vivement vers elle. Mais elle riait :

« Arrête, je plaisante. Ça m'est égal. Ne me fais pas le coup du "avec toi, c'est différent", c'est tout ce que je te demande.

— OK », dit sobrement Dédé.

Ils se turent de nouveau. Ils étaient bien, ensemble.

« Tout de même, ajouta André, c'est dommage de perdre cet entraînement. »

Sans le regarder, Maricha sourit :

« C'est sûr, c'est dommage.

— Je pense qu'une fois de temps en temps... juste pour entretenir la forme, tu vois… »

Maricha savait que demain la nuit blanche allait laisser des traces de fatigue sur son visage, de plus en plus facilement flétri. Elle allait vers ce temps où le corps trahit, où le cœur se calme, inéluctablement.

« Tu as peut-être raison… pour entretenir la forme. »

Elle le regarda. Ils se mirent à rire doucement, en même temps. André se leva.

Il pouvait rentrer, maintenant. Marie-Charlotte resta un moment assise dans la nuit traversée de musique et de voix. Elle se sentait heureuse, légère, encore pleine de vie. Aucun remords ne gâchait son plaisir.

Sylve et Griotte sortirent sur le pas de la porte. Au loin, le trait lumineux de l'aube soulignait le paysage. La nuit pâlissait. Elles étaient heureuses de contempler l'aube ensemble, d'avoir vécu ces heures à parler, à se découvrir. Sylve trouvait en Griotte la compagne d'expérience qui comprend, qui conseille, qui raconte ; Griotte trouvait en Sylve l'amie enthousiaste qui admire, qui s'étonne, qui écoute. Toutes deux découvraient leur propre vie dans l'œil de l'autre. Une amitié, un amour, une aventure… quelque chose d'encore indéfini venait de naître à l'ombre de la montagne de courgettes. Griotte pourrait quitter son avocat de mari, Sylve pourrait s'installer à la campagne, elles vivraient ensemble… ou bien pas du tout. Elles resteraient des amies de week-end, des copines de maison de campagne… ou bien… ou bien… tous ces avenirs possibles les enchantaient. Dans la lumière rosée de l'aube, leurs visages étaient tournés vers l'éclat encore timide du soleil. Elles restaient immobiles, essayant de retenir ce petit instant d'éternité.

*

* *

À quelques centaines de mètres, derrière les bois, le manoir de Varanche baignait dans une lumière grise. L'aube n'avait pas encore touché les vieilles pierres et la chambre de Mathilde était sombre. La jeune fille avait lutté toute la nuit contre la fougueuse envie de rejoindre

Pierre. Elle avait pleuré, elle avait rêvé, elle avait échafaudé tous les plans et revu tous les épisodes de leur histoire. Elle s'était habillée pour le retrouver puis s'était ravisée, deux fois. Elle avait pioché dans la réserve d'alcool des parents, elle avait fumé, énormément. Elle avait erré, s'exclamant ou gémissant, seule, dans les couloirs déserts du château. Elle avait un peu dormi, un peu mangé, un peu zappé devant l'écran sans rien voir. Elle avait explosé son forfait de téléphone avec Sarah. Mais le jour allait se lever et elle avait vaincu. Elle n'irait pas. Elle n'irait plus jamais retrouver Pierre. Elle partirait ce matin, elle serait plus forte chaque jour, et dans quelques semaines, dans quelques mois, elle serait guérie. Plus jamais elle ne mettrait sa propre vie entre parenthèses dans l'espoir de jouir des miettes de la vie d'un autre. Mathilde venait, par cette nuit de combat, de s'épargner beaucoup de chagrin et de temps perdu. Plusieurs fois elle croiserait au cours de son existence des hommes qui auraient pu la faire souffrir. Mais intuitivement, désormais, elle les esquiverait.

Un rai de lumière éclaira la terrasse de la chambre. Mathilde se leva et sortit. L'aube se levait au-dessus des arbres. La jeune fille se sentit brusquement soulagée. Elle allait rentrer à Paris, inviter ses potes à boire un verre, et oublier cette *fucking* campagne.

*

* *

Nini était introuvable. André la soupçonna de s'être éclipsée discrètement pour aller dormir et rêver de la progéniture miraculeuse. Le messie Tupperware avait lui aussi disparu, mais vu le peu d'informations qu'il avait consenti à donner, Dédé ne le regretta pas. Un blanc-bec sans audace. Un genre de couille molle technocrate. En entrant dans son jardin, il entendit un murmure de voix. Agacé d'être encore obligé de secouer des pèlerins en plein gâtisme surnaturel, il entra brutalement dans l'enceinte de la source. Assis sur la pelouse face au bassin, Nathalie et Benoît discutaient. Ils se tournèrent vers lui d'un même mouvement, le visage illuminé d'un même sourire.

« André, tu sais quoi ? jeta Nathalie, joviale.

— C'est des jumeaux ? répondit le mari, impassible.

— Mais non, je ne te parle pas de ça ! C'est rapport à nos projets. »

Dédé fit une moue dubitative. Il commençait à se lasser des surprises.

« Benoît est d'accord ! On va s'associer.

— Ah bon ? répliqua Bigos, vous n'aviez pas l'air emballé, pourtant...

— Oui, c'est vrai, consentit le jeune homme, mais maintenant... avec le miracle, le contexte est tout à fait différent. Nous nous trouvons face à une opportunité indéniable. Il y a peu, nos services ont réalisé une étude pour déterminer l'appétence de notre clientèle en matière de phénomènes paranormaux, et le résultat a été tout à fait satisfaisant. Naturellement, s'il se greffe à ces potentialités une occurrence événementielle, bien relayée par les médias, c'est tout à fait positivant.

— Ouais, ouais, ouais... marmonna Dédé. On va étudier tout ça. Je vais consulter mon avocat et on prend rendez-vous le plus vite possible.

— On a un avocat ? demanda Nathalie.

— Oui, c'est le mari de la fille qui fait des... des courgettes sculptées, là...

— Griotte ! Mais j'espère qu'il va être convaincu, son mari ? précisa la future mère, parce que la foi c'est très important dans cette affaire. Il nous faut des gens sincères, tu sais. C'est très important.

— Bien sûr, répondit Dédé en l'aidant à se lever. Quand on a une femme qui sculpte des courges, on a forcément l'esprit ouvert, tu penses ! »

Benoît, lui aussi, s'était levé. Il prit congé avec gratitude : il croyait fermement tenir là une splendide opportunité. André accompagna son épouse dans leur chambre :

« Va te reposer, lui dit-il en caressant son ventre tendrement : tu dois prendre soin de notre occurrence événementielle. »

Nathalie allongée, il sortit fumer une cigarette dans la lueur joyeuse du tout petit matin. Il regarda longuement le bassin surmonté de la statue de sainte. « On va faire un marché, ma petite Cécile, pensa Dédé. Moi je continue à faire semblant de croire à votre miracle, et vous, vous m'aidez à garder la comtesse. C'est pas la mer à boire ? Sans compter qu'avec la maison Tup, je vous fais connaître au monde entier. Je suis sûr que dans pas longtemps on vous importe au Japon. Alors ? » Il regarda son reflet dans l'eau. Brusquement, son visage en miroir fut entouré d'une auréole de feu. Il se retourna. Le soleil se levait juste derrière lui. Ébloui, il revint vers la sainte et la regarda en souriant. Ils allaient faire du bon boulot ensemble.

Le Pressoir brillait dans le soleil. Les buffets avaient été escamotés discrètement, l'orchestre était parti, mais la fête continuait tranquillement. Quelques groupes s'étaient attablés autour de cafetières et de théières brûlantes, pendant que l'apprenti du boulanger venait distribuer les premières viennoiseries. Seuls, à l'écart sur la terrasse, Pierre et Catherine buvaient une tasse de café. Pierre alluma une cigarette et se mit à tousser.

« Tu devrais consulter », dit Catherine, mollement. L'instant était si doux que la perspective d'une maladie semblait invraisemblable.

« Je sais, répondit Pierre, aussi peu convaincu. Je vais le faire. Bientôt. »

Il tira une bouffée voluptueusement. Ils étaient soûlés de paroles, de sourires, d'émotions. Catherine aimait cette sensation vague de plénitude et de vulnérabilité, ce lâcher-prise qu'elle ne s'autorisait presque jamais. Mais ce matin était exceptionnel, il couronnait une nuit fastueuse où tout était réussi. Elle savait déjà qu'elle garderait toute sa vie le souvenir de cette soirée. Le reste de sa vie. Elle avait oublié l'amertume de l'après-midi. Avoir retrouvé une certaine confiance en Pierre lui avait donné un peu de bienveillance ; elle se sentait même capable de supporter Viviane et Philippe sans faire de réflexion jusqu'à la saison prochaine. Après tout, les pauvres n'avaient pas de résidence secondaire. Elle sourit et ferma les yeux en levant son visage vers le soleil. Elle soupira de bien-être. Pierre la regarda. Elle était encore belle. Le « encore » faisait frémir, bien sûr, mais il le gardait pour lui. Il se sentait bien, malgré la déception de n'avoir pas vu Mathilde. Au fond, c'était plus simple. Il avait rencontré pendant la soirée une jeune femme troublante, la sœur de l'un de ses confrères, comédienne elle aussi. Mais plus âgée que Mathilde. Trois ans de plus. Donc six de plus que sa propre fille. Nettement plus moral. Et tout aussi fraîche. Elle venait le week-end dans une fermette restaurée qu'elle possédait près de Cabourg. Pierre, comme Catherine, ferma les yeux et leva son visage vers le soleil.

Immobiles tous les deux, appuyés sur leurs transats, un sourire aux lèvres, ils eurent sans le savoir la même pensée : le bonheur d'avoir une maison de campagne.

Remerciements

Merci à Serge Pinchon pour son inlassable patience, son attention et son humour indispensables.

8728

Composition Chesteroc Ltd
Achevé d'imprimer en France (La flèche)
par Brodard et Taupin
le 27 juillet 2008. 48245
Dépôt légal juillet 2008. EAN 9782290006573

Éditions J'ai lu
87, quai Panhard-et-Levassor, 75013 Paris
Diffusion France et étranger : Flammarion